FIQUE COMIGO

PERVERTA-ME: LIVRO 2

ANNA ZAIRES

♠ MOZAIKA PUBLICATIONS ♠

Publicado pela Mozaika Publications, impressão da Mozaika LLC.
www.mozaikallc.com

Capa de Najla Qamber Designs
www.najlaqamberdesigns.com

Tradução de Christiane Jost, revisão de Karine Lima e Ayrton Jost.

e-ISBN: 978-1-63142-326-0
ISBN: 978-1-63142-327-7

I

A CHEGADA

 ulian

Havia dias em que a vontade de ferir, de matar, era forte demais para ser negada. Dias em que o manto fino da civilidade ameaçava desabar com a menor provocação, revelando o monstro no interior.

Aquele não era um desses dias.

Naquele dia, ela estava comigo.

Estávamos no carro a caminho do aeroporto. Ela estava sentada, encostada em mim, com os braços magros à minha volta e o rosto enterrado em meu pescoço.

Abraçando-a com um braço, acariciei-lhe os cabelos escuros, deliciando-me com a textura sedosa. Eles estavam longos agora, chegando até a cintura estreita.

Ela não cortara os cabelos nos dezenove meses anteriores.

Não desde que eu a sequestrara pela primeira vez.

Respirei fundo, sentindo o perfume dela, leve, doce e deliciosamente feminino. Era uma combinação do xampu com a química única do corpo dela e deixou-me com água na boca. Quis tirar as roupas dela e seguir aquele perfume por toda parte, explorar cada curva e orifício de seu corpo.

Senti o pênis se contrair e lembrei a mim mesmo que acabara de trepar com ela. Mas não importava. O desejo que sentia por ela era constante. Aquele desejo obsessivo antes me incomodara, mas eu já me acostumara com ele. Aceitara minha própria loucura.

Ela parecia calma, até mesmo feliz. Gostei daquilo. Eu gostava de senti-la perto de mim, macia e confiante. Ela conhecia minha verdadeira natureza, mas, ainda assim, sentia-se segura comigo. Eu a treinara para que se sentisse assim.

Eu fizera com que ela me amasse.

Depois de alguns minutos, ela enrijeceu nos meus braços e ergueu a cabeça para me encarar. — Para onde vamos? — perguntou ela, com os longos cílios movendo-se para cima e para baixo. Ela tinha olhos que poderiam deixar um homem de joelhos. Eram olhos suaves e escuros que lembravam lençóis amassados e pele nua.

Forcei-me a me concentrar. Aqueles olhos atrapalhavam minha concentração imensamente. —

Vamos para minha casa na Colômbia — disse eu, respondendo à pergunta dela. — O local onde cresci.

Eu não estivera lá havia muitos anos, desde que meus pais tinham sido assassinados. No entanto, o complexo do meu pai era uma fortaleza e era exatamente do que precisávamos no momento. Nas semanas anteriores, eu implementara medidas de segurança adicionais, tornando o lugar praticamente inexpugnável. Ninguém tiraria Nora de mim novamente, eu garantira isso.

— Você vai ficar lá comigo? — Ouvi o tom de esperança na voz dela e assenti, sorrindo.

— Sim, meu bichinho, ficarei lá. — Agora que eu a tinha de volta, a compulsão de mantê-la por perto era forte demais para ser negada. A ilha fora o lugar mais seguro para ela, mas isso mudara. Agora sabiam da existência dela e que ela era meu calcanhar de Aquiles. Precisava tê-la por perto, onde poderia protegê-la.

Ela passou a língua pelos lábios e segui o movimento com os olhos. Eu queria enrolar os cabelos dela na mão e forçá-la a abaixar a cabeça em meu colo, mas resisti à tentação. Haveria tempo suficiente para isso mais tarde, quando estivéssemos em um lugar mais seguro... e menos público.

— Você vai mandar mais um milhão de dólares para os meus pais? — O olhar dela parecia inocente, mas ouvi o desafio sutil em sua voz. Ela estava testando-me, testando os limites deste novo estágio de nosso relacionamento.

Meu sorriso se alargou e estendi a mão para

prender um cacho dos cabelos dela atrás da orelha. — Quer que eu mande o dinheiro para eles, meu bichinho?

Ela me encarou sem piscar. — Na verdade, não — disse ela em tom suave. — Em vez disso, eu preferiria telefonar para eles.

Mantive o olhar dela. — Está bem. Pode telefonar para eles quando chegarmos lá.

Ela arregalou os olhos e vi que estava surpresa. Ela esperava que eu a mantivesse prisioneira novamente, afastada do mundo externo. O que ela não percebia era que isso não era mais necessário.

Eu conseguira o que queria.

Eu a fizera completamente minha.

— Está bem — respondeu ela devagar. — Vou fazer isso.

Ela me encarou como se não conseguisse me entender, como se eu fosse um animal exótico nunca visto. Ela me olhava dessa forma com frequência, com uma mistura de desconfiança e fascinação. Sentia-se atraída por mim, sentira-se assim desde o início, mas ainda tinha um certo medo.

O predador em mim gostava disso. O medo e a relutância dela acrescentavam um toque especial à coisa toda. Tornava o ato de possuí-la e de tê-la enrolada em meus braços todas as noites muito mais doce.

— Conte-me sobre seu tempo em casa — murmurei, posicionando-a de forma mais confortável contra o ombro. Empurrando os cabelos dela para trás, olhei para seu rosto. — O que você andou fazendo todos esses meses?

Os lábios macios se curvaram em um sorriso autodepreciativo. — Você quer dizer além de sentir sua falta?

Uma sensação quente se espalhou pelo meu peito. Eu não queria aceitá-la. Não queria que importasse. Eu queria que ela me amasse porque tinha uma compulsão doentia de ser inteiramente dono dela, não porque sentia algo em retorno. — Sim, além disso — respondi baixinho, pensando nas muitas formas como treparia com ela quando estivéssemos sozinhos novamente.

— Bem, encontrei alguns amigos — começou ela. Ouvi enquanto ela me dava uma visão geral da vida que levara nos quatro meses anteriores. Eu já sabia de muitas coisas, pois Lucas tomara a iniciativa de colocar um agente de segurança discreto vigiando Nora durante o meu coma. Assim que acordei, ele fez um relatório completo de tudo, incluindo as atividades diárias de Nora.

Eu lhe devia por aquilo... e por salvar minha vida. Nos anos anteriores, Lucas Kent se tornara uma parte valiosa de minha organização. Poucos teriam coragem de se destacar daquela forma. Mesmo sem conhecer toda a verdade sobre Nora, ele forá inteligente o suficiente para inferir que ela significava algo para mim e tomara medidas para garantir a segurança dela.

Obviamente, a única coisa que ele não fizera fora restringir as atividades dela de alguma forma. — Então, você o encontrou? — perguntei casualmente, erguendo a mão para brincar com o lóbulo da orelha dela. — Jake, quero dizer.

O corpo dela se transformou em pedra nos meus braços. Senti a tensão em cada músculo. — Eu o encontrei rapidamente, depois de jantar com minha amiga Leah — disse ela em tom firme, olhando para mim. — Tomamos um café, nós três, e foi a única vez em que o encontrei.

Mantive o olhar dela por um segundo e assenti satisfeito. Ela não mentira para mim. Os relatórios tinham mencionado aquele incidente em particular. Quando eu o li, tive vontade de matar o garoto com as próprias mãos.

Talvez eu ainda fizesse aquilo, caso ele se aproximasse de Nora novamente.

A ideia de outro homem perto dela me encheu de uma fúria intensa. De acordo com os relatórios, ela não saíra com ninguém durante o tempo em que ficáramos longe um do outro... com uma exceção. — E aquele advogado? — perguntei baixinho, fazendo o possível para controlar a raiva que fervia dentro de mim. — Vocês dois se divertiram?

A pele dourada dela ficou pálida. — Não fiz nada com ele — disse ela. Percebi a apreensão em sua voz. — Saí naquela noite porque estava sentindo sua falta, estava cansada de ficar sozinha, mas nada aconteceu. Tomei alguns drinques, mas ainda assim não consegui.

— Não? — A maior parte da raiva desapareceu. Eu conseguia lê-la bem o suficiente para saber quando estava mentindo. E, naquele momento, ela dizia a verdade. Ainda assim, fiz uma anotação mental para investigar mais um pouco. Se o advogado tivesse encostado nela de alguma forma, ele pagaria.

Ela olhou para mim e senti que sua tensão se dissipava. Ela conseguia discernir meus humores como ninguém. Era como se estivesse sintonizada comigo em algum nível. Fora assim com ela desde o início. Diferentemente da maioria das mulheres, ela sempre conseguira sentir meu verdadeiro eu.

— Não. — A boca dela enrijeceu. — Não consegui deixar que ele me tocasse. Agora, estou estragada demais para ficar com um homem normal.

Ergui as sobrancelhas, sentindo-me contente. Ela não era mais a garota assustada que eu levara para a ilha. Em algum momento, meu bichinho desenvolvera garras afiadas e começava a aprender a usá-las.

— Que bom. — Acariciei o rosto dela e abaixei a cabeça para sentir seu perfume doce. — Ninguém tem permissão de encostar em você, querida. Ninguém além de mim.

Ela não respondeu, só continuou olhando para mim. Não precisava dizer nada. Nós nos entendíamos perfeitamente. Eu sabia que mataria qualquer homem que encostasse um dedo nela. E ela também sabia disso.

Era estranho, mas eu nunca me sentira possessivo em relação a uma mulher antes. Era um território novo para mim. Antes de Nora, todas as mulheres eram iguais na minha mente: apenas criaturas bonitas e macias passando pela minha vida. Elas se aproximavam de mim por vontade própria, querendo trepar, querendo ser machucadas. E eu fazia a vontade delas, satisfazendo minhas próprias necessidades físicas no processo.

Eu tivera a primeira trepada aos quatorze anos, logo depois da morte de Maria. Fora com uma das prostitutas do meu pai. Ele me enviara a ela depois que eu despachara os dois homens que assassinaram Maria ao castrá-los na casa deles. Talvez meu pai achasse que o sexo seria suficiente para me distrair do caminho da vingança.

Obviamente, o plano dele não deu certo.

Ela entrara no meu quarto usando um vestido preto justo, perfeitamente maquiada com a boca sedutora pintada de vermelho brilhante. Quando começou a tirar a roupa na minha frente, reagi como qualquer adolescente reagiria, com um desejo instantâneo e violento. Mas eu não era um adolescente qualquer àquela altura. Era um assassino, desde os oito anos de idade.

Trepei com a prostituta de forma bruta naquela noite, porque era inexperiente demais para me controlar e porque queria descontar nela, em meu pai, em todo o mundo. Descontei minhas frustrações na carne dela, deixando hematomas e marcas de mordidas. Ela voltou na noite seguinte, desta vez sem o conhecimento do meu pai. Trepamos daquele jeito por um mês. Ela fugia para o meu quarto sempre que podia, ensinando-me do que gostava... o que alegava ser do que muitas mulheres gostavam. Ela não queria que eu fosse doce e gentil na cama. Queria dor e força. Queria alguém que a fizesse se sentir viva.

E eu descobri que gostava daquilo. Gostava de ouvir os gritos dela, de ouvi-la implorar quando eu a machucava e fazia com que gozasse. A violência sob a minha pele encontrara outra saída e era uma que eu usava sempre que podia.

Obviamente, não foi o suficiente. A fúria dentro de mim não poderia ser pacificada tão facilmente. A morte de Maria mudara algo dentro de mim. Ela fora a única coisa pura e bela na minha vida, e não existia mais. A morte dela realizara mais do que o treinamento do meu pai conseguiria: matara toda a consciência que eu ainda tinha. Eu não era mais um garoto seguindo relutantemente os passos do meu pai. Eu era um predador que precisava de sangue e vingança. Ignorando as ordens do meu pai de esquecer o assunto, cacei os assassinos de Maria um a um e fiz com que pagassem, desfrutando dos gritos de agonia, dos pedidos de misericórdia e as súplicas para uma morte mais rápida.

Depois daquilo, houve retaliações após retaliações. Pessoas morreram. Os homens do meu pai e os homens do rival dele. A violência continuou aumentando até que meu pai decidiu pacificar seus associados retirando-me do negócio. Fui enviado para longe, para a Europa e para a Ásia... e lá encontrei dezenas de outras mulheres iguais àquela que me introduzira ao sexo. Mulheres belas e dispostas cujas propensões eram reflexo das minhas. Dei a elas as fantasias sombrias que queriam e elas me deram prazer momentâneo, um arranjo que se adequava perfeitamente à minha vida, especialmente depois que voltei para assumir as rédeas da organização do meu pai.

Dezenove meses atrás, durante uma viagem de negócios a Chicago, eu a encontrara.

Nora.

Minha Maria reencarnada.

A garota que eu pretendia manter para sempre.

$\mathcal{N}$ora

Nos braços de Julian, senti a vibração familiar de excitação misturada com hesitação. Nossa separação não o mudara nem um pouco. Ainda era o mesmo homem que quase matara Jake, que não hesitara em sequestrar a garota que queria.

Era também o homem que quase morrera para me resgatar.

Agora que eu sabia o que acontecera com ele, conseguia ver os sinais físicos da provação. Ele estava mais magro, com a pele bronzeada ligeiramente esticada sobre os ossos do rosto. Havia uma cicatriz rosada na orelha esquerda e os cabelos escuros estavam muito curtos. No lado esquerdo do crânio, o padrão de crescimento dos cabelos estava um pouco irregular, como se estivesse escondendo outra cicatriz.

Apesar daquelas minúsculas imperfeições, ele ainda era o homem mais bonito que eu já vira. Eu não conseguia afastar os olhos dele.

Ele estava vivo. Julian estava vivo e eu estava novamente com ele.

Ainda parecia algo surreal. Até aquela manhã, eu achara que ele estava morto. Estava convencida de que ele morrera na explosão. Por quatro longos meses dolorosos, eu me forçara a ser forte, a continuar com a vida e a tentar esquecer o homem sentado ao meu lado.

O homem que roubara minha liberdade.

O homem que eu amava.

Ergui a mão esquerda e gentilmente tracei os lábios dele com o indicador. Ele tinha a boca mais incrível que eu já vira, feita para o pecado. Com o toque, os lábios belos se abriram e ele mordeu de leve meu dedo com os dentes brancos.

Um tremor de excitação me percorreu quando a língua molhada passou sobre o meu dedo. Os músculos internos se contraíram e senti a calcinha ficar úmida. Eu era fácil demais em se tratando dele. Um olhar, um toque era o suficiente para que eu o quisesse. Meu sexo estava inchado e ligeiramente dolorido depois da forma como ele trepara comigo mais cedo, mas meu corpo queria ser possuído novamente.

Julian estava vivo e, novamente, levava-me embora.

Quando absorvi esse fato, tirei o dedo dos lábios dele, sentindo um arrepio gelado na pele, o que esfriou meu desejo. Não havia como voltar agora, nenhuma possibilidade de mudar de ideia. Julian novamente estava no controle da minha vida e, desta vez, eu voara diretamente para a teia de aranha por vontade própria, colocando-me à mercê dele.

Obviamente, não teria importado se não fosse por vontade própria, lembrei a mim mesma. Lembrei da seringa no bolso de Julian e sabia que o resultado teria sido o mesmo. Consciente ou sedada, eu o acompanharia de qualquer forma. Por algum motivo, aquilo me fez sentir melhor e repousei novamente a cabeça contra o ombro dele, relaxando.

Era inútil lutar contra o destino e eu começava a aceitar este fato.

Por causa do trânsito, o percurso até o aeroporto levou pouco mais de uma hora. Para minha surpresa, não fomos para o aeroporto O'Hare. Em vez disso, paramos perto de uma pequena pista onde um avião de tamanho considerável nos aguardava. Vi as letras "G650" na cauda do avião.

— É seu? — perguntei quando Julian abriu a porta do carro para mim.

— Sim. — Ele não olhou para mim nem disse mais nada. O olhar dele parecia estar varrendo os arredores, como se estivesse procurando ameaças escondidas. Havia uma atitude de alerta nele que eu não me lembrava de ter visto antes. E, pela primeira vez, percebi que a ilha também era um santuário para ele, um lugar onde Julian podia realmente relaxar e abaixar a guarda.

Assim que saí do carro, Julian segurou meu cotovelo e conduziu-me em direção ao avião. O piloto nos seguiu. Eu não o vira antes, pois um painel separava o banco de trás do carro. Olhei de soslaio para ele ao andarmos para o avião.

O piloto devia ser um dos ex-fuzileiros navais de Julian. Os cabelos loiros eram curtos e os olhos azuis pareciam gelados no rosto quadrado. Ele era mais alto que Julian e movia-se com a mesma graça atlética, cada movimento cuidadosamente controlado. Havia um rifle enorme nas mãos dele e eu não tive dúvidas de que ele sabia exatamente como usá-lo. Outro homem perigoso... um que muitas mulheres sem dúvida achariam atraente, com as feições bonitas e o corpo musculoso. No entanto, não senti atração por ele. Poucos homens conseguiam superar o carisma de anjo negro de Julian.

— Que tipo de avião é este? — perguntei a Julian ao subirmos a escada e entrarmos na cabine luxuosa. Eu não conhecia aviões particulares, mas aquele parecia sofisticado. Fiz o possível para não olhar para tudo, mas não consegui. As poltronas de couro de cor creme eram enormes e havia até mesmo um sofá com uma mesinha à frente. Uma porta aberta levava à parte de trás do avião e vi de relance uma cama imensa.

Fiquei de boca aberta em choque. O avião tinha um quarto.

— É um Gulfstream de última geração — respondeu ele, virando-se para mim para me ajudar a tirar o casaco. As mãos quentes dele encostaram no meu pescoço, causando um arrepio de prazer. — Um jatinho comercial de grande autonomia. Ele pode nos levar diretamente ao destino sem precisar parar para reabastecer.

— É muito bonito — disse eu, observando Julian pendurar meu casaco no armário ao lado da porta. Em seguida, ele tirou o próprio casaco. Não consegui afastar os olhos dele e percebi que uma parte de mim ainda temia que aquilo não fosse real, que eu acordaria e descobriria que era tudo um sonho... que Julian realmente morrera na explosão.

A ideia fez com que eu estremecesse e Julian percebeu o movimento involuntário. — Está com frio? — perguntou ele, aproximando-se de mim. — Posso pedir que ajustem a temperatura.

— Não, estou bem. — Mesmo assim, gostei do calor de Julian quando ele me puxou para perto e esfregou as mãos nos meus braços por alguns segundos. Senti o calor do corpo dele afastando as lembranças daqueles meses terríveis quando achei que o tinha perdido.

Passando os braços em volta da cintura de Julian, abracei-o com força. Ele estava vivo, perto de mim. Era tudo o que importava agora.

— Estamos prontos para a decolagem. — A voz masculina desconhecida me assustou e afastei-me de Julian. Olhei para trás e vi o piloto loiro parado, observando-nos com uma expressão indecifrável no rosto duro.

— Ótimo. — Julian manteve o braço sobre os meus ombros, segurando-me quando tentei me afastar. — Nora, este é Lucas. Foi ele quem me tirou daquele galpão.

— Ah. — Abri um sorriso largo e sincero para o homem. Aquele homem salvara a vida de Julian. — É um prazer conhecer você, Lucas. Nem sei como começar a agradecer pelo que fez...

Ele ergueu ligeiramente as sobrancelhas, como se eu tivesse dito algo que o surpreendeu. — Eu só estava fazendo o meu trabalho — disse ele com um toque de diversão na voz profunda.

O canto da boca de Julian se ergueu em um sorriso breve, mas ele não respondeu àquilo. Em vez disso, perguntou: — Está tudo pronto para nós na propriedade?

Lucas assentiu. — Tudo pronto. — Ele olhou para mim com o rosto tão inexpressivo quanto antes. — É um prazer conhecer você também, Nora. — Virando-se, ele desapareceu na cabine do avião.

— Ele dirige e pilota aviões para você? — perguntei a Julian depois que Lucas saiu.

— Ele é muito versátil — respondeu Julian, conduzindo-me até as poltronas. — A maioria dos homens é.

Assim que nos sentamos, uma mulher muito bonita de cabelos escuros entrou no compartimento, proveniente de algum lugar na frente do avião. O vestido branco parecia ter sido derretido sobre as curvas e, com a maquiagem, parecia tão glamorosa quanto uma estrela de cinema, exceto pela bandeja com uma garrafa de champanhe e duas taças que segurava.

Ela olhou brevemente para mim antes de se aproximar de Julian. — Deseja mais alguma coisa, sr. Esguerra? — perguntou ela ao se abaixar para colocar a bandeja sobre a mesinha. A voz dela era suave e melódica, e a forma faminta como olhou para Julian me deixou tensa.

— Por enquanto não. Obrigado, Isabella — disse ele, abrindo um sorriso leve. Senti uma pontada súbita de ciúme. Julian me dissera uma vez que não dormira com ninguém desde que me conhecera, mas não pude evitar imaginar se ele fizera sexo com aquela mulher em algum momento do passado. A atitude dela deixou claro que estava mais do que disposta a levar para Julian o que ele quisesse... incluindo ela mesma nua em uma bandeja de prata.

Antes que meus pensamentos percorressem esse caminho, respirei fundo e forcei-me a olhar pela janela para a neve que caía. Uma parte de mim sabia que aquilo tudo era loucura, que era ilógico eu me sentir tão possessiva em relação a Julian. Qualquer mulher racional ficaria muito feliz ao ver a atenção do sequestrador desviada, mas eu não era mais racional em se tratando dele.

Síndrome de Estocolmo. Conexão com o sequestrador. Conexão traumática. Minha terapeuta usara todos aqueles termos durante as poucas sessões breves que tivemos. Ela tentara me fazer falar sobre os sentimentos que tinha por Julian, mas fora doloroso demais para mim discutir o homem que eu achara que perdera. Portanto, parei de ir às sessões, mas procurei aqueles termos mais tarde e vi por que se aplicariam à minha experiência. No entanto, eu não sabia se era algo tão simples ou se fazia alguma diferença àquela altura. Dar nome para uma coisa não fazia com que ela desaparecesse. Não importava a causa de minha ligação emocional com Julian, não havia como desligá-la. Eu não conseguiria amá-lo menos.

Quando virei-me para olhar para Julian, a aeromoça se fora. Ouvi os motores do jatinho rugindo e automaticamente afivelei o cinto de segurança, como aprendera a vida inteira.

— Champanhe? — perguntou ele, pegando a garrafa que estava sobre a mesa.

— Claro, por que não? — disse eu, observando enquanto ele servia uma taça.

Ele me entregou a bebida e recostei-me na poltrona espaçosa, tomando um gole enquanto o avião começava a se mover.

Minha nova vida com Julian começara.

ulian

Tomando um gole de champanhe, estudei Nora enquanto ela olhava para o solo que encolhia rapidamente. Ela vestia calça *jeans* e um suéter azul. Nos pés pequenos, tinha botas pretas de couro grandes. Apesar dos sapatos engraçados, ela ainda parecia *sexy*, mas eu preferia muito mais vê-la em vestidos de verão, com a pele macia brilhando sob o sol.

Observando a expressão calma dela, fiquei imaginando no que estava pensando, se tinha algum arrependimento.

Não deveria ter. Eu a teria levado de qualquer forma.

Como se sentisse meu olhar, ela se virou para mim. — Como eles descobriram sobre mim? — perguntou ela baixinho. — Os homens que me sequestraram. Como descobriram minha existência?

Ao ouvir a pergunta dela, meu corpo ficou tenso. Minha mente voltou para aquelas horas infernais depois do ataque à clínica. Por um momento, senti-me preso pela mesma mistura volátil de fúria ardente e medo paralisante daquele dia.

Ela poderia ter morrido. Ela teria morrido se eu não a tivesse encontrado a tempo. Mesmo se eu tivesse dados a eles o que queriam, ainda a teriam matado para me punir por não ceder às exigências mais cedo. Eu teria perdido Nora, como perdi Maria.

Como nós dois perdemos Beth.

— Foi a auxiliar de enfermagem da clínica. — Minha voz soou fria e distante. Coloquei a taça de champanhe sobre a bandeja. — Angela. Ela estava na folha de pagamento da Al-Quadar o tempo inteiro.

Os olhos de Nora brilharam. — Aquela vadia — sussurrou ela. Percebi a dor e a raiva em sua voz. A mão dela estava trêmula ao colocar a taça sobre a mesa. — Aquela piranha maldita.

Assenti, tentando controlar a raiva ao relembrar das imagens do vídeo que Majid me enviara. Eles torturaram Beth antes de matá-la. Fizeram com que sofresse. Beth, cuja vida só tivera sofrimento desde que o imbecil do pai dela a vendera para um prostíbulo na fronteira mexicana quando ela tinha treze anos. Beth, que fora uma das poucas pessoas cuja lealdade eu nunca questionara.

Eles a fizeram sofrer... e agora eu faria com que sofressem ainda mais.

— Onde ela está agora? — A pergunta de Nora me arrancou de um devaneio agradável em que eu tinha todos os membros da Al-Quadar à minha mercê. Quando a encarei confuso, ela esclareceu: — Angela.

Sorri ao ouvir a pergunta inocente. — Você não precisa se preocupar com ela, meu bichinho. — A única coisa que sobrara de Angela eram cinzas, espalhadas sobre o gramado da clínica nas Filipinas. A linha de interrogatório de Peter era brutal e eficiente. E ele sempre eliminava as provas. — Ela pagou pela traição.

Nora engoliu em seco e notei que ela entendera exatamente o que eu quisera dizer. Ela não era mais a mesma garota que eu conhecera naquela boate em Chicago. Vi as sombras em seus olhos e sabia que era responsável por colocá-las lá. Apesar do esforço que eu fizera para mantê-la segura na ilha, a feiúra do meu mundo a tocara, maculando sua inocência.

A Al-Quadar também pagaria por isso.

A cicatriz na minha cabeça começou a latejar e encostei nela de leve com a mão esquerda. Minha cabeça ainda doía de vez em quando, mas, exceto por isso, eu estava quase de volta ao normal. Considerando que passara boa parte dos quatro meses anteriores como um vegetal, eu estava razoavelmente feliz com a situação atual.

— Você está bem? — Havia uma expressão

preocupada no rosto de Nora quando ela estendeu a mão e tocou na área acima da minha orelha esquerda. Os dedos magros foram gentis. — Ainda dói?

O toque dela causou um arrepio de prazer na minha espinha. Eu queria aquilo, queria que ela se preocupasse com o meu bem-estar. Queria que ela me amasse, apesar de eu ter roubado sua liberdade... ela tinha todo o direito de me odiar.

Eu não tinha ilusões sobre mim mesmo. Era um daqueles homens que aparecem nos noticiários... aqueles que todos temem e desprezam. Eu sequestrara uma jovem porque a queria, mais nada.

Eu a levara, tornando-a minha.

Eu não arrumava desculpas para minhas ações. Nem sentia culpa. Eu queria Nora e agora ela estava lá comigo, olhando para mim como se eu fosse a pessoa mais importante do mundo.

E eu era. Era exatamente do que ela precisava no momento... o que queria. Eu lhe daria tudo e tomaria tudo em troca. Seu corpo, sua mente, sua devoção... eu queria tudo. Queria a dor e o prazer dela, o medo e a alegria.

Eu queria ser a vida dela.

— Não, está quase curado — disse eu, respondendo à pergunta dela.

Ela afastou os dedos e peguei sua mão, pois não queria me privar do prazer daquele toque. A mão dela era magra e delicada, a pele macia e quente. Por reflexo, ela tentou puxar a mão, mas não deixei, apertando os dedos em volta da palma pequena. A força dela era insignificante em comparação à minha. Ela não conseguiria fazer com que a soltasse, a não ser que eu optasse por isso.

De qualquer forma, ela não queria que eu a soltasse. Senti a excitação dela, o que despertou uma fome sombria dentro de mim novamente. Estendendo a mão sobre a mesa, soltei devagar o cinto de segurança dela.

Em seguida, levantei, ainda segurando sua mão, e levei-a para o quarto na parte de trás do avião.

ELA FICOU EM SILÊNCIO AO ENTRARMOS NO QUARTO. Fechei a porta atrás de nós. O aposento não era acusticamente isolado, mas Isabella e Lucas estavam na parte de frente do avião, o que nos daria um pouco de privacidade. Normalmente, eu não me importava se alguém me via ou ouvia fazendo sexo, mas o que eu fazia com Nora era diferente. Ela era minha e eu não pretendia dividi-la. De forma alguma.

Soltando a mão dela, andei até a cama e sentei-me, recostando-me e cruzando as pernas. Era uma posição casual, apesar de não haver nada de casual no que senti ao olhar para ela.

O desejo de possuí-la foi violento e devorador. Era uma obsessão que ia além de uma necessidade sexual simples. Meu corpo queimava por Nora. Eu não queria apenas trepar com ela. Queria imprimir minha marca nela, de dentro para fora, para que ela nunca mais pertencesse a nenhum outro homem.

Eu queria possuí-la completamente.

— Tire a roupa — comandei, mantendo o olhar dela. O pênis estava tão rígido que parecia que faziam meses, em vez de horas, desde que eu a possuíra. Precisei de toda a força de vontade para não arrancar as roupas dela, jogá-la sobre a cama e penetrá-la repetidamente até explodir.

Controlei-me porque não queria uma trepada rápida. Naquele dia, eu tinha outras coisas em mente.

Respirando fundo, forcei-me a ficar imóvel, observando-a enquanto ela começava lentamente a tirar a roupa. O rosto dela estava vermelho, a respiração acelerada. Eu sabia que ela já estava excitada, com a boceta molhada, pronta para mim. Ao mesmo tempo, senti a hesitação em seus movimentos, vi a desconfiança em seus olhos. Havia uma parte dela que ainda tinha medo de mim, que sabia do que eu era capaz.

Ela estava certa em ter medo. Havia algo em mim que gostava de ver a dor nas outras pessoas, que queria machucá-las.

Que queria machucar Nora.

Ela tirou primeiro o suéter, revelando uma camiseta preta por baixo. As alças do sutiã cor-de-rosa ficaram à mostra e a cor inocente, por algum motivo, me deixou ainda mais excitado, lançando um jato de sangue fresco para o pênis. A camiseta foi tirada em seguida e, quando ela tirou as botas e a calça, eu estava prestes a explodir.

Usando apenas calcinha e sutiã cor-de-rosa, parecia

a criatura mais deliciosa que eu já vira. O corpo pequeno estava em forma e bronzeado, com os músculos dos braços e das pernas sutilmente definidos. Apesar de ser esbelta, ela era inegavelmente feminina, com um traseiro de curvas perfeitas e os seios pequenos surpreendentemente redondos. Com os cabelos longos caídos nas costas, ela parecia uma modelo miniatura. A única falha era uma pequena cicatriz no lado direito do abdômen plano, um lembrete da cirurgia de retirada do apêndice.

Eu precisava tocar nela.

— Venha aqui — disse eu com voz rouca, sentindo o pênis apertado sob o zíper da calça *jeans*.

Olhando para mim com os olhos escuros grandes, ela se aproximou de forma cautelosa e incerta, como se eu pudesse atacá-la a qualquer momento.

Respirei fundo novamente para me impedir de fazer exatamente aquilo. Quando ela parou ao meu lado, segurei-a firmemente pela cintura, puxando-a para que ficasse entre as minhas pernas. A pele de Nora era macia e fresca. A cintura era tão estreita que eu quase poderia envolvê-la com as mãos. Seria muito fácil machucá-la. A vulnerabilidade dela me deixava quase tão excitado quanto sua beleza.

Ergui a mão e encontrei o fecho do sutiã, soltando os seios do confinamento.

Enquanto o sutiã deslizava pelos braços de Nora, minha boca ficou seca e meu corpo inteiro se enrijeceu. Apesar de tê-la visto nua centenas de vezes, cada vez era uma revelação. Os mamilos eram pequenos e rosados. Os seios tinham o mesmo tom bronzeado leve que o restante do corpo. Incapaz de resistir, envolvi os seios macios com as mãos, apertando-os. A carne dela era firme e os mamilos ficaram rígidos contra minhas mãos. Ouvi quando ela prendeu a respiração no momento em que passei os polegares sobre os mamilos. Meu desejo se intensificou.

Soltando os seios dela, coloquei os dedos na linha da cintura da calcinha, empurrei-a pelas pernas e segurei seu sexo com a mão direita. Enfiei o dedo médio na abertura pequena dela e a umidade quente que encontrei fez com que o pênis saltasse. Ela gemeu ao sentir meu polegar calejado pressionar o clitóris e ergueu as mãos para agarrar meus ombros, enterrando as unhas afiadas em minha pele.

Eu não podia esperar mais. Precisava possuí-la.

— Deite na cama. — Minha voz estava densa de desejo quando tirei a mão da boceta de Nora. — Quero que fique deitada de bruços.

Ela fez como mandei enquanto eu me levantava para tirar a roupa.

Eu a treinara muito bem. Quando terminei de me despir, ela estava deitada de bruços, totalmente nua, com um travesseiro mantendo o traseiro mais para cima. Os braços estavam dobrados sob a cabeça e o rosto dela estava virado para mim. Ela me observava atentamente e senti sua ansiedade. Naquele momento, ela me desejava e temia.

Aquele olhar me deixou excitado, mas também despertou outro tipo de fome em mim. Uma necessidade mais sombria e perversa. Pelo canto do olho, vi o cinto da minha calça *jeans* caído no chão. Pegando-o, enrolei a extremidade da fivela na mão direita e aproximei-me da cama.

Nora não se moveu, mas senti a tensão em seu corpo. Meus lábios se contraíram de leve. *Que garota boazinha.* Ela sabia que seria pior se resistisse. Obviamente, já sabia também que eu aplacaria a dor com prazer, que ela também se divertiria com aquilo.

Parando na beirada da cama, estendi a mão livre e corri os dedos pelas costas dela. Nora tremeu sob meu toque, uma reação que causou uma onda de excitação sombria em mim. Era exatamente o que eu queria, do que precisava... aquela conexão profunda e perversa que existia entre nós. Eu queria absorver o medo e a dor de Nora. Queria ouvir seus gritos, sentir sua luta inútil... e depois senti-la derretendo em meus braços ao gozar repetidamente.

Por algum motivo, aquela garota atraía o pior em mim, fazia com que eu esquecesse qualquer traço de moralidade que ainda tinha. Era a única mulher que eu jamais forçara a deitar na minha cama, a única que desejara daquele jeito... e de uma forma muito errada. Tê-la ali, à minha mercê, era a droga mais poderosa que eu já experimentara. Nunca me sentira assim em relação a nenhum outro ser humano e saber que Nora era minha, que eu poderia fazer o que quisesse com ela, era um afrodisíaco inigualável. Com todas as outras mulheres, era um jogo, uma forma de satisfazer uma necessidade mútua. Mas, com Nora, era diferente. Com ela, era algo mais.

— Linda — murmurei, acariciando a pele macia das coxas e das nádegas dela. Logo, aquela pele estaria marcada, mas, naquele momento, eu só queria apreciar sua suavidade. — Tão, tão linda... — Inclinando-me sobre ela, beijei gentilmente a base da espinha, inalando o perfume feminino e deixando a ansiedade crescer. Um arrepio a percorreu e sorri, sentindo a adrenalina disparar em minhas veias.

Endireitando-me, dei um passo atrás e baixei o cinto sobre ela.

Não usei muita força, mas ela ainda deu um salto quando o cinto atingiu as nádegas redondas. Um gemido leve escapou de seus lábios. Ela não tentou se mover nem se afastar. Em vez disso, os punhos pequenos agarraram os lençóis com força e os olhos se fecharam. Bati com mais força na segunda vez. Bati repetidamente, meus movimentos em um ritmo hipnótico. Com cada golpe do cinto, eu afundava cada vez mais fundo na escuridão. Meu mundo diminuiu até que só o que eu via, ouvia e sentia era ela. O tom vermelho da carne macia, os gemidos de dor e os soluços que saíam de sua garganta, a forma como o corpo estremecia sob cada golpe... absorvi tudo, deixando que isso alimentasse meu vício, diminuísse a fome desesperada que devorava minhas entranhas.

O tempo virou um borrão. Eu não sabia se tinham decorrido minutos ou horas. Quando finalmente parei, ela estava deitada imóvel. As nádegas e as coxas estavam cobertas de manchas vermelhas. Havia uma expressão ausente, quase de êxtase no rosto molhado de lágrimas. O corpo esguio tremia e pequenos tremores percorriam a pele.

Deixando o cinto cair no chão, peguei-a cuidadosamente e sentei-me na cama, segurando-a no colo. Senti o coração batendo com força dentro do peito, a mente ainda agitada pela onda de adrenalina incrível que acabara de viver. Ela estremeceu, escondendo o rosto em meu ombro, e começou a chorar. Acariciei seus cabelos devagar, deixando que ela saísse do estado inebriante provocado pela endorfina.

Era disso que eu precisava naquele momento, confortá-la, senti-la nos braços. Eu queria ser tudo para ela: protetor e atormentador, alegria e tristeza. Queria vinculá-la a mim física e emocionalmente, marcar sua mente e sua alma tão profundamente que ela nunca pensaria em me deixar.

Quando os soluços de Nora começaram a diminuir, meu apetite sexual voltou. As carícias se tornaram mais determinadas, minhas mãos começaram a percorrer o corpo dela com a intenção de excitá-la, não apenas acalmá-la. Coloquei a mão direita entre as coxas dela e pressionei o clitóris. Ao mesmo tempo, segurei seus cabelos com a outra mão e puxei-os, forçando-a a me encarar. Ela ainda parecia aérea e abriu ligeiramente os lábios macios ao me encarar. Abaixei a cabeça e tomei sua boca em um beijo profundo. Ela gemeu, apertando meus ombros, e senti o calor aumentando entre nós, o pênis desejando a pele quente dela.

Levantei-me, ainda segurando-a nos braços, e coloquei-a sobre a cama. Ela se encolheu e percebi que os lençóis encostaram nos machucados, causando dor. — Vire-se, querida — sussurrei, querendo agora apenas lhe dar prazer. Obedientemente, ela ficou de bruços, na mesma posição de antes. Eu a ajeitei para que ficasse apoiada nas mãos e nos joelhos, com os cotovelos dobrados.

De quatro, com o traseiro para cima e as costas ligeiramente arqueadas, ela era a coisa mais gostosa que eu já vira. Eu conseguia ver tudo... as dobras da boceta delicada, o buraco minúsculo do ânus, as curvas deliciosas das nádegas ainda avermelhadas com as marcas do cinto. Meu coração bateu com mais força e o pênis latejou dolorosamente quando a segurei pelos quadris, alinhando a cabeça do pênis com a abertura dela, e penetrei-a.

A carne quente e molhada me envolveu com perfeição. Ela gemeu, arqueando o corpo contra o meu, tentando fazer com que eu fosse mais fundo. Fiz o que ela queria, recuando parcialmente e penetrando-a novamente. Nora soltou um grito e repeti o movimento. Um arrepio de prazer me percorreu quando senti o canal apertado em volta de mim. Ondas de calor me invadiram e comecei a penetrá-la repetidamente com abandono, mal percebendo que meus dedos se enterravam na pele macia dos quadris dela. Os gemidos e os gritos de Nora ficaram mais altos e senti quando ela gozou, com os músculos internos contraindo-se em volta do pênis. Incapaz de segurar por mais tempo, explodi. Minha visão ficou turva com a força do orgasmo quando o sêmen foi derramado nas profundezas do ventre dela.

Ofegante, caí de lado na cama, puxando-a comigo. Estávamos com a pele suada e meu coração batia depressa. Ela respirava pesadamente e senti os músculos internos dela contraindo-se em volta de mim durante os últimos tremores do orgasmo.

Ficamos deitados juntos enquanto a respiração se acalmava. Eu a segurei perto de mim, com a curva suave de seu traseiro contra a virilha. Uma sensação de paz e contentamento lentamente me invadiu. Era sempre assim com ela. Alguma coisa nela acalmava meus demônios, fazia com que eu me sentisse quase normal. Quase... feliz. Não era algo que eu conseguisse explicar, simplesmente estava lá. Era o que tornava a necessidade que eu sentia dela tão aguda e desesperada.

Tão perigosamente pervertida.

— Diga que me ama — murmurei, acariciando a coxa dela. — Diga que sentiu minha falta, querida.

Ela se moveu nos meus braços, virando-se para me encarar. Os olhos escuros estavam solenes quando encontraram os meus. — Eu amo você, Julian — disse ela baixinho, acariciando meu rosto. — Senti sua falta mais do que a própria vida. Você sabe disso.

Eu sabia, mas ainda precisava ouvir aquilo dela. Nos meses recentes, o aspecto emocional se tornara tão necessário para mim quanto o físico. Era algo que me divertia. Eu queria que minha prisioneira me amasse, que se importasse comigo. Eu queria ser mais do que apenas o monstro dos pesadelos dela.

Fechando os olhos, abracei-a e relaxei.

Em algumas horas, ela seria minha em todos os sentidos da palavra.

4

EU DEVIA TER ADORMECIDO NOS BRAÇOS DE JULIAN, POIS acordei quando o avião começou a descer. Abrindo os olhos, observei os arredores pouco familiares, sentindo o corpo dolorido por causa do ato sexual.

Eu me esquecera de como era com Julian, como a mistura de dor e êxtase podia ser arrasadora e catártica. Eu me sentia vazia e exultante, exausta e revigorada pela tempestade de emoções.

Sentei-me depressa e gemi quando meu traseiro machucado encostou nos lençóis. Aquela fora uma das sessões de surra com cinto mais intensas. Eu não ficaria surpresa se os machucados durassem algum tempo. Lançando um olhar pelo quarto, vi uma porta que supus ser do banheiro. Julian não estava no quarto, portanto, levantei para ir até lá, sentindo a necessidade de me lavar.

Para minha surpresa, o banheiro tinha um chuveiro pequeno, bem como uma pia e um vaso sanitário. Com todas aquelas facilidades, o jatinho de Julian parecia mais um hotel voador do que qualquer avião comercial que eu conhecia. Havia até mesmo uma escova de dentes ainda embalada, pasta de dentes e uma solução para bochecho em uma prateleira na parede. Usei os três itens e tomei um banho rápido. Em seguida, sentindo-me muito mais refrescada, voltei para o quarto para me vestir.

Ao ir para a cabine principal, vi Julian sentado no sofá com um notebook aberto sobre a mesa. As mangas da camisa dele estavam arregaçadas, expondo os braços musculosos bronzeados, e havia uma expressão de concentração em seu rosto. Julian parecia sério... e tão incrivelmente lindo que prendi a respiração por um momento.

Como se sentisse minha presença, ele olhou para cima com os olhos brilhando. — Como você está, meu bichinho? — perguntou ele com voz baixa e íntima. Senti uma onda de calor no corpo inteiro em resposta.

— Estou bem. — Eu não sabia o que mais dizer. *Meu traseiro está doendo porque você me bateu, mas está tudo bem porque me treinou para gostar?* Claro que não.

Os lábios dele se curvaram em um sorriso lento. — Ótimo. Fico feliz em ouvir isso. Eu estava prestes a chamar você. Precisa se sentar, vamos pousar em breve.

— Ok. — Segui a sugestão dele, tentando não gemer

com a dor causada pelo simples ato de me sentar. Eu certamente carregaria aqueles machucados por alguns dias.

Afivelando o cinto de segurança, olhei para fora, curiosa sobre nosso destino. Quando o avião saiu de dentro da nuvem, vi uma cidade grande abaixo, com montanhas em volta. — Que cidade é esta? — perguntei, virando-me para Julian.

— Bogotá — respondeu ele, fechando o notebook. Ele se levantou para se sentar ao meu lado. — Ficaremos lá apenas por algumas horas.

— Você tem negócios lá?

— Pode-se dizer que sim. — Ele parecia levemente divertido. — Há algo que eu gostaria de fazer antes de voarmos para a minha propriedade.

— O quê? — perguntei desconfiada. Julian parecendo divertido raramente era um bom sinal.

— Você verá. — Ele abriu o notebook novamente e concentrou-se no que estava fazendo antes.

UM CARRO PRETO SIMILAR AO QUE NOS DEIXARA NO aeroporto aguardava quando descemos do avião. Lucas assumiu o posto de motorista novamente, enquanto Julian continuava a trabalhar no notebook, parecendo absorto.

Eu não me importei. Estava ocupada demais observando tudo ao percorrermos as ruas movimentadas. Bogotá tinha uma certa vibração de velho mundo que achei fascinante. Vi traços da herança espanhola por toda parte, misturada com um toque latino. Senti vontade de comer um bolo de milho que costumava comprar em uma barraquinha colombiana no centro de Chicago.

— Para onde vamos? — perguntei a Julian quando o carro parou em frente a uma igreja antiga em um bairro com aparência sofisticada. Eu não imaginara meu sequestrador como o tipo de pessoa que ia à igreja.

Em vez de responder, ele saiu do carro e estendeu a mão para mim. — Vamos, Nora — disse ele. — Não temos muito tempo.

Tempo para o quê? Eu queria fazer mais perguntas, mas sabia que era inútil. Ele não me responderia, a não ser que quisesse. Colocando a mão sobre a palma grande de Julian, saí do carro e deixei que me conduzisse em direção à igreja. Talvez fôssemos encontrar alguns dos associados dele lá... mas eu não sabia por que queria minha presença.

Entramos por uma portinha lateral e chegamos a um aposento pequeno, mas com uma bela decoração. Havia bancos de madeira antigos nos dois lados e um púlpito com uma cruz na parte da frente.

Por algum motivo, aquela visão me deixou nervosa. Uma ideia insana e improvável me ocorreu e senti a palma das mãos cheia de suor. — Ahm, Julian... — Olhei para ele e vi que me encarava com um sorriso estranho. — Por que estamos aqui?

— Não consegue adivinhar, meu bichinho? — disse

ele baixinho, virando-se para mim. — Estamos aqui para nos casar.

Por um momento, só consegui encará-lo em choque. Em seguida, soltei uma risada nervosa. — Você está brincando, não está?

Ele ergueu as sobrancelhas. — Brincando? Não, claro que não. — Ele pegou minha mão novamente e senti quando deslizou algo em meu dedo anelar esquerdo.

Com o coração acelerado, olhei para minha mão esquerda com descrença. O anel parecia algo que uma estrela de Hollywood usaria: diamantes em toda a volta com uma pedra grande e redonda brilhando no centro. Era delicado e ostensivo, servindo perfeitamente no meu dedo como se tivesse sido feito sob medida.

Minha visão ficou turva, vi pontos de luz dançando no canto dos olhos e percebi que literalmente parara de respirar por alguns segundos. Respirando fundo, olhei para Julian, com o corpo inteiro tremendo. — Você... você quer se casar comigo? — Minha voz saiu como um suspiro horrorizado.

— É claro que sim. — Ele estreitou os olhos ligeiramente. — Por que mais eu traria você aqui?

Eu não tinha resposta para aquilo. Só o que consegui fazer foi ficar parada encarando-o, sentindo-me como se estivesse hiperventilando.

Casamento. Casamento com Julian.

Simplesmente não consegui absorver aquilo. Casamento e Julian estavam tão longe um do outro na minha mente que pareciam estar em polos opostos no planeta. Quando eu pensava em casamento, era no contexto de um futuro distante e agradável, um futuro que envolvia um marido e duas crianças barulhentas. Nele, havia também um cachorro e uma casa no subúrbio, jogos de futebol e piqueniques da escola. Não havia um assassino com o rosto de um anjo caído, nenhum monstro belo para me fazer gritar em seus braços.

— Não posso me casar com você. — As palavras saíram antes que eu conseguisse pensar melhor. — Lamento, Julian, mas não posso.

O rosto dele ficou sombrio. Em um piscar de olhos, ele estava sobre mim, com um braço em volta da minha cintura e a outra mão segurando meu queixo. — Você disse que me amava. — A voz dele estava suave, mas senti a fúria sombria sob ela. — Era mentira?

— Não! — Tremendo, mantive o olhar furioso de Julian, empurrando o peito dele inutilmente. Senti o peso do anel no dedo, o que aumentou a sensação de pânico. Não sabia como explicar, como fazê-lo entender algo que eu mesma mal conseguia compreender. Eu queria ficar com Julian. Não conseguia viver sem ele. Mas casamento era algo inteiramente diferente, algo que não pertencia ao nosso relacionamento pervertido. — Eu amo você! Você sabe disso...

— Então por que recusaria? — exigiu ele com os olhos furiosos. Ele apertou meu queixo ainda mais, enterrando os dedos na pele.

Meus olhos começaram a arder. Como eu poderia

explicar minha relutância? Como poderia dizer que ele não era alguém que eu via como meu marido? Que Julian era parte de uma vida que eu nunca imaginara, nunca quisera, e que casar com ele significaria desistir de um sonho vago de um futuro normal? — Por que você quer se casar comigo? — perguntei desesperadamente. — Por que quer algo tão tradicional? Eu já sou sua...

— Sim, é. — Ele se inclinou para baixo até que o rosto estivesse a poucos centímetros do meu. — E quero um documento legal que diga isso. Você será minha esposa e ninguém poderá tirá-la de mim.

Eu o encarei e senti o peito apertado ao começar a entender. Não era um gesto doce e romântico da parte dele. Julian não fazia aquilo porque me amava e queria começar uma família. Não era assim que ele funcionava. O casamento só legitimaria o fato de ele me possuir, simples assim. Seria uma forma diferente de posse, algo mais permanente... e alguma coisa dentro de mim estremeceu com a ideia.

— Sinto muito — disse eu, reunindo coragem. — Não estou pronta para isso. Podemos discutir o assunto mais adiante?

A expressão dele ficou dura e os olhos viraram gelo azul. Soltando-me abruptamente, ele deu um passo atrás. — Muito bem. — A voz estava tão gelada quanto o olhar. — Se é assim que quer fazer, meu bichinho, faremos do seu jeito.

Colocando a mão no bolso, ele pegou o celular e começou a digitar.

Uma sensação de medo fez com que meu estômago se contraísse. — O que você está fazendo? — Quando ele não respondeu, repeti a pergunta, tentando não soar tão em pânico como me sentia. — Julian, o que você está fazendo?

— Algo que eu deveria ter feito há muito tempo — respondeu ele finalmente, olhando para mim ao guardar o telefone. — Você ainda sonha com ele, não é? Com aquele garoto por quem sentia atração?

Meu coração parou de bater por um segundo. — O quê? Não! Julian, eu juro, Jake não tem nada a ver com isto...

Ele me interrompeu com um gesto ríspido. — Eu deveria tê-lo removido de sua vida há muito tempo. Agora vou corrigir essa falha. Talvez, depois disso, você aceite que agora está comigo, não com ele.

— Eu *estou* com você! — Eu não sabia o que dizer, como convencer Julian a não fazer aquilo. Aproximando-me dele, peguei suas mãos. O calor da pele dele queimou meus dedos gelados. — Escute-me, eu amo você, somente você... Ele não significa nada para mim... há muito tempo!

— Ótimo. — A expressão dele não ficou mais suave, mas os dedos se entrelaçaram nos meus, prendendo-os. — Então não vai se importar com o que acontecer com ele.

— Não. Não é assim que as coisas funcionam! Eu me importo porque ele é um ser humano, uma pessoa inocente nesta história toda, e por nenhum outro motivo! — Eu tremia tanto que meus dentes batiam uns nos outros. — Ele não merece ser punido pelos meus pecados...

— Não me importo com o que ele merece. — A voz de Julian foi como um chicote quando ele me puxou para mais perto. Inclinando-se para baixo, ele disse: — Eu o quero fora de sua mente e fora de sua vida, entendeu?

A ardência nos meus olhos aumentou e a visão ficou embaçada pelas lágrimas não derramadas. No meio do pânico que me enevoava a mente, percebi que só havia uma coisa que eu poderia fazer para impedir aquilo... somente uma coisa que poderia fazer para impedir a morte de Jake.

— Muito bem — respondi em tom de derrota, encarando o monstro por quem me apaixonara. — Eu vou me casar com você.

~

A HORA SEGUINTE PARECEU SURREAL.

Depois de chamar seus capangas, Julian me apresentou a um senhor de idade que vestia um manto de padre católico. O homem não falava inglês, portanto, assenti e fingi acompanhar enquanto ele falava comigo em espanhol. Era constrangedor admitir, mas o pouco de espanhol que eu sabia fora aprendido nas aulas da escola. Meus pais falavam inglês em casa e eu não passei tempo suficiente com minha avó para aprender mais do que algumas poucas frases básicas.

Quando a apresentação ao padre terminou, Julian

me levou a outra sala, um pequeno escritório que tinha uma mesa e duas cadeiras. Assim que chegamos lá, duas mulheres jovens entraram. Uma delas carregava um vestido branco longo e a outra, sapatos e acessórios. Elas eram amigáveis e estavam empolgadas, conversando comigo em uma mistura de espanhol e inglês ao começarem a arrumar meus cabelos. Tentei responder da mesma forma. No entanto, minhas respostas foram confusas. O nó crescente de terror no meu peito me impedia de agir como a jovem noiva ansiosa que esperavam que eu fosse. Notando minha falta de entusiasmo, Julian me lançou um olhar sombrio. Em seguida, ele desapareceu, deixando que as mulheres cuidassem de mim.

Quando elas terminaram de me arrumar, eu estava exausta, física e mentalmente. Apesar de Chicago e Bogotá ficarem no mesmo fuso horário, eu me sentia drenada. Uma estranha dormência me invadiu, diminuindo a tensão no estômago.

Estava acontecendo. Realmente estava acontecendo. Julian e eu iríamos nos casar.

O pânico que tomara conta de mim mais cedo desaparecera, tendo se transformado em uma espécie de resignação. Eu não sabia o que esperar de um homem que me mantivera prisioneira por quinze meses. Uma discussão razoável sobre os prós e contras de se casar àquela altura do nosso relacionamento? *Claro que não*. Em retrospectiva, estava claro que a separação de quatro meses suavizara minhas lembranças daquelas semanas iniciais aterrorizantes na ilha. De alguma forma, eu conseguira romantizar na mente o meu sequestrador. Tolamente, começara a achar que as coisas poderiam ser diferentes entre nós, a acreditar que eu tinha alguma escolha.

— Tudo pronto. — A mulher que arrumava meus cabelos abriu um sorriso largo, interrompendo meus pensamentos. — Linda, *señorita*, muito linda. Agora, por favor, o vestido. Depois, deixaremos o seu rosto lindo.

Elas me deram roupas íntimas de seda para usar sob o vestido e viraram-se de costas, dando-me um pouco de privacidade. Sem querer me demorar, mudei de roupa rapidamente. Coloquei o vestido que, como o anel, serviu perfeitamente.

Agora, só faltavam a maquiagem e os acessórios, que as duas mulheres resolveram rapidamente. Dez minutos depois, eu estava pronta para o meu casamento.

— Venha ver — disse uma delas, levando-me em direção a um canto do aposento. Lá, havia um espelho de corpo inteiro que eu não percebera antes. Encarei meu reflexo em um silêncio atordoado, mal reconhecendo a imagem que via.

A garota no espelho era linda e sofisticada, com os cabelos habilidosamente penteados e a maquiagem bem aplicada. O vestido em estilo sereia caía de forma perfeita sobre o corpo magro. Um decote em formato de coração expunha o pescoço e os ombros graciosos. Brincos de diamante em formato de lágrima decoravam os lóbulos das orelhas pequenas e um colar da mesma pedra brilhava em volta do pescoço. Ela era tudo o que uma noiva deveria ser... especialmente ao ignorar as sombras no olhar.

Meus pais teriam ficado muito orgulhosos.

Aquele pensamento surgiu do nada e percebi, pela primeira vez, que me casaria sem a presença da minha família, que meus pais não veriam a filha única naquele dia especial. Senti uma dor no peito. Eu não faria compras para o casamento com minha mãe nem provaria bolos com meu pai.

Não haveria uma despedida de solteira com minhas amigas em uma boate de *strippers* masculinos.

Tentei imaginar como Julian poderia reagir a algo assim e uma risadinha inesperada escapou dos meus lábios. Eu tinha uma forte suspeita de que os *strippers* sairiam da boate em sacos plásticos caso se aventurassem perto de mim.

Uma batida na porta interrompeu meus pensamentos meio histéricos. As mulheres correram para atender e ouvi Julian falando com elas em espanhol. Virando-se para mim, elas acenaram e saíram rapidamente.

Assim que elas se foram, Julian entrou no aposento.

Apesar de tudo, não consegui evitar de estudá-lo. Vestindo um terno preto que abraçava o corpo musculoso de forma perfeita, meu futuro marido era de tirar o fôlego. Minha mente voltou à sessão de sexo no avião e uma umidade quente se acumulou entre minhas coxas, ao mesmo tempo em que os machucados no traseiro começaram a latejar com a lembrança. Ele também me estudou, com o olhar quente e possessivo ao percorrer meu corpo.

— Não dá azar o noivo ver a noiva antes da cerimônia? — Coloquei o máximo possível de sarcasmo na voz, tentando ignorar o efeito que ele tinha nos meus sentidos. Naquele momento, eu o odiava quase tanto quanto o amava e o fato de querer saltar sobre ele me incomodou muito. Eu já deveria estar acostumada com isso, mas ainda achava que era perturbadora a forma como meu cérebro e meu corpo não se comunicavam na presença dele.

Um sorriso leve torceu o canto da boca sensual de Julian. — Está tudo bem, meu bichinho. Acho que eu e você já passamos deste tipo de coisa. Está pronta?

Assenti e andei na direção dele. Não adiantava adiar o inevitável. De uma forma ou de outra, nós nos casaríamos naquele dia. Julian me ofereceu o braço e apoiei a mão nele, deixando que me conduzisse de volta para o belo salão com o púlpito.

O padre já nos esperava, bem como Lucas. Havia também uma câmera de tamanho razoável sobre um tripé alto.

— É para tirar fotografias do casamento? — perguntei surpresa, parando na entrada.

— É claro. — Os olhos de Julian brilharam ao olhar para mim. — Lembranças e todas essas coisas boas.

Ahã. Eu não conseguia imaginar por que Julian queria aquilo... o vestido, o terno, a igreja. A situação toda me deixava confusa. Não estávamos entrando em uma união por amor. Ele simplesmente me ligava ainda mais a si mesmo, formalizando a posse. Todos aqueles acessórios eram desnecessários, especialmente porque Lucas era a única testemunha do evento.

Aquele pensamento fez com que meu peito doesse novamente. — Julian — falei baixinho, olhando para ele —, posso telefonar para meus pais agora? Quero contar a eles. Quero que saibam que estou me casando. — Eu tinha quase certeza de que ele recusaria meu pedido, mas, mesmo assim, perguntei.

Para minha surpresa, ele sorriu para mim. — Se quiser, meu bichinho. Na verdade, depois de falar com eles, poderão assistir à nossa cerimônia por uma transmissão de vídeo ao vivo. Lucas pode preparar tudo para nós.

Olhei para ele em choque. Ele queria que meus pais assistissem ao casamento? Que vissem Julian, o homem que sequestrara a filha deles? Por um momento, parecia que eu tinha entrado em um universo alternativo, mas fui atingida pela genialidade do plano dele.

— Você quer que eu o apresente a eles, não é? — sussurrei, encarando-o. — Quer que eu diga a eles que vim com você por livre e espontânea vontade, que mostre a eles como estamos felizes juntos. Depois, você não precisará se preocupar com as autoridades ou qualquer outra pessoa. Serei apenas outra garota que se apaixonou por um homem bonito e rico e fugiu com ele. Essas fotografias... esse vídeo... é tudo um espetáculo...

O sorriso dele aumentou. — Como age e o que diz a

eles depende inteiramente de você, meu bichinho — disse ele em tom sedoso. — Eles podem testemunhar uma ocasião alegre ou você pode dizer que foi sequestrada novamente. A escolha é sua, Nora. Você pode fazer o que quiser.

5

Julian

OS OLHOS ESCUROS DELA ESTAVAM ARREGALADOS AO ME encarar e eu sabia exatamente qual seria sua escolha. Em se tratando dos pais dela, Nora seria a noiva mais feliz do mundo.

Ela faria a melhor atuação da vida.

Raiva e algo mais, algo que não me dei ao trabalho de examinar de perto, queimaram dentro de mim. Racionalmente, eu entendia a hesitação dela. Sabia o que eu era, o que fizera com ela. Uma mulher inteligente correria o mais depressa possível... e Nora sempre fora mais inteligente e perceptiva do que a maioria das mulheres.

Ela também era jovem. Eu me esquecia disso

algumas vezes. No mundo confortável dos Estados Unidos da classe média, poucas mulheres se casavam na idade dela. Talvez ela não tivesse ainda pensado em casamento. Na verdade, era provável, já que ela ainda estava na escola quando a conheci.

Racionalmente, eu entendia aquilo... mas a racionalidade não tinha nada a ver com as emoções selvagens sob a pele. Eu queria amarrá-la, chicoteá-la e trepar com ela até que implorasse por misericórdia, até que admitisse que era minha, que não conseguia viver sem mim.

Mas eu não faria nada disso. Sorri friamente e esperei a decisão dela.

Ela inclinou a cabeça, assentindo de leve. — Está bem. — A voz dela mal era audível. — Farei isso. Contarei a eles tudo sobre nosso caso de amor.

Escondi minha satisfação. — Como quiser, meu bichinho. Pedirei a Lucas que prepare uma conexão segura para você.

E, deixando-a parada lá, fui até onde estava Lucas para discutir a logística daquela operação específica.

PEDI AO PADRE DIAZ QUE NOS DESSE UMA HORA ANTES DE começar a cerimônia e sentei-me em um dos bancos, dando a Nora um pouco de privacidade para que falasse com os pais. Obviamente, eu monitorava a conversa com um pequeno dispositivo *bluetooth* na orelha, mas ela não precisava saber disso.

Recostando-me na parede, assumi uma posição confortável e preparei-me para me divertir.

A mãe dela atendeu no primeiro toque.

— Oi, mamãe... sou eu. — A voz de Nora estava animada e alegre, praticamente tremendo de empolgação. Reprimi um sorriso. Ela seria ainda melhor do que eu imaginara.

— Nora, querida! — A voz de Gabriela Leston estava cheia de alívio. — Estou tão feliz por ter telefonado. Tentei ligar para você cinco vezes hoje, mas seu telefone cai na caixa postal. Eu estava prestes a ir até aí pessoalmente... Ah, espere, de que número você está ligando?

— Mamãe, não se desespere, mas não estou em casa, ok? — O tom de Nora era reconfortante, mas encolhi-me por dentro. Eu não sabia como eram pais comuns, mas tinha quase certeza de que as palavras "não se desespere" eram garantia de que fariam exatamente isso.

— O que quer dizer? — A voz da mãe dela ficou imediatamente mais aguda. — Onde você está?

Nora pigarreou. — Ahm, na realidade, estou na Colômbia.

— O QUÊ?! — Encolhi-me com o grito ensurdecedor. — Como assim, está na Colômbia?!

— Mamãe, você não entende, é uma excelente notícia... — Nora começou a explicar como tínhamos nos apaixonado na ilha, como ficara desesperada quando achara que eu estava morto... e como ficara feliz ao descobrir que estava vivo.

Ao terminar, houve apenas silêncio no telefone. — Está me dizendo que está com ele agora? — perguntou finalmente a mãe dela com voz rouca e tensa. — Que ele voltou para buscá-la?

— Sim, exatamente. — O tom de Nora era exultante. — Não entende, mamãe? Eu não podia falar sobre isso com você antes porque era difícil demais... porque eu achei que o tinha perdido. Mas agora estamos juntos novamente e há algo... algo incrível que tenho que contar a você.

— O que é? — A mãe dela soou desconfiada, de forma compreensível.

— Vamos nos casar!

Houve mais um silêncio longo na outra ponta da linha. Em seguida, a mãe perguntou: — Você vai se casar... com *ele*?

Reprimi outro sorriso quando Nora começou a tentar convencer a mãe que eu não era tão mau quanto pensavam... que fora uma combinação de circunstâncias infelizes que resultaram no sequestro e que as coisas eram agora muito diferentes entre nós. Eu não tinha certeza se Gabriela Leston estava acreditando, mas ela não precisava acreditar. A gravação daquela conversa seria distribuída para indivíduos específicos em certas agências governamentais, ajudando a acalmá-los. Eu era valioso demais para que mexessem comigo, mas, ainda assim, não faria mal algum. A percepção era tudo e Nora como minha esposa era muito mais palatável a eles do que como prisioneira.

Eu poderia ter me casado com ela antes, mas estava tentando mantê-la escondida e segura. Fora por isso que a sequestrara e levara para minha ilha, para que ninguém conseguisse descobrir sua existência e a importância que tinha para mim. Agora que o segredo fora revelado, no entanto, eu queria que o mundo inteiro soubesse que ela era minha. Que, se tentassem encostar nela, pagariam muito caro. A notícia da minha vingança contra a Al-Quadar começara a se infiltrar nos esgotos do submundo e eu garantira que os rumores fossem ainda mais brutais que a realidade.

Eram aqueles rumores que manteriam a família de Nora em segurança, além dos seguranças que eu atribuíra aos pais dela. Era improvável que alguém tentasse me atingir usando meus sogros, pois eu não era exatamente conhecido como um homem de família, mas não pretendia correr riscos. A última coisa que eu queria era que Nora ficasse de luto pelos pais da forma como ainda estava de luto por Beth.

Quando Nora chegou ao fim da conversa, o padre Diaz começou a ficar impaciente. Lancei a ele um olhar de advertência e ele imediatamente ficou quieto, com todos os traços visíveis de aborrecimento desaparecendo de suas feições. O bom padre me conhecia desde que eu era garoto e sabia quando devia ter cuidado.

Quando olhei para Nora novamente, ela acenou para que eu me aproximasse. Levantei-me e fui até ela, desligando o dispositivo *bluetooth* no caminho. Ao chegar perto, ouvi quando ela disse: — Ouça, mamãe, deixe-me apresentá-la a ele, ok? Vou pedir a ele que nos coloque no vídeo... será quase como se estivéssemos todos juntos... Sim, nós nos conectaremos com você em alguns minutos. — Desligando, ela olhou para mim ansiosa.

— Lucas. — Mal ergui a voz, mas ele já estava lá, carregando um *notebook* com uma conexão segura. Colocando-o na soleira da janela, ele o posicionou para que a pequena câmera apontasse para nós. Um minuto depois, com a chamada de vídeo estabelecida, o rosto de Gabriela Leston encheu a tela. Tony Leston, o pai de Nora, estava atrás dela. Os dois pares de olhos escuros imediatamente se viraram na minha direção, estudando-me com uma mistura peculiar de hostilidade e curiosidade.

— Mamãe, papai, este é Julian — disse Nora em tom suave. Inclinei a cabeça com um sorriso leve. Lucas voltou para o outro lado do aposento, deixando-nos a sós.

— É um prazer conhecer vocês dois. — Mantive propositalmente a voz fria e uniforme. — Tenho certeza de que Nora já contou tudo. Peço desculpas pela rapidez com que isto está acontecendo, mas eu adoraria se vocês pudessem fazer parte do nosso casamento. Sei que significaria muito para Nora ter os pais presentes, mesmo que remotamente. — Não havia nada que eu pudesse dizer aos Lestons que justificasse minhas ações ou que fizesse com que gostassem de mim, portanto, nem tentei. Nora era minha agora e eles teriam que aprender a aceitar esse fato.

O pai de Nora abriu a boca para dizer alguma coisa, mas a esposa deu uma cotovelada nele. — Muito bem, Julian — disse ela lentamente, encarando-me com olhos assustadoramente similares aos da filha. — Então, você vai se casar com Nora. Posso perguntar onde pretendem morar depois disso e se nós a veremos novamente?

Sorri para ela. Outra mulher inteligente e intuitiva. — Nos primeiros meses, provavelmente ficaremos aqui na Colômbia — expliquei, mantendo o tom leve e amigável. — Há certos negócios dos quais preciso cuidar aqui. Depois disso, no entanto, ficaremos muito felizes em visitar vocês... ou recebê-los aqui.

Gabriela assentiu. — Entendo. — A tensão no rosto dela permaneceu, mas um alívio breve brilhou em seus olhos. — E os planos de futuro de Nora? E a universidade?

— Vou garantir que ela tenha uma boa educação e que tenha a chance de perseguir sua arte. — Lancei um olhar direto aos Lestons. — É claro, tenho certeza de que sabem que Nora não precisa mais se preocupar com dinheiro. Nem vocês. Tenho bastante dinheiro e sempre cuido dos meus.

Os olhos de Tony Leston se estreitaram de raiva. — Você não pode comprar nossa filha... — ele começou a dizer, somente para receber outra cotovelada da esposa. A mãe de Nora claramente entendia a situação melhor. Ela percebia que aquela conversa poderia nem estar acontecendo.

Cheguei mais perto da câmera. — Tony, Gabriela —

disse eu baixinho. — Entendo a preocupação de vocês. No entanto, em menos de meia hora, Nora será minha esposa... minha responsabilidade. Posso garantir que vou cuidar dela e que vou fazer o possível para garantir sua felicidade. Vocês não precisam se preocupar com nada.

O maxilar de Tony enrijeceu, mas ele permaneceu em silêncio desta vez. Foi Gabriela quem falou em seguida. — Nós agradeceríamos se pudéssemos falar com ela regularmente — disse ela. — Para termos certeza de que ela está tão feliz quanto parece hoje.

— É claro. — Eu não tinha problemas em fazer aquela concessão. — Agora, a cerimônia iniciará em alguns minutos, portanto, precisamos preparar uma transmissão de vídeo melhor para vocês. Foi um prazer conhecer vocês — disse eu polidamente. Em seguida, fechei o *notebook*.

Virando-me, vi que Nora me observava divertida. No vestido branco longo e com os cabelos arrumados, ela parecia uma princesa... o que acho que me fazia ser o dragão maligno que a roubara.

Inexplicavelmente divertido com a ideia, ergui a mão e corri os dedos pelo rosto macio dela. — Está pronta, meu bichinho?

— Sim, acho que sim — murmurou ela, encarando-me. As mulheres que eu contratara tinham feito algo nos olhos dela, fazendo com que parecem ainda maiores e mais misteriosos. A boca também parecia mais macia e brilhante do que o normal. Uma onda súbita de desejo me pegou desprevenido e forcei-me a recuar antes que fizesse algum sacrilégio em meu próprio casamento.

— A transmissão de vídeo está pronta — informou Lucas, aproximando-se de nós.

— Obrigado, Lucas — disse eu. Em seguida, virando-me para Nora, peguei a mão dela e conduzi-a na direção do padre Diaz.

6

Nora

A CERIMÔNIA PROPRIAMENTE DITA DUROU APENAS CERCA de vinte minutos. Consciente da câmera apontada para nós, sorri muito e fiz o possível para parecer uma noiva feliz e radiante.

Eu ainda não entendia minha relutância. Afinal de contas, estava me casando com o homem que amava. Quando achei que ele estava morto, eu quis morrer e precisei de toda a força de vontade para permanecer viva de um dia para o outro. Não queria ficar com ninguém mais além de Julian... mas, ainda assim, não conseguia afastar o frio que sentia por dentro.

Eu tinha que admitir que ele tratara meus pais de forma tranquila. Eu não sabia o que esperar, mas não fora a conversa calma, quase civilizada, que aconteceu.

Ele estivera no controle o tempo inteiro, com a atitude determinada não deixando espaço para acusações amargas e recriminações. Julian se desculpara pelo casamento apressado, mas não por me sequestrar... e eu sabia que era porque ele não sentia culpa alguma por isso. Na mente dele, ele tinha direito a mim. Era simples assim.

Depois de um longo discurso em espanhol, o padre Diaz começou a falar com Julian. Entendi algumas palavras, algo sobre esposa, amor, proteção. Em seguida, ouvi a voz profunda de Julian responder: — *Sí, quiero.*

Em seguida, foi a minha vez. Virei-me para Julian e encontrei o olhar dele. Havia um sorriso acolhedor nos lábios dele, mas os olhos contavam uma história diferente. Os olhos refletiam desejo e necessidade. E, sob isso, uma possessividade sombria e devoradora.

— *Sí, quiero* — disse eu baixinho, repetindo as palavras de Julian. *Sim, quero. Sim, aceito.* Meu espanhol rudimentar era bom o suficiente para traduzir pelo menos aquilo.

O sorriso de Julian aumentou. Colocando a mão no bolso, ele pegou outro anel, cravejado de diamantes e combinando com a aliança de noivado, e colocou-o no meu dedo. Em seguida, pressionou uma aliança de platina na palma da minha mão e estendeu a mão esquerda para mim.

A mão dele tinha quase o dobro do tamanho da minha e os dedos eram longos e masculinos. Ele tinha as mãos fortes e cheias de calos. Mãos que podiam causar prazer ou dor com a mesma facilidade.

Respirando fundo, deslizei a aliança no dedo da mão esquerda de Julian e olhei novamente para ele, mal ouvindo enquanto o padre Diaz conduzia a cerimônia. Observando as belas feições de Julian, eu só conseguia pensar que estava feito.

O homem que me sequestrara agora era o meu marido.

Depois da cerimônia, eu me despedi dos meus pais, garantindo que conversaria com eles novamente em breve. Minha mãe estava chorando e meu pai tinha uma expressão dura, que normalmente significava que estava chateado.

— Mamãe, papai, prometo que vou manter contato — disse eu, tentando reprimir as lágrimas. — Não vou desaparecer de novo. Tudo ficará bem. Vocês não precisam se preocupar...

— Prometo que ela telefonará para vocês muito em breve — acrescentou Julian e, depois de mais algumas despedidas chorosas, Lucas desconectou a transmissão de vídeo.

Na meia hora seguinte, tiramos fotografias por toda parte na bela igreja. Depois, trocamos de roupa e voltamos ao aeroporto.

Àquela altura, era noite e eu estava completamente exausta. O estresse das horas anteriores, combinado com a viagem, me deixara quase em coma. Fechei os olhos, recostando-me no banco de couro preto enquanto o carro percorria as ruas escuras de Bogotá. Eu não queria pensar em nada, só queria esvaziar a mente e relaxar. Mexendo-me, tentei encontrar uma posição melhor que não colocasse peso demais no traseiro ainda dolorido.

— Cansada, querida? — murmurou Julian, colocando a mão na minha perna. Ele a apertou de leve, massageando minha coxa, e forcei as pálpebras pesadas a se abrirem.

— Um pouco — admiti, virando-me para ele. — Não estou acostumada a voar tanto... nem a me casar.

Ele sorriu para mim e os dentes brancos brilharam na escuridão. — Bom, por sorte, você não terá que passar por essa experiência de novo. O casamento, quero dizer. Não posso prometer nada sobre voar.

Talvez eu estivesse cansada demais, mas aquilo soou ridiculamente divertido por algum motivo. Deixei escapar uma risada, mais outra e outra, até que estava gargalhando incontrolavelmente.

Julian me observou calmamente e, quando a gargalhada finalmente começou a diminuir, ele me puxou para o colo e beijou-me, reclamando minha boca com um beijo longo e ardente que literalmente me deixou sem fôlego. Quando ele me soltou para que eu respirasse, mal conseguia me lembrar do meu próprio nome, muito menos do motivo pelo qual estivera rindo.

Estávamos os dois sem fôlego ao nos encararmos. Havia uma fome no olhar dele, mas também algo mais... um desejo quase violento, que ia além de simples luxúria. Senti um aperto estranho no peito, como se estivesse perdendo-me ainda mais, perdendo uma parte maior de mim mesma. — O que você quer de mim, Julian? — sussurrei, erguendo a mão para acariciar os contornos duros do maxilar dele. — Do que você precisa?

Ele não respondeu, mas a mão grande cobriu a minha, mantendo-a pressionada contra o rosto dele por alguns momentos. Ele fechou os olhos, como se estivesse absorvendo a sensação e, ao abri-los, o momento desaparecera.

Tirando-me do colo, ele passou um braço pesado sobre meus ombros e ajeitou-me confortavelmente contra o próprio corpo. — Descanse um pouco, meu bichinho — murmurou ele. — Ainda temos um longo caminho até chegarmos em casa.

Peguei no sono novamente no avião, portanto, não soube quanto tempo durou o voo. Julian me acordou depois de pousarmos e segui-o, ainda sonolenta, para fora do avião.

O ar quente e úmido me atingiu assim que desembarcamos, tão denso que parecia um cobertor molhado. Bogotá estivera muito mais quente que Chicago, mas aquilo... parecia que eu tinha entrado em uma sauna. Com as botas de inverno e o suéter, parecia que estava sendo assada viva.

— Bogotá fica em uma altitude muito maior — disse Julian como se tivesse lido minha mente. — Aqui, é a zona quente de baixa altitude.

— Onde estamos? — perguntei, despertando um pouco mais. Ouvi os sons de insetos e o cheiro no ar era de vegetação tropical. — Quero dizer, em que parte do país?

— No sudeste — respondeu Julian, conduzindo-me na direção de um SUV que esperava no outro lado da pista. — Na verdade, estamos bem na fronteira com a floresta amazônica.

Ergui a mão para esfregar o canto do olho. Eu não sabia muito sobre a geografia colombiana, mas aquilo soou muito remoto. — Estamos perto de alguma vila ou cidade?

— Não — respondeu Julian. — É essa a beleza do lugar, meu bichinho. Estamos completamente isolados e seguros. Ninguém nos incomodará aqui.

Chegamos ao carro e ele me ajudou a entrar. Lucas se juntou a nós alguns minutos depois e partimos, percorrendo uma estrada de terra através de uma área cheia de árvores.

Estava muito escuro no lado de fora e os faróis do carro eram a única fonte de iluminação. Olhei curiosamente para a escuridão, tentando discernir o destino. No entanto, eu só conseguia ver árvores e mais árvores.

Abandonando o esforço inútil, decidi ficar mais

confortável. Estava mais fresco dentro do carro, com o ar-condicionado a todo vapor, mas eu ainda sentia calor e tirei o suéter, revelando a camiseta que usava por baixo. Quando o ar frio bateu na pele quente, soltei um suspiro de alívio, abanando-me para acelerar o processo de resfriamento.

— Comprei roupas para você que são mais adequadas ao clima — disse Julian, observando minhas ações com um sorriso leve. — Eu provavelmente deveria ter levado algumas comigo, mas estava ansioso demais para buscar você.

— Ah? — Olhei para ele, absurdamente feliz com a admissão.

— Fui atrás de você assim que pude — murmurou ele com os olhos brilhando no interior escuro do carro. — Você não achou que eu a deixaria em paz por muito tempo, achou?

— Não, não achei — respondi em tom suave. E era verdade. Se havia uma coisa sobre a qual eu sempre tivera certeza era de que Julian me queria. Eu não tinha certeza se ele me amava, se era capaz de amar alguém, mas nunca duvidei da força do desejo que sentia por mim. Ele arriscara a vida por mim no galpão e eu sabia que faria isso de novo, se precisasse. Era uma certeza que me enchia de uma sensação peculiar de conforto.

Fechando os olhos, reclinei-me contra o banco com outro suspiro. A dicotomia das minhas emoções fazia com que a cabeça doesse. Como eu podia estar chateada com Julian por me forçar a casar com ele e, ao mesmo tempo, sentir-me feliz porque ele não podia esperar para me sequestrar novamente? Que pessoa sã conseguia se sentir assim?

— Chegamos — disse Julian, interrompendo meus pensamentos. Abri os olhos e percebi que o carro estava parado.

À nossa frente, havia uma mansão de dois andares rodeada de várias estruturas menores. Luzes brilhantes iluminavam tudo nos arredores e vi gramados amplos e uma paisagem verdejante e muito bem cuidada. Julian não exagerara ao falar da propriedade.

Também vi algumas das medidas de segurança e olhei em volta curiosamente quando Julian me ajudou a sair do carro, conduzindo-me em direção ao prédio principal. Nas beiradas mais distantes da propriedade, havia torres a alguns metros umas das outras com homens armados visíveis no topo de cada uma.

Era quase como se estivéssemos em uma prisão, exceto que os guardas estavam lá para manter os bandidos do lado de fora, não dentro.

— Você cresceu aqui? — perguntei a Julian ao nos aproximarmos da casa. Era um prédio branco lindo, com colunas imensas na frente. Lembrava um pouco a plantação de Scarlett O'Hara em *O Vento Levou*.

— Sim. — Ele me olhou de soslaio. — Passei a maior parte do tempo aqui até perto dos oito anos. Depois disso, normalmente ficava nas cidades com o meu pai, ajudando-o com os negócios.

Depois de subirmos os degraus da entrada, Julian parou em frente à porta e abaixou-se para me pegar nos braços. Antes que eu pudesse dizer alguma coisa, ele me carregou para dentro, colocando-me de volta no chão. — Não há motivo para não seguirmos essa pequena tradição — murmurou ele com um sorriso malicioso, mantendo as mãos na minha cintura enquanto me encarava.

Meus lábios se abriram em um sorriso leve. Era impossível resistir quando Julian era brincalhão. — Ah, sim, esqueci que hoje você é o sr. Tradicional — brinquei, tentando não pensar na natureza forçada do nosso casamento. Era importante para minha sanidade manter os momentos bons separados dos momentos ruins, viver o momento o máximo possível. — E eu achei que você só estava com vontade de me pegar no colo.

— Eu estava — admitiu ele, aumentando o sorriso. — Mas é a primeira vez que minhas inclinações e a tradição coincidiram, portanto, por que não dizer apenas que estou observando a tradição?

— Por mim, tudo bem — disse eu baixinho, olhando para ele. Naquele momento, minha mente estava firmemente no campo dos "bons momentos" e eu aceitaria qualquer coisa que Julian quisesse, faria qualquer coisa que ele desejasse.

— *Señor* Esguerra? — Uma voz feminina meio incerta nos interrompeu. Virei-me e vi uma mulher de meia idade parada lá. Ela usava um vestido preto de mangas curtas com um avental branco amarrado na cintura larga. — Está tudo pronto, como pediu — disse ela em inglês com sotaque forte, observando-nos com curiosidade mal disfarçada. — Devo servir o jantar?

— Não, obrigado, Ana — respondeu Julian com a mão repousando possessivamente na minha cintura. — Basta levar uma bandeja com alguns sanduíches para o nosso quarto, por favor. Nora está cansada da viagem. — Ele olhou para mim. — Nora, essa é Ana, nossa governanta. Ana, esta é Nora, minha esposa.

Os olhos castanhos de Ana se arregalaram. Pelo jeito, a parte sobre a "esposa" fora um choque tão grande para ela quanto para mim. Mas ela se recuperou rapidamente. — É um prazer conhecê-la, *señora* — disse ela, abrindo um sorriso largo. — Seja bem-vinda.

— Obrigada, Ana. É um prazer conhecer você também. — Sorri de volta, ignorando a dor que me apertava o peito. Aquela governanta não era nada parecida com Beth, mas não pude evitar de pensar na mulher que se tornara minha amiga... e na morte cruel e inútil dela.

Não, não pense nisso, Nora. A última coisa de que eu precisava era acordar gritando por causa de outro pesadelo.

— Não queremos ser incomodados hoje à noite — Julian instruiu a Ana —, a não ser seja algo urgente.

— Sim, *señor* — murmurou ela, desaparecendo pelas portas duplas que levavam para longe da área da entrada.

— Ana é uma das empregadas aqui — explicou Julian ao me conduzir em direção a uma escada larga e curva. — Ela ocupou várias funções com minha família pela maior parte da vida.

— Ela parece muito simpática — disse eu, estudando meu novo lar ao subirmos a escada. Eu nunca estivera no interior de uma casa tão luxuosa e mal podia acreditar que moraria lá. A decoração era uma mistura de muito bom gosto de um charme antigo com elegância moderna, com piso de madeira brilhante e arte abstrata nas paredes. Suspeitei que as pinturas eram mais caras do que qualquer coisa que eu tinha no meu apartamento. — Quantas pessoas trabalham para você?

— Há duas que sempre cuidam da casa — respondeu Julian. — Ana, que você acabou de conhecer, e Rosa, que é a criada. Você provavelmente a conhecerá amanhã. Há também vários jardineiros, trabalhadores faz-tudo e outros que supervisionam a propriedade como um todo. — Parando em frente a uma das portas no andar de cima, ele a abriu para mim. — Aqui estamos. Nosso quarto.

Nosso quarto. A expressão tinha um tom muito doméstico. Na ilha, eu tivera meu próprio quarto e, apesar de Julian dormir comigo na maioria das noites, ainda era um espaço particular meu... algo que, pelo jeito, eu não teria ali.

Entrando, observei o quarto cautelosamente.

Como o restante da casa, ele tinha um ar opulento e antigo, apesar de vários toques modernos. Havia um tapete azul grosso no chão e uma cama de dossel imensa no centro. Tudo tinha tons de azul e creme, com um pouco de ouro e bronze aqui e ali. As cortinas que cobriam as janelas eram grossas e pesadas, como em um hotel de luxo, e havia mais algumas pinturas abstratas nas paredes.

Era belo e intimidador, como o homem que agora era meu marido.

— Por que não tomamos um banho? — perguntou Julian em tom suave, parando atrás de mim. Os braços fortes me envolveram e os dedos abriram a fivela do meu cinto. — Acho que nós dois precisamos de um.

— Claro, parece ótimo — murmurei, deixando que ele me despisse. Eu me senti como uma boneca... ou como uma princesa, considerando os arredores. Quando Julian tirou minha camisa e minha calça, as mãos dele encostaram na pele nua, causando ondas de calor dentro de mim.

Nossa noite de núpcias. Era nossa noite de núpcias. Minha respiração acelerou devido a uma combinação de excitação e nervosismo. Eu não sabia o que Julian tinha em mente, mas o pênis enrijecido pressionado contra minhas costas não deixava dúvidas de que pretendia trepar comigo de novo.

Quando eu estava completamente nua, virei-me para encará-lo e observar enquanto ele tirava as próprias roupas. Os músculos bem definidos brilharam sob a luz suave proveniente do teto. O corpo dele estava ligeiramente mais magro do que antes e havia uma nova cicatriz no peito. Ainda assim, ele era o homem mais lindo que eu já vira. O pênis estava totalmente ereto e engoli em seco, sentindo as entranhas se contraírem. Ao mesmo tempo, notei uma ligeira dor bem no fundo e a ardência nas nádegas.

Eu o queria, mas não sabia se aguentaria mais dor naquele dia.

— Julian... — Hesitei, sem saber como dizer o que queria. — Há uma forma... Podemos...?

Ele se aproximou e envolveu meu rosto com as mãos grandes. Os olhos dele brilhavam ao olhar para mim. — Sim — sussurrou ele, entendendo a pergunta que não fora feita. — Sim, querida, podemos. Eu lhe darei a noite de núpcias dos seus sonhos.

7

Julian

ABAIXANDO-ME, PASSEI O BRAÇO SOB OS JOELHOS DE Nora e peguei-a no colo. Ela pesava muito pouco e o corpo pequeno era leve enquanto eu a carregava para o banheiro, onde Ana preparara a jacuzzi para nós.

Minha esposa. Nora agora era minha esposa. A satisfação ardente que senti não fazia sentido, mas eu não pretendia pensar muito no assunto. Ela era minha e isso era a única coisa que importava. Eu a mimaria e treparia com ela, que satisfaria todas as minhas necessidades, não importava o quanto fossem depravadas ou sombrias. Ela se entregaria inteira e eu aceitaria.

Eu aceitaria tudo e exigiria mais.

No entanto, naquela noite, eu lhe daria o que ela queria. Seria tão doce e gentil quanto qualquer marido seria com a nova esposa. O sádico dentro de mim estava quieto e satisfeito por enquanto. Haveria tempo suficiente depois para puni-la pela relutância na igreja. Naquele momento, eu não tinha desejo de machucá-la. Só queria abraçá-la, acariciar a pele sedosa e senti-la estremecer de prazer em meus braços. O pênis estava duro, latejando de desejo, mas a fome agora era diferente, mais controlada.

Ao chegar à *jacuzzi* redonda grande, entrei nela e abaixei nós dois para dentro da água borbulhante, sentando-me com Nora no colo. Ela soltou um suspiro feliz e relaxou contra mim, fechando os olhos e apoiando a cabeça no meu ombro. Os cabelos dela fizeram cócegas na minha pele ao flutuar na água. Mudei de posição ligeiramente, deixando que os jatos fortes batessem nas costas, e senti a tensão gradualmente desaparecendo, apesar da excitação.

Por alguns momentos, fiquei apenas sentado segurando-a nos braços. Apesar do calor escaldante do lado de fora, a temperatura dentro da casa era fresca e a sensação da água quente na pele foi incrível e relaxante. Imaginei que Nora também estivesse gostando, pois a água aliviava a dor dos machucados que eu causara mais cedo.

Erguendo a mão, acariciei as costas dela preguiçosamente, deliciando-me com a maciez da pele dourada. O pênis se contraiu, exigindo mais, mas eu não tinha pressa desta vez. Queria prolongar aquele momento, aumentar a ansiedade de nós dois.

— Isso é gostoso — murmurou ela depois de alguns momentos, inclinando a cabeça para trás para me encarar. O rosto dela estava vermelho por causa do calor da água e as pálpebras parcialmente fechadas, fazendo com que ela parecesse ter acabado de sair de uma trepada. — Eu queria poder tomar um banho assim todos os dias.

— Você pode — disse eu baixinho, mudando-a de posição no colo para que estivesse virada para mim, e peguei seu pé direito. — Você pode fazer o que quiser aqui. É sua casa agora.

Aplicando pressão na sola do pé, comecei a massageá-lo do jeito como ela gostava, ouvindo os gemidos baixinhos que deixava escapar ao sentir meu toque. Os pés de Nora eram pequenos e bonitos, como o restante do corpo. Eram até mesmo sensuais, com o esmalte cor-de-rosa nos dedos finos. Cedendo a uma vontade súbita, levei o pé dela à boca e chupei-o de leve, passando a língua em volta de cada dedo. Ela arquejou, olhando para mim, e percebi que sua respiração ficou acelerada. Os olhos ficaram escuros de excitação. Perceber que aquilo a deixava excitada deixou meu pau ainda mais duro.

Mantendo o olhar de Nora, peguei o outro pé e dei a ele o mesmo tratamento. Ela contorceu os dedos do pé ao sentir o toque da minha língua e sua respiração ficou irregular. A dor que eu sentia na virilha aumentou e soltei o pé dela. Em seguida, deslizei a mão lentamente pela parte de dentro da perna de Nora, sentindo os músculos da coxa estremecerem com tensão ao me aproximar do sexo dela. Meus dedos acariciaram a boceta, abrindo as dobras macias. Em seguida, empurrei a ponta do dedo médio dentro da abertura pequena, usando o polegar para pressionar o clitóris.

Por dentro, ela estava impossivelmente quente e escorregadia. As paredes internas se apertaram em volta do meu dedo com tanta força que o pênis saltou em resposta. Ela soltou um gemido leve, erguendo os quadris na minha direção, e meu dedo entrou mais fundo, fazendo com que ela soltasse um gritinho. Ela recuou de forma reflexiva, como se estivesse tentando se afastar, mas segurei seu braço com a mão livre e puxei-a para mim. — Não lute, querida — murmurei, segurando-a quieta enquanto a penetrava com o dedo. — Só sinta... isso, assim mesmo...

Ela jogou a cabeça para trás e fechou os olhos. Uma expressão de entrega intensa surgiu em seu rosto e ela soltou outro gemido.

Linda. Ela é tão linda. Eu não conseguia afastar o olhar, absorvendo a visão de Nora desmoronando em meus braços. O corpo magro se arqueou e contraiu. Em seguida, ela soltou um grito quando os músculos se contraíram em volta do meu dedo com o orgasmo. O movimento rítmico fez com que o pênis latejasse com um desejo agonizante.

Eu não aguentaria muito mais tempo. Retirando o dedo, passei as mãos sob o corpo dela e peguei-a nos braços ao me levantar. Ela abriu os olhos e passou os braços em volta do meu pescoço, observando-me intensamente quando saí da *jacuzzi* e levei-a de volta ao quarto. Estávamos molhados, mas eu não podia parar nem por um momento. Não me importei com o fato de molhar os lençóis... não me importei com nada além dela.

Chegando à cama, eu a soltei. Minhas mãos tremiam com o desejo violento. Em qualquer outra noite, eu já estaria dentro dela, penetrando-a repetidamente até explodir. Mas não naquela noite. Aquela noite era dela. Naquela noite, eu lhe daria o que ela pedira: uma noite de núpcias com um amante, não com um monstro.

Ela me observou, com os olhos escuros cheios de desejo, quando subi na cama entre suas pernas e inclinei-me sobre a carne macia. Ignorando o pênis dolorido, comecei com beijos leves na parte interna das coxas, subindo até chegar onde queria: na boceta molhada e inchada depois do orgasmo.

Abrindo as dobras com os dedos, lambi a área diretamente em volta do clitóris, sentindo sua essência. Em seguida, coloquei a língua na boceta, penetrando-a o máximo que consegui. Ela estremeceu, colocando as mãos em minha cabeça, e senti as unhas enterrando-se no meu crânio. Um dos dedos de Nora pressionou uma cicatriz, causando uma onda de dor, mas eu a ignorei, concentrando-me unicamente em dar prazer a ela e fazê-la gozar. Deliciei-me com cada gota que extraí do corpo dela, com cada gemido que escapava de seus lábios enquanto trabalhava com a língua sobre o feixe de nervos em seu sexo. Nora começou a tremer, as coxas vibraram com tensão, e senti um jato agridoce quando ela gozou com um grito, erguendo os quadris e esfregando a boceta na minha língua.

Quando Nora finalmente relaxou, respirando pesadamente, posicionei-me sobre ela e beijei sua orelha delicada. Eu ainda estava longe de ter terminado.

— Você é tão doce — sussurrei, sentindo-a estremecer com o calor da minha respiração. O pênis latejou mais forte com a resposta dela e as próximas palavras que eu disse saíram baixas e roucas, quase guturais. — Tão doce... quero tanto trepar com você, mas não vou... — Passei a língua no lóbulo da orelha dela, o que fez com que suas mãos se contraíssem convulsivamente sobre os lençóis — ... não até que goze de novo para mim. Consegue gozar para mim, querida?

— Eu... eu acho que não... — Ela arquejou, contorcendo-se em meus braços quando movi a boca por seu pescoço, deixando um rastro quente e úmido em sua pele.

— Ah, eu acho que sim — murmurei, abaixando a mão direita pelo corpo dela para sentir a boceta molhada. Enquanto meus lábios percorriam seus ombros e a parte de cima do peito, massageei o clitóris inchado com os dedos. Ela começou a ofegar novamente e a respiração ficou irregular quando aproximei a boca dos seios. Os mamilos estavam rígidos, praticamente implorando pelo meu toque.

Fechei os lábios sobre um dos mamilos, chupando-o com força. Ela soltou um gemido alto e voltei a atenção para o outro mamilo, chupando-o até senti-la tremer sob mim, com a umidade de seu sexo molhando minha mão. Mas, antes que ela conseguisse chegar ao clímax, deslizei para baixo e enfiei a língua novamente dentro dela no momento em que as contrações recomeçaram.

Eu a lambi até que o orgasmo terminasse e movi o corpo para cima de novo, apoiando-me no cotovelo direito. Usando a mão esquerda, segurei seu queixo e forcei-a a encontrar meu olhar. Os olhos dela estavam desfocados por causa do prazer e abaixei a cabeça, capturando sua boca com um beijo profundo. Eu sabia que ela sentia o próprio gosto nos meus lábios e isso me deixou ainda mais excitado. Ela passou os braços em volta do meu pescoço e senti seus seios contra o peito.

Puta merda. Preciso possuí-la. Agora.

Com o autocontrole por um fio, continuei a beijá-la enquanto usava os joelhos para abrir suas pernas. Pressionando a cabeça do pênis contra a abertura, segurei sua nuca com a mão esquerda.

Em seguida, comecei a penetrá-la.

A boceta de Nora era mais apertada do que qualquer outra que eu conhecera antes. Senti a carne úmida gradualmente envolvendo-me, estendendo-se para mim. Senti um arrepio na espinha. Eu ainda nem estava totalmente dentro dela e já estava prestes a explodir com o prazer intenso. *Devagar*, relembrei a mim mesmo. *Vá devagar.*

Ela afastou a boca da minha, respirando sofregamente contra minha orelha. — Eu quero você — sussurrou ela, erguendo as pernas e colocando-as em volta dos meus quadris. O movimento fez com que eu a penetrasse mais fundo, fazendo-me gemer de desejo desesperado. — Por favor, Julian...

As palavras dela acabaram com todo o meu controle. *Ir devagar é o caralho.* Um gemido baixo vibrou no meu peito e agarrei os cabelos dela ao começar a investir de forma selvagem e implacável. Ela gritou e apertou os braços em volta do meu pescoço, recebendo de forma acolhedora meu ataque.

Minha mente explodiu com as sensações do êxtase. Aquilo, bem ali, era o que eu queria, era do que precisava. Era por isso que eu nunca a deixaria ir embora. Os corpos estavam juntos na cama, os lençóis úmidos à nossa volta, enquanto eu me perdia nela, nos sons e cheiros do sexo desenfreado. Nora era como fogo líquido em meus braços, com o corpo magro arqueando-se contra o meu e as pernas em volta dos meus quadris. Cada investida me levava mais fundo dentro dela até que estávamos derretendo um contra o outro.

Ela gozou primeiro, com a boceta apertando-me ainda mais. Ouvi o grito estrangulado de Nora quando ela mordeu meu ombro ao atingir o orgasmo. Estremeci violentamente quando o sêmen se derramou dentro dela em jatos contínuos.

Respirando pesadamente, caí sobre ela, pois os braços não aguentaram mais o peso do corpo. Todos os músculos estremeciam com a força do orgasmo e eu estava coberto por uma camada fina de suor. Depois de alguns momentos, reuni a força necessária para deitar de costas, puxando-a sobre mim.

Não deveria ter sido tão intenso novamente, não depois do sexo mais cedo, mas foi. Sempre era. Não havia um momento em que eu não a quisesse, em que não pensava nela. Se algum dia eu a perdesse...

Não. Não posso pensar nisso agora. Não vai acontecer. Não vou deixar.

Eu faria o que fosse preciso para mantê-la segura.

Segura contra todos, exceto eu.

8

Quando acordei na manhã seguinte, Julian já se fora.

Saindo da cama, fui diretamente para o chuveiro, sentindo-me suja e grudenta depois da noite anterior. Nós dormimos depois do sexo, exaustos demais para trocar os lençóis molhados ou para tomar banho. Logo antes da alvorada, Julian me acordou ao me penetrar, com os dedos habilidosos fazendo-me gozar antes mesmo de estar totalmente desperta. Era como se ele não conseguisse se cansar de mim depois de nossa longa separação.

Obviamente, eu também não me cansava dele.

Um sorriso curvou meus lábios quando me lembrei da paixão ardente da noite anterior. Julian me prometera a noite de núpcias dos meus sonhos e certamente conseguira cumprir a promessa. Eu nem sabia quantas vezes gozara nas vinte e quatro horas anteriores. Eu estava ainda mais dolorida.

Ainda assim, senti-me imensamente melhor naquele dia, tanto física quanto mentalmente. Os machucados nas coxas estavam menos sensíveis e eu não me sentia mais tão exausta. Até mesmo a ideia de estar casada com Julian não parecia tão assustadora à luz da manhã. Nada mudara realmente, exceto que agora havia um pedaço de papel que nos unia, deixando o mundo saber que eu pertencia a ele. Sequestrador, amante ou marido... era tudo a mesma coisa. O rótulo não alterava a realidade de nosso relacionamento pervertido.

Entrando sob o chuveiro, inclinei a cabeça para trás e deixei que a água quente fluísse sobre meu rosto. O chuveiro era tão luxuoso quanto o restante da casa, com espaço suficiente para acomodar dez pessoas. Lavei e esfreguei cada centímetro do corpo até começar a me sentir humana novamente. Depois, voltei ao quarto para me vestir.

Encontrei um armário enorme na parte de trás do quarto, em sua maioria cheio de roupas de verão leves. Lembrando-me do calor intenso no lado de fora, escolhi um vestido azul simples e calcei um par de chinelos. Não era um traje sofisticado, mas serviria.

Eu estava pronta para explorar meu novo lar.

～

A PROPRIEDADE ERA IMENSA, MUITO MAIOR DO QUE EU achara na noite anterior. Além da casa principal, havia também alojamentos para os mais de duzentos guardas que patrulhavam o perímetro e várias casas ocupadas por outros funcionários e suas famílias. Era quase como uma cidade pequena ou um complexo militar.

Descobri tudo aquilo com Ana durante o café da manhã. Pelo jeito, Julian deixara instruções para que eu fosse alimentada e apresentada à propriedade ao acordar. Julian, como sempre, estava ocupado com o trabalho.

— O *señor* Esguerra tem uma reunião importante — explicou Ana, servindo-me um prato que chamou de *Migas de Arepa*, ou ovos mexidos com pedaços de bolo de milho e molho de tomate com cebola. — Ele me pediu que cuidasse de você hoje. Portanto, avise-me se precisar de alguma coisa. Depois do café da manhã, posso pedir a Rosa que lhe mostre o lugar, se quiser.

— Obrigada, Ana — disse eu, devorando a comida. Era incrivelmente deliciosa, com a doçura do bolo de milho complementando o sabor dos ovos. — Um passeio por aí seria ótimo.

Conversamos um pouco enquanto eu terminava a refeição. Além de descobrir mais sobre a propriedade, fiquei sabendo que Ana morara naquela casa durante a maior parte da vida. Ela começara como uma jovem criada, trabalhando para o pai de Julian. — Foi assim que aprendi inglês — disse ela, servindo-me uma xícara de chocolate quente. — A *señora* Esguerra era norte-americana, como você, e não falava espanhol.

Assenti, lembrando-me que Julian me contara sobre a mãe dele. Ela fora modelo na cidade de Nova Iorque antes de se casar com o pai dele. — Então você conheceu Julian quando ele era criança? — perguntei, bebendo o chocolate quente. Como os ovos, ele tinha um sabor incomum, com toques de cravo, canela e baunilha.

— Sim. — Ana parou de falar, como se estivesse com medo de dizer mais do que devia. Dei a ela um sorriso encorajador, torcendo para que ela me contasse mais. Mas ela se virou e começou a lavar as louças, colocando um fim na conversa.

Suspirando, terminei de beber o chocolate quente e levantei-me. Eu queria saber mais sobre o meu marido, mas tinha a sensação de que Ana seria tão silenciosa sobre o tópico quanto Beth.

Beth. A dor familiar me atingiu novamente, juntamente com uma raiva ardente. As lembranças da morte violenta dela nunca ficavam longe da minha mente, ameaçando me afogar em ódio se eu permitisse. Quando Julian me contou o que fizera com os atacantes de Maria, eu ficara horrorizada... mas agora entendi. Eu queria colocar as mãos no terrorista que matara Beth e fazer com que pagasse pelo que fizera com ela. Nem mesmo saber que ele estava morto reduzia minha raiva. Ela estava sempre lá, devorando-me por dentro, envenenando-me.

— *Señora*, esta é Rosa — disse Ana. Virei-me para a entrada da sala de jantar e vi uma jovem de cabelos escuros parada lá. Ela parecia ter idade próxima à minha, com um rosto arredondado e um sorriso brilhante. Como Ana, ela vestia um vestido preto de mangas curtas com um avental branco. — Rosa, esta é a nova esposa do *señor* Esguerra, Nora.

O sorriso de Rosa aumentou ainda mais. — Ah, olá, *señora* Esguerra. É um prazer conhecê-la. — O inglês dela era melhor do que o de Ana e mal dava para perceber o sotaque.

— Obrigada, Rosa — disse eu, gostando imediatamente da garota. — É um prazer conhecer você também. E, por favor, pode me chamar de Nora. — Olhei para a governanta. — Você também, Ana, por favor, se não se importar. Não estou acostumada a ser chamada de "*señora*". — E era verdade. Era especialmente estranho ouvir as pessoas me chamarem de *señora* Esguerra. Isso significava que o sobrenome de Julian agora era meu? Ainda não tínhamos discutido aquilo, mas eu suspeitava que Julian também quisera seguir a tradição nesse caso.

Nora Esguerra. Meu coração bateu mais forte ao pensar naquilo e parte do medo irracional do dia anterior voltou. Durante dezenove anos e meio, eu fora Nora Leston. Era um nome com o qual eu estava acostumada e sentia-me confortável com ele. A ideia de mudá-lo me deixava muito inquieta, como se estivesse perdendo uma parte de mim mesma. Era como se Julian estivesse acabando com tudo o que eu fora, transformando-me em alguém que mal reconhecia.

— É claro — disse Ana, interrompendo meus pensamentos ansiosos. — Chamaremos você como desejar. — Rosa assentiu vigorosamente, sorrindo para mim. Respirei fundo algumas vezes para acalmar meu coração acelerado.

— Obrigada. — Consegui dar um sorriso a elas. — Agradeço.

— Gostaria de ver a casa antes de irmos para o lado de fora? — perguntou Rosa, alisando o avental com as mãos. — Ou prefere começar pela parte de fora?

— Podemos começar com o interior da casa, se não se importa — disse eu. Em seguida, agradeci a Ana pelo café da manhã e começamos o passeio.

Rosa me mostrou primeiro o andar debaixo. Havia mais de uma dezena de aposentos, incluindo uma biblioteca grande, com uma variedade de livros, uma TV do tamanho da parede e uma academia de tamanho razoável com equipamentos sofisticados de exercícios. Também fiquei feliz em descobrir que Julian se lembrava de meu *hobby* de pintura. Um dos aposentos era um estúdio de arte, com telas em branco alinhadas em frente a uma janela grande, virada para o sul. — O *señor* Esguerra preparou tudo umas duas semanas antes de você chegar — disse Rosa, levando-me de um aposento a outro. — Portanto, tudo é novo.

Pestanejei, surpresa ao ouvir aquilo. Eu imaginara que o estúdio de arte era novo, pois Julian não pintava, mas não percebera que ele refizera a casa inteira. — Ele não mandou construir uma piscina, mandou? — perguntei brincando ao andarmos pelo corredor.

— Não, a piscina já estava lá — respondeu Rosa com seriedade absoluta. — Mas ele mandou renová-la. — E, levando-me em direção a uma varanda traseira telada, ela me mostrou uma piscina olímpica rodeada de vegetação tropical. Além da piscina propriamente dita, havia cadeiras reclináveis que pareciam incrivelmente confortáveis, guarda-sóis imensos e várias mesas com cadeiras.

— Ótimo — murmurei, sentindo o ar quente e úmido na pele. Eu tinha a sensação de que a piscina seria bastante útil naquele clima.

Voltando para dentro, fomos para o segundo andar. Além do quarto principal, havia vários outros quartos, cada um deles maior do que meu apartamento inteiro. — Por que esta casa é tão grande? — perguntei a Rosa depois de visitarmos todos os quartos decorados de forma suntuosa. — Há apenas algumas pessoas morando aqui, certo?

— Sim, é verdade — confirmou Rosa. — Mas a casa foi construída pelo velho *señor* Esguerra e, pelo que sei, ele dava muitas festas aqui, frequentemente convidando os associados de negócios para passarem a noite.

— Como você veio trabalhar aqui? — Olhei para Rosa de forma curiosa ao descermos a escada curva. — E como aprendeu a falar inglês tão bem?

— Ah, eu nasci aqui, na propriedade Esguerra — respondeu ela. — Meu pai era um dos guardas do velho *señor* Esguerra. Minha mãe e meu irmão mais velho também trabalhavam para ele. A esposa do *señor*, ela era americana, me ensinou inglês quando eu era criança. Acho que ela ficava meio entediada aqui e dava aulas para todos os funcionários e quem mais quisesse aprender o idioma. Depois, ela insistiu que falássemos inglês na casa, mesmo entre nós, para que pudéssemos praticar.

— Entendo. — Rosa parecia mais conversadora do que Ana e perguntei a ela a mesma coisa que perguntara à governanta mais cedo. — Como cresceu aqui, você conheceu Julian quando ele era criança?

— Não. — Ela olhou para mim de soslaio ao sairmos da casa para a varanda da frente. — Eu era muito nova, tinha apenas quatro anos quando o seu marido saiu do país, portanto, não me lembro muito de quando ele era criança. Até algumas semanas atrás, quando o vi aqui por um tempo curto depois... — Ela engoliu em seco, olhando para o chão. — Depois do que aconteceu.

— Depois da morte dos pais dele? — perguntei baixinho. Eu me lembrei de Julian contando que os pais tinham sido assassinados, mas ele nunca me explicara o que acontecera. Ele dissera apenas que fora um dos rivais do pai.

— Sim — disse Rosa em tom sério. O sorriso brilhante desaparecera. — Alguns anos depois que Julian partiu, um dos cartéis da costa norte tentou tomar a organização Esguerra. Eles atacaram muitas das principais operações dela e vieram até mesmo aqui, para a propriedade. Muitas pessoas morreram naquele dia. Minha mãe e meu irmão também.

Parei e encarei-a. — Ai, meu Deus, Rosa, eu sinto muito... — Eu me senti péssima por levantar um assunto tão doloroso. Por algum motivo, não me ocorrera que aquelas pessoas poderiam ter sido afetadas pelos mesmos eventos que moldaram Julian.

— Eu sinto tanto...

— Está tudo bem — disse ela com a expressão ainda tensa. — Aconteceu há quase doze anos.

— Você devia ser muito jovem na época — disse eu baixinho. — Quantos anos tem agora?

— Vinte e um — respondeu ela ao começarmos a descer os degraus da varanda. Ela me olhou com curiosidade e parte da tristeza sumira. — E você, Nora, se não se importa que eu pergunte? Também parece muito jovem.

Sorri para ela. — Dezenove. Farei vinte em alguns meses. — Fiquei feliz por ela se sentir confortável o suficiente para me fazer perguntas pessoais. Eu não queria ser a *señora* ali, não queria ser tratada como uma senhora da mansão.

Ela sorriu de volta e a alegria de viver pareceu restaurada. — Foi o que pensei — disse ela com satisfação evidente. — Ana achou que você fosse ainda mais jovem quando a viu na noite passada, mas ela tem quase cinquenta anos e qualquer pessoa com a nossa idade parece um bebê. Meu palpite hoje pela manhã foi vinte anos e eu tinha razão.

Eu ri, encantada com a franqueza dela. — É verdade, você tinha razão.

Durante o restante do passeio, Rosa fez várias perguntas sobre mim e minha vida nos Estados Unidos. Ela parecia fascinada pelos Estados Unidos, tendo assistido a vários filmes norte-americanos para melhorar o inglês. — Espero ir lá um dia — disse ela. — Conhecer a cidade de Nova Iorque, andar por entre todas as luzes brilhantes da Times Square...

— Você devia ir mesmo — respondi. — Só visitei Nova Iorque uma vez e foi incrível. Muitas coisas a fazer como turista.

Enquanto conversávamos, ela me mostrou a propriedade, mostrando os alojamentos dos guardas que Ana mencionara antes e a área de treinamento dos homens no lado extremo do composto. A área de treinamento tinha uma academia de luta interna, um campo de tiro externo e o que parecia ser um curso de obstáculos em um campo gramado grande. — Os guardas gostam de ficar na melhor forma — explicou Rosa ao passarmos por um grupo de homens de rosto duro que praticavam artes marciais. — A maioria deles é de ex-militares e todos são muito bons no que fazem.

— Julian também treina com eles, certo? — perguntei, observando fascinada quando um homem derrubou o adversário com um chute poderoso na cabeça. Eu sabia um pouco de autodefesa pelas aulas que fizera, mas era coisa de criança em comparação àquilo.

— Ah, sim. — O tom de Rosa foi um tanto reverente. — Eu vi o *señor* Esguerra no campo e ele é tão bom quanto qualquer um dos seus homens.

— Sim, tenho certeza disso — disse eu, lembrando-me de quando Julian me resgatara do galpão. Ele estivera completamente em seu elemento, chegando no meio da noite como um anjo da morte. Por um momento, as lembranças sombrias ameaçaram me tomar novamente, mas eu as afastei, determinada a não viver no passado. Virando-me de costas para os lutadores, perguntei a Rosa: — Por acaso você sabe onde ele está hoje? Ana disse que ele estava em uma reunião.

Ela deu de ombros. — Provavelmente está no escritório, naquele prédio ali. — Ela apontou para uma estrutura pequena de aparência moderna perto da casa principal. — Ele também a remodelou e passa muito tempo lá desde que voltou. Vi Lucas, Peter e mais alguns entrarem lá esta manhã, portanto, suponho que Julian esteja reunido com eles.

— Quem é Peter? — perguntei. Eu já conhecia Lucas, mas era a primeira vez que ouvia o nome de Peter.

— É um dos funcionários do *señor* Esguerra — respondeu Rosa ao andarmos de volta para a casa. — Ele veio para cá há algumas semanas para supervisionar algumas das medidas de segurança.

— Ah, entendi.

Quando chegamos à casa, minhas roupas estavam grudadas na pele por causa da umidade intensa. Foi um alívio voltar para o interior, onde o ar-condicionado mantinha a temperatura mais baixa e agradável. — Assim é a Amazônia — disse Rosa, sorrindo quando bebi um copo de água gelada que peguei na cozinha. — Estamos bem ao lado da floresta tropical e é sempre um banho de vapor lá fora.

— Não diga — murmurei, sentindo necessidade de tomar outro banho. O clima na ilha também fora quente, mas a brisa do oceano o deixara tolerável, até mesmo agradável. Ali, no entanto, o calor era quase escaldante e o ar era parado e denso por causa da umidade.

Colocando o copo vazio sobre a mesa, virei-me para Rosa. — Acho que vou usar aquela piscina que você me mostrou — disse eu, decidindo aproveitar as amenidades. — Quer ir comigo?

Rosa arregalou os olhos, claramente surpresa pelo convite. — Ah, eu adoraria — disse ela com sinceridade —, mas preciso ajudar Ana a preparar o almoço e depois limpar os quartos...

— É claro. — Senti-me ligeiramente constrangida porque, por um momento, esqueci que Rosa não estava lá unicamente para me fazer companhia. Ela tinha deveres e responsabilidades na casa. — Bom, neste caso, obrigada pelo passeio. Agradeço muito.

Ela sorriu. — Foi um prazer.

E, enquanto ela se ocupava na cozinha, subi para vestir uma roupa de banho.

9

ENCONTREI NORA AO LADO DA PISCINA, LENDO UM LIVRO sob um dos guarda-sóis. As pernas finas estavam cruzadas na altura do tornozelo e ela usava um biquíni branco. A pele dourada brilhava com gotas d'água, o que indicava que estivera nadando.

Ouvindo meus passos, ela se sentou e colocou o livro sobre uma mesinha ao lado. — Olá — disse ela em tom suave quando me aproximei de sua cadeira. Os óculos escuros eram grandes demais para o rosto pequeno, fazendo com que ela parecesse um pouco com um inseto. Fiz uma anotação mental para comprar um óculos mais adequado na próxima viagem a Bogotá.

— Olá, meu bichinho — murmurei, sentando-me na

cadeira dela. Erguendo a mão, tirei os óculos escuros dela e inclinei-me para lhe dar um beijo curto e profundo. Ela estava com gosto de sol, com os lábios macios e acolhedores, e meu pênis instantaneamente ficou rígido, reagindo à proximidade do corpo quase nu. À noite, prometi a mim mesmo ao erguer a cabeça de forma relutante. Eu a teria novamente à noite.

— Sobre o que era sua reunião esta manhã? — perguntou ela, com a respiração ligeiramente irregular depois do beijo. Os olhos escuros continham curiosidade e apenas um toque de cautela ao olhar para mim. Ela testava o terreno novamente, tentando determinar o quanto eu estava disposto a compartilhar agora.

Considerei o assunto por um momento. Era tentador continuar a mantê-la no escuro. Apesar de tudo, Nora ainda era muito ingênua e ignorante em relação ao mundo real. Ela tivera uma amostra naquele galpão, mas não era nada em comparação com as coisas com que eu lidava todos os dias. Eu queria continuar a protegê-la da natureza brutal da minha realidade, mas não havia mais segurança na ignorância... não quando meus inimigos sabiam da existência dela. Além do mais, eu tinha a sensação de que minha jovem esposa era mais durona do que a aparência delicada sugeria.

Ela tinha que ser para sobreviver a mim.

Tomando uma decisão, abri um sorriso meio frio. — Acabamos de receber informações sobre duas células da Al-Quadar — disse eu, observando a reação dela. — Agora, estamos discutindo como podemos acabar com elas e capturar alguns dos membros. A reunião foi para coordenar a logística dessa operação.

Ela arregalou os olhos ligeiramente, mas conseguiu controlar o choque ao ouvir minhas revelações. — Quantas células existem? — perguntou ela, inclinando-se para a frente. Vi a mão direita dela se fechar em um punho, mas a voz permaneceu calma. — Que tamanho tem a organização deles?

— Ninguém sabe, exceto os líderes. É por isso que é tão difícil erradicá-los. Estão espalhados pelo mundo todo, como vermes. Mas eles cometeram um erro ao tentar me enfrentar. Sou muito bom em exterminar vermes.

Nora engoliu em seco de forma reflexiva, mas continuou mantendo meu olhar. *Garota corajosa.* — O que eles queriam de você? — perguntou ela. — Por que decidiram enfrentar você?

Hesitei por um segundo, mas decidi responder, pois, a essas alturas, ela podia muito bem saber a história completa. — Minha empresa desenvolveu um novo tipo de arma, um explosivo poderoso que é quase impossível de detectar — expliquei. — Uns dois quilos são suficientes para explodir um aeroporto de tamanho médio e uns doze dariam para acabar com uma cidade pequena. Ele tem a força explosiva de uma bomba nuclear, mas não é radioativo. A substância de que ele é feito parece plástico, portanto, pode ser moldado em praticamente qualquer coisa... até mesmo em brinquedos infantis.

Ela me encarou e seu rosto ficou pálido. Nora

começava a entender as implicações. — Foi por isso que você não quis dar o explosivo a eles? — perguntou ela. — Porque não quer colocar uma arma tão perigosa nas mãos de terroristas?

— Na verdade, não. — Olhei para ela com expressão divertida. Era simpático da parte dela atribuir motivos nobres a mim, mas já deveria saber que as coisas não eram assim. — É simplesmente porque é difícil produzir o explosivo em grandes quantidades e já tenho uma longa lista de compradores. A Al-Quadar estava no fim dessa lista e teriam que esperar anos, talvez décadas, para consegui-lo de mim.

Para crédito de Nora, a expressão dela não mudou. — E quem está no topo da sua lista? — perguntou ela. — Algum outro grupo terrorista?

— Não — respondi, rindo de leve. — Nem de perto. É o seu governo, meu bichinho. Eles fizeram um pedido tão grande que manterá minhas fábricas ocupadas durante anos.

— Ah, entendi. — Inicialmente, ela pareceu aliviada, mas uma expressão confusa surgiu em seu rosto. — Então, governos legítimos também compram coisas de você? Achei que o exército dos EUA desenvolvia as próprias armas...

— Sim, desenvolvem. — Sorri com a ingenuidade dela. — Mas nunca deixariam passar a oportunidade de colocar as mãos em algo assim. E, quanto mais eles compram, menos posso vender para os outros. É um arranjo que funciona bem para todos.

— Mas por que eles não simplesmente pegam o

explosivo de você à força? Ou fecham suas fábricas? — Ela me olhou confusa. — Em geral, se sabem de sua existência, por que permitem que produza armas ilegais?

— Porque, se eu não fizer, alguém mais fará... e aquela pessoa talvez não seja tão racional e pragmática quanto sou. — Vi o olhar descrente no rosto de Nora e meu sorriso se alargou. — Sim, meu bichinho, acredite ou não, o governo dos EUA prefere lidar comigo, que não desejo nenhum mal em particular para o país, do que ter alguém como Majid à frente de uma operação similar.

— Majid?

— O filho da puta que matou Beth. — Minha voz ficou dura e a diversão desapareceu sem deixar rastros. — O homem responsável por roubar você da clínica.

Nora ficou tensa ao ouvir o nome de Beth e vi quando as mãos dela se fecharam em punhos novamente. — O Terno... foi assim que eu o chamei na minha cabeça — murmurou ela. Seu olhar pareceu distante por um momento. — Porque ele estava usando um terno, sabe... — Ela piscou e concentrou de novo a atenção em mim. — Aquele era Majid?

Assenti, mantendo a expressão impassível apesar da raiva que queimava dentro de mim. — Sim, era ele.

— Pena que ele morreu na explosão — disse ela, surpreendendo-me por um instante. Os olhos dela brilharam de forma sombria sob a luz do sol. — Ele não merecia uma morte tão fácil.

— Não, não merecia — concordei, compreendendo

o que ela queria dizer. Como eu, Nora desejava que Majid tivesse sofrido. Ela queria vingança, consegui perceber isso em seu rosto e em sua voz. Isso me fez imaginar o que teria acontecido se Majid tivesse ficado à mercê dela. Nora teria sido capaz de feri-lo? De causar tanta dor que ele imploraria pela morte?

Era uma ideia que achei bem intrigante.

— Você trouxe Beth aqui alguma vez? — perguntou ela, mudando de assunto. — Quero dizer, para este complexo.

— Não. — Balancei a cabeça negativamente. — Antes de ir morar na ilha, Beth viajou comigo e passei muito tempo sem vir para cá.

— Por que não?

Dei de ombros. — Acho que não era meu local favorito — respondi em tom casual, ignorando as lembranças sombrias que encheram minha mente com a pergunta inocente de Nora. A propriedade fora o local em que eu passara a maior parte da infância. Nele, o cinto e os punhos do meu pai reinavam supremos até que eu tivesse idade suficiente para revidar. Foi onde matei o primeiro homem... e para onde voltei para recuperar o corpo ensanguentado da minha mãe doze anos antes. Só depois de renovar a casa completamente que consegui pensar em morar ali novamente. E, mesmo assim, somente a presença de Nora fazia com que isso fosse algo suportável.

Ela colocou a mão no meu joelho, levando-me de volta ao presente. — Julian... — Ela pausou por um momento, como se não tivesse certeza de como prosseguir, mas pareceu decidir continuar. — Há algo que eu gostaria de pedir a você — disse ela baixinho, mas em tom firme.

Ergui as sobrancelhas. — O que é, meu bichinho?

— Fiz algumas aulas em casa — disse ela. Inconscientemente, sua mão apertou meu joelho. — Autodefesa e tiro, esse tipo de coisa... e gostaria de retomá-las aqui, se possível.

— Entendo. — Um sorriso curvou meus lábios. Minhas especulações anteriores estavam certas. Ela não era mais a mesma garota indefesa e assustada que eu levara para a ilha. Esta Nora era mais forte, mais resistente... e ainda mais atraente. Lembrei de ler sobre as aulas dela no relatório de Lucas e o pedido não foi totalmente inesperado. — Quer que eu treine você a lutar e a usar armas?

Ela assentiu. — Sim. Ou talvez outra pessoa, se você estiver ocupado.

— Não. — A ideia de qualquer um dos meus homens colocando as mãos nela, mesmo durante uma aula, fez com que minha visão ficasse vermelha. — Eu mesmo vou ensinar você.

Decidi começar o treinamento de Nora naquela tarde, depois de verificar alguns e-mails de negócios. Por algum motivo, eu gostava da ideia de ensinar autodefesa a ela. Não pretendia deixá-la passar novamente por outra situação de perigo, mas ainda assim queria que ela soubesse se defender, caso surgisse a necessidade.

A ironia do que eu fazia não passou em branco. A maioria das pessoas diria que era de mim que ela precisava se proteger e provavelmente teria razão. Mas eu não me importava. Nora era minha agora e eu faria o que fosse preciso para mantê-la segura... mesmo se isso envolvesse ensiná-la a matar alguém como eu.

Quando terminei com os e-mails, fui procurá-la na casa. Desta vez, encontrei-a na academia, correndo em uma esteira. A julgar pelo suor que escorria pelas costas dela, estivera naquele ritmo havia algum tempo.

Tomando cuidado para não assustá-la, aproximei-me pelo lado da esteira.

Ao notar minha presença, ela reduziu a velocidade da esteira. — Olá — disse ela sem fôlego, pegando uma toalha para limpar o rosto. — Está na hora do treinamento?

— Sim, tenho algumas horas agora. — Minhas palavras saíram em tom baixo e rouco quando uma onda familiar de excitação me invadiu. Eu adorava vê-la daquele jeito, sem fôlego, com a pele úmida e brilhante, pois me lembrava da aparência dela depois de uma sessão de sexo. Obviamente, o fato de ela estar vestindo apenas uma bermuda e uma camiseta curta esportiva não ajudava. Eu queria lamber as gotas de suor do abdômen liso e jogá-la sobre o tapete mais próximo para uma trepada rápida.

— Excelente. — Ela abriu um sorriso largo e apertou o botão para parar a esteira. Em seguida, saiu de cima da máquina e pegou a garrafa de água. — Estou pronta.

Ela parecia tão empolgada que decidi desistir da trepada no tapete por enquanto. Uma gratificação atrasada podia ser uma coisa boa e eu queria usar aquele tempo especificamente para o treinamento dela.

— Muito bem, vamos — disse eu. Pegando a mão dela, conduzi-a para fora da casa.

Fomos para o campo onde eu normalmente fazia exercícios com meus homens. Naquela hora do dia, era quente demais para exercícios pesados e a área estava em sua maioria vazia. Ainda assim, ao passarmos, vi alguns dos guardas olhando discretamente para Nora. Tive vontade de arrancar os olhos deles. Eles deviam ter percebido, pois afastaram o olhar assim que viram minha expressão. Eu sabia que era irracional ser tão possessivo em relação a ela, mas não me importava. Ela pertencia a mim e todos precisavam saber disso.

— O que faremos primeiro? — perguntou ela ao nos aproximarmos de um galpão no canto do campo de treinamento.

— Tiro. — Olhei para ela de lado. — Quero ver se é boa com uma arma.

Ela sorriu, com os olhos brilhando de ansiedade. — Não sou ruim — disse ela. A confiança em sua voz me fez sorrir. Parecia que meu bichinho tinha aprendido algumas coisas na minha ausência. Eu mal podia esperar para vê-la demonstrar suas novas habilidades.

Dentro do galpão, havia algumas armas e equipamento para treino. Entrando, selecionei algumas das armas mais comumente usadas, variando de uma pistola de 9 mm a um fuzil M16. Peguei até mesmo uma AK-47, apesar de Nora talvez ser pequena demais para usá-la com facilidade.

Depois, saímos para o campo de tiro.

Havia vários alvos instalados em intervalos diferentes. Fiz com que ela começasse com o alvo mais próximo, uma dezena de latas de cerveja vazias colocadas sobre uma mesa de madeira a cerca de quinze metros de distância. Entreguei a pistola 9 mm a ela, instruí como usá-la e fiz com que mirasse nas latas.

Para meu choque, ela acertou dez das doze latas na primeira tentativa. — Merda — resmungou ela, abaixando a arma. — Não acredito que errei aquelas duas.

Surpreso e impressionado, fiz com que ela tentasse as outras armas. Ela ficou confortável com a maioria dos tipos de pistolas e fuzis de caça, acertando a maior parte dos alvos novamente, mas seus braços tremeram quando tentou mirar a AK-47.

— Você teria que ser mais forte para usar essa aí — disse eu, tirando a arma da mão dela.

Ela assentiu, pegando a garrafa de água. — Sim — disse ela entre um gole e outro. — Quero ficar mais forte. Quero poder usar todas essas armas, como você.

Não consegui evitar uma risada ao ouvir aquilo. Apesar da natureza geralmente fácil, Nora tinha uma veia fortemente competitiva. Eu notara isso antes quando fizemos a corrida de cinco quilômetros na ilha.

— Está bem — disse eu, ainda rindo. Tirando a

garrafa dela, bebi um pouco de água e devolvi-a. — Posso treinar você também para ficar mais forte.

Depois de praticar tiro mais algumas vezes, devolvemos as armas ao galpão. Em seguida, levei-a para a academia de treinamento interna para mostrar alguns movimentos de luta básicos.

Lucas estava lá, lutando com três dos guardas. Vendo-nos entrar, ele parou e acenou respeitosamente com a cabeça para Nora, mantendo os olhos firmemente no rosto dela. Ele já sabia como eu me sentia em relação a ela e era inteligente o suficiente para não mostrar qualquer interesse no corpo magro e seminu dela. Os parceiros de luta dele, no entanto, não eram tão inteligentes e foi preciso um olhar assassino meu para que parassem de encará-la.

— Olá, Lucas — disse Nora, ignorando a tensão. — É bom ver você de novo.

Lucas abriu um sorriso cuidadosamente neutro. — Você também, sra. Esguerra.

Para minha irritação, Nora se encolheu visivelmente com o nome. Minha irritação leve com os guardas se transformou em uma raiva súbita dela. A relutância de Nora em se casar comigo era como um espinho na parte de trás do cérebro e não precisava muito para trazer de volta a forma como eu me sentira na igreja.

Apesar de todo o suposto amor que ela sentia por mim, ainda se recusava a aceitar nosso casamento. E eu não estava mais inclinado a ser razoável e cheio de perdão.

— Fora — gritei para Lucas e os guardas, apontando com o polegar para a porta. — Precisamos do espaço.

Eles saíram em questão de segundos, deixando eu e Nora sozinhos.

Ela recuou um passo, parecendo subitamente desconfiada. Ela me conhecia bem e percebi que sentiu que havia algo estranho.

Como sempre, ela sabia o que era. — Julian — disse ela cautelosamente —, eu não pretendia reagir daquela forma. Só não estou acostumada a ser chamada assim, mais nada...

— É mesmo, meu bichinho? — Minha voz parecia uma seda, não refletindo nada da fúria interna. Dando um passo na direção dela, ergui a mão e lentamente passei o dedo no contorno do maxilar de Nora. — Você preferiria não ser chamada assim? Talvez deseje que eu não tivesse voltado para buscar você?

Os olhos dela se arregalaram. — Não, claro que não! Eu lhe disse, quero ficar aqui com você...

— Não minta para mim. — As palavras saíram em tom frio e ríspido quando abaixei a mão. Fiquei enfurecido por me importar, por deixar que algo tão insignificante quanto os sentimentos de Nora me incomodassem. O que importava se ela me amava? Eu não deveria querer nem esperar isso dela. Mas, ainda assim, queria... era parte daquela obsessão pervertida que tinha por ela.

— Não estou mentindo — negou ela veementemente, recuando outro passo. O rosto dela estava pálido na luz fraca, mas o olhar era direto e firme ao me encarar. — Eu não deveria querer ficar com você, mas quero. Acha que não percebo como isto é errado? Você me sequestrou, Julian... você me forçou.

A acusação pairou entre nós. Se eu fosse um homem diferente e melhor, afastaria o olhar. Eu sentiria remorso pelo que fizera.

Mas não.

Eu não enganava a mim mesmo. Nunca fizera isso. Quando eu sequestrara Nora, sabia que cruzara um limite, que caíra a um novo baixo nível. Fizera aquilo sabendo exatamente no que me transformara: uma fera irrecuperável, um destruidor da inocência. Era um rótulo com o qual estava disposto a conviver para tê-la.

Eu faria qualquer coisa para tê-la.

Em vez de afastar o olhar, mantive o dela. — Sim, fiz isso — disse eu baixinho. Minha raiva desaparecera, substituída por uma emoção que eu não queria analisar muito de perto. Dando um passo na direção dela, ergui a mão novamente e acariciei a maciez de seu lábio inferior com o polegar. Ela abriu os lábios quando a toquei e o desejo que eu suprimira o dia inteiro cresceu, devorando-me por dentro.

Eu a queria.

Eu a queria e pretendia tomá-la.

Depois disso, ela não teria dúvida alguma de que pertencia a mim.

10

Olhando para meu marido, lutei contra a vontade
de recuar. Eu não deveria ter deixado Julian ver minha
reação ao novo nome, mas gostara tanto da sessão de
tiro e da companhia de Julian que me esquecera da
realidade da nova situação. Ouvir "sra. Esguerra" dos
lábios de Lucas me assustou, trazendo de volta aquela
sensação desconcertante de perda de identidade. E, por
um momento, eu não conseguira esconder o desalento.

Aquele momento fora o que bastara para
transformar Julian de uma companhia sorridente e
agradável no homem aterrorizante e imprevisível que
me levara para aquela ilha.

Senti o coração bater depressa quando o polegar
dele acariciou meus lábios. O toque dele era gentil,

apesar do olhar sombrio. Ele não parecia chateado pelas minhas acusações impensadas. No mínimo, parecia mais calmo, quase divertido. Eu não sabia o que achara que aconteceria quando jogasse aquelas palavras nele, mas não esperara que ele admitisse os crimes tão facilmente, sem um traço sequer de culpa nem remorso. A maioria das pessoas tentaria justificar as ações para si mesmas e para os outros, torcendo os fatos para atender às suas finalidades, mas Julian não era assim. Ele via as coisas como eram. Só não se importava com a ideia de cometer atos que a maioria das pessoas acharia horríveis. Em vez do psicopata iludido que achava que estava fazendo a coisa certa, meu marido era simplesmente um homem sem consciência.

Um homem que, naquele momento, eu amava e temia.

Sem dizer mais nada, Julian abaixou os dedos e agarrou a parte de cima do meu braço, levando-me em direção a uma das áreas de luta perto da parede. Ao andarmos, notei o volume na bermuda dele. Minha respiração ficou acelerada por causa de uma mistura de ansiedade e desejo involuntário.

Julian pretendia trepar comigo, bem ali e naquele momento, onde qualquer pessoa poderia nos ver.

Uma mistura desconfortável de desejo e constrangimento fez com que minha pele ardesse. A lógica me dizia que era improvável que fosse um dos nossos encontros mais simples, mas meu corpo não conhecia a diferença entre uma trepada de punição e um ato de amor. Só sabia que era Julian e estava condicionado a querer o toque dele.

Para minha surpresa, Julian não caiu sobre mim imediatamente. Em vez disso, ele soltou meu braço e olhou para mim, com a boca sensual torcida em um sorriso frio e ligeiramente cruel. — Por que não me mostra o que aprendeu naquelas aulas de autodefesa, meu bichinho? — perguntou ele em tom suave. — Deixe-me ver alguns dos movimentos que lhe ensinaram.

Olhei para ele, sentindo o coração na garganta ao perceber o que Julian queria, que eu lutasse com ele, que resistisse... apesar de isso não mudar o resultado.

Apesar de só fazer com que eu me sentisse indefesa e derrotada.

— Por quê? — perguntei desesperada, tentando evitar o inevitável. Eu sabia que Julian estava só brincando comigo, mas não queria entrar no jogo dele, não depois do que acontecera entre nós. Eu queria esquecer aqueles dias iniciais na ilha, não relembrá-los daquela forma.

— Por que não? — Ele começou a andar em volta de mim, fazendo com que minha ansiedade aumentasse. — Não foi por isso que você fez aquelas aulas, para que pudesse se proteger de homens como eu? Homens que querem possuí-la, que querem abusar de você?

Minha respiração acelerou ainda mais e a adrenalina invadiu meu corpo quando senti uma resposta involuntária de "lutar ou fugir". Instintivamente, virei-me, tentando mantê-lo à vista o tempo inteiro como se fosse um predador perigoso... o que era, naquele momento.

Um predador belo e mortal que me tinha na mira como presa.

— Vá em frente, Nora — murmurou ele, parando quando eu estava com as costas contra a parede. — Lute.

— Não. — Tentei não me encolher quando ele estendeu a mão, fechando-a em volta do meu pulso. — Não vou fazer isto, Julian. Não assim.

As narinas dele se dilataram. Ele não estava acostumado a me ver negar alguma coisa. Prendi a respiração, esperando para ver o que ele faria. Meu coração batia dolorosamente dentro do peito e senti um fio de suor descer pelas costas ao encontrar o olhar dele. Eu sabia que Julian não me machucaria de verdade, mas isso não significava que não me puniria por desafiá-lo.

— Está bem — disse ele em tom suave. — Se é assim que quer. — E, usando a mão que segurava meu pulso, ele torceu meu braço para cima, forçando-me a ficar de joelhos. Com a mão livre, ele abriu a bermuda, deixando o pênis livre. Em seguida, agarrou meus cabelos e puxou minha boca em direção ao pênis. — Chupe — ordenou ele em tom ríspido, olhando para mim.

Aliviada com a tarefa simples, obedeci de bom grado, fechando os lábios em volta do pênis grosso. Ele tinha um gosto salgado e a ponta estava úmida. Parte da minha ansiedade desapareceu, substituída pelo desejo crescente. Eu adorava dar prazer a ele daquele jeito. Quando ele apertou meu pulso ainda mais, usei as duas mãos para segurar os testículos, massageando-os com pressão firme.

Ele gemeu e fechou os olhos. Comecei a mover a boca para a frente e para trás, usando um movimento de sucção para colocá-lo cada vez mais fundo na garganta. A forma como ele agarrava meus cabelos machucou o couro cabeludo, mas o desconforto só aumentou a excitação. Julian estava certo quando dizia que eu tinha tendências masoquistas. Fosse por natureza ou aprendizado, eu agora ficava excitada com a dor e meu corpo desejava a intensidade daquele tipo de sensação.

Olhando para ele, absorvi a expressão torturada em seu rosto, adorando o pouco poder que ele me permitia ter.

Mas, naquele dia, ele não me deixou definir o ritmo por muito tempo. Ele empurrou os quadris para a frente, forçando o pênis ainda mais fundo, e engasguei, cuspindo um pouco de saliva. Aquilo pareceu agradá-lo e ele murmurou: — Sim, isso mesmo, querida. — Ele abriu os olhos para me observar enquanto investia na minha boca de forma dura e implacável. Engasguei de novo e babei mais um pouco, cobrindo meu queixo e o pênis com a umidade.

Ele me soltou, mas, antes que eu conseguisse recuperar o fôlego, empurrou-me para o tapete, fazendo com que eu caísse sobre as mãos. Em seguida, ele se posicionou atrás de mim e senti quando puxou minha bermuda e a calcinha para baixo até os joelhos. Meu sexo se contraiu de ansiedade... mas não era o que Julian queria. Era a outra abertura que tinha a atenção dele. Fiquei tensa, de forma instintiva, ao sentir a cabeça do pênis pressionada entre as nádegas.

— Relaxe, meu bichinho — murmurou ele, segurando meus quadris para me manter no lugar ao começar a me penetrar. — Só relaxe... isso mesmo, boa garota...

Comecei a respirar depressa ao tentar seguir o conselho de Julian, lutando contra a vontade de contrair os músculos enquanto ele penetrava meu ânus lentamente. Eu sabia, por experiência, que sentiria muito menos dor se não estivesse tensa, mas meu corpo parecia determinado a lutar contra a intrusão. Depois de meses de abstinência, era como se aquela parte do meu corpo fosse virgem novamente. Senti uma pressão pesada e ardente quando o esfíncter foi esticado.

— Julian, por favor... — As palavras saíram em um sussurro suplicante enquanto ele implacavelmente empurrava mais fundo. A saliva sobre o pênis agia como lubrificante improvisado. Minhas entranhas se contraíram e meu corpo inteiro ficou coberto de suor até que o músculo circular finalmente cedeu, deixando que o pênis enorme entrasse até o fundo. Agora, ele latejava dentro de mim, fazendo com que eu me sentisse preenchida e possuída.

— Por favor o quê? — perguntou ele, passando um braço musculoso sob meus quadris para me manter no lugar. Ao mesmo tempo, a outra mão agarrou meus cabelos de novo, forçando meu corpo a se arquear para trás. O novo ângulo aprofundou a penetração e gritei, começando a tremer. Era demais, eu não estava aguentando, mas Julian não me dava opção. Era minha punição, ser fodida como um animal em um tapete sujo sem qualquer cuidado nem preparo. Isso deveria me deixar enojada, acabando com qualquer rastro de desejo. Mas, por algum motivo, eu ainda estava excitada e meu corpo ansiava pelas sensações que Julian optasse por causar. — Por favor o quê? — repetiu ele com voz baixa e rouca. — Por favor, trepe comigo? Por favor, dê-me mais?

— Eu... eu não sei... — Eu mal consegui falar por causa das sensações. Ele parou de se mover e fiquei grata por aquela pequena misericórdia, pois me deu uma chance de me ajustar à rigidez brutal dentro de mim. Tentei acalmar a respiração e relaxar. A dor gradualmente começou a diminuir, transformando-se em outra coisa, um calor ardente que permeava as terminações nervosas.

Ele começou a se mover novamente, investindo devagar e profundamente. O calor se intensificou, concentrando-se no centro do meu corpo. Meus mamilos ficaram rígidos e meu sexo ficou inundado. Apesar do desconforto, havia algo perversamente erótico em ser possuída daquela forma, tão suja e proibida. Fechando os olhos, comecei a acompanhar o ritmo primitivo dos movimentos dele, que faziam com que as entranhas queimassem de agonia e prazer. O clitóris inchou, ficando mais sensível, e eu sabia que bastariam apenas alguns toques leves para me fazer gozar e aliviar a tensão que se acumulava.

Mas ele não encostou no clitóris. A mão dele soltou meus cabelos e deslizou para o pescoço. Ele agarrou minha garganta, forçando-me a levantar até que ficasse de joelhos com as costas ligeiramente arqueadas. Abri os olhos e automaticamente ergui as mãos, agarrando os dedos dele, mas não havia nada que pudesse fazer para que ele os afrouxasse. Naquela posição, ele estava ainda mais fundo dentro de mim e eu mal conseguia respirar. O coração começou a bater com um medo novo, nem um pouco familiar.

Ele se inclinou para a frente e senti seus lábios contra minha orelha. — Você é minha pelo resto da sua vida — sussurrou ele. O calor do hálito de Julian fez com que minha pele se arrepiasse. — Você me entendeu, Nora? Você inteira... sua boceta, seu cu, seus pensamentos... É tudo meu para usar e abusar como eu quiser. Você é minha, por dentro e por fora, de todas as formas possíveis... — Os dentes afiados se enterraram no lóbulo da minha orelha, fazendo com que eu gritasse com a dor súbita. — Você me entendeu? — Havia um tom sombrio em sua voz que me assustou. Aquilo era novidade, ele nunca fizera aquilo comigo antes. Meu coração disparou quando os dedos dele se apertaram ainda mais em volta do meu pescoço, cortando o ar de forma lenta e inexorável.

O pânico crescente lançou uma onda de adrenalina nas minhas veias. — Sim... — consegui dizer. Meus dedos puxavam a mão dele, tentando afastá-la. Para meu terror, comecei a ver estrelas e a sala ficou escura. *É claro que ele não pretende me matar... É claro que ele não pretende me matar...* Eu estava aterrorizada, mas, por algum motivo estranho, meu sexo latejou e arrepios percorreram minha pele quando a excitação aumentou ainda mais.

— Ótimo. Agora me diga... você é a esposa de quem? — Os dedos dele se apertaram mais um pouco e as estrelas explodiram quando meu cérebro se esforçou para conseguir oxigênio suficiente. Eu estava prestes a sufocar, mas me senti mais viva naquele momento do que nunca, com cada sensação aguçada e refinada. A grossura ardente do pênis dentro do meu ânus, o calor do hálito dele na minha têmpora, o pulsar do clitóris inchado... era demais e, ao mesmo tempo, não era suficiente. Eu queria gritar e lutar, mas não conseguia me mover nem respirar... e, como se viesse de muito longe, ouvi Julian perguntar de novo: — De quem?

Logo antes de eu desmaiar, ele afrouxou a mão no meu pescoço e consegui dizer: — Sua... — Naquele momento, meu corpo estremeceu em um paradoxo de êxtase agonizante. O orgasmo foi súbito e muito intenso quando o oxigênio tão necessário entrou em meus pulmões.

Respirando freneticamente, cai contra ele, com o corpo inteiro tremendo. Eu não conseguia acreditar que gozara daquele jeito, sem que Julian sequer encostasse no meu sexo.

Eu não conseguia acreditar que gozara enquanto temia morrer.

Depois de um momento, percebi os lábios dele sobre meu rosto suado. — Sim — murmurou ele, acariciando gentilmente meu pescoço. — Isso mesmo, querida... — Ele ainda estava dentro de mim, invadindo-me. — E qual é o seu nome?

— Nora — disse eu com voz rouca, estremecendo quando os dedos dele desceram do meu pescoço para os seios. Eu ainda usava a camiseta curta e ele enfiou a mão por baixo do tecido justo, segurando um dos seios.

— Nora o quê? — persistiu ele, beliscando o mamilo, que estava rígido e sensível depois do orgasmo. O toque dele lançou uma nova onda de calor pelo meu corpo. — Nora o quê?

— Nora Esguerra — sussurrei, fechando os olhos. Era um fato que eu nunca mais esqueceria. E, quando Julian começou a se mover novamente dentro de mim, eu soube que Nora Leston nunca mais existiria.

Ela desaparecera para sempre.

II

A PROPRIEDADE

Nas duas semanas seguintes, lentamente me acostumei com meu novo lar. A propriedade era um local fascinante e passei boa parte do tempo explorando-a e conhecendo seus habitantes.

Além dos guardas, havia algumas dezenas de pessoas que moravam lá, algumas sozinhas e outras com a família. Todas trabalhavam para Julian em alguma função, da geração mais antiga à mais nova. Algumas, como Ana e Rosa, cuidavam da casa, enquanto outras estavam envolvidas nos negócios de Julian. Ele tinha retornado recentemente ao complexo, mas muitos dos empregados moravam lá desde que Juan Esguerra, pai de Julian, reinara como um dos chefões do tráfico mais poderosos do país. Para uma norte-americana como eu, tal lealdade a um empregador era inimaginável.

— Eles ganham bem, recebem moradia de graça e seu marido até mesmo contratou uma professora para as crianças há alguns anos — explicou Rosa quando perguntei sobre aquele fenômeno incomum. — Ele pode não ter ficado muito aqui, mas sempre foi bom em cuidar de seu pessoal. Todos podem ir embora, se quiserem, mas sabem que dificilmente encontrarão coisa melhor. Além do mais, aqui eles estão protegidos. Lá fora, eles e as famílias estarão à mercê de policiais bisbilhoteiros ou de qualquer pessoa que queira informações sobre a organização Esguerra. — Abrindo um sorriso desconfiado, ela acrescentou: — Minha mãe diz que, ao se tornar parte desta vida, uma pessoa fica nela para sempre. Não há como voltar atrás.

— E por que elas escolheram esta vida? — perguntei, tentando entender o que fazia alguém se mudar para o complexo isolado de um traficante de armas na fronteira da floresta amazônica. Eu não conhecia muitas pessoas sãs que fariam algo assim por vontade própria... particularmente se soubessem que não seria fácil voltar para casa.

Rosa deu de ombros. — Bem, cada um tem uma história diferente. Alguns eram procurados pelas autoridades. Outros se tornaram inimigos de pessoas perigosas. Meus pais vieram para cá para fugir da pobreza e dar uma vida melhor para mim e meus irmãos. Eles sabiam que era um risco, mas acharam que não tinham outra opção. Até hoje, minha mãe está convencida de que tomaram a decisão certa para eles mesmos e para os filhos.

— Mesmo depois de... — comecei a perguntar, mas fiquei quieta ao perceber que estava prestes a trazer à tona de novo lembranças dolorosas para Rosa.

— Sim, mesmo depois disso — respondeu ela, entendendo a pergunta pela metade. — Não existem garantias na vida. Eles teriam morrido de qualquer forma. Meu pai e Eduardo, meu irmão mais velho, foram mortos fazendo seu trabalho, mas, pelo menos, tinham um emprego. Na vila dos meus pais, não havia emprego. E era ainda pior nas cidades. Meus pais fizeram o possível para colocar comida na mesa, mas não era o suficiente. Quando minha mãe engravidou de mim, Eduardo, que tinha doze anos, foi para Medellín para ser uma mula das drogas só para que nossa família não morresse de fome. Meu pai foi atrás dele para impedi-lo e foi quando os dois conheceram Juan Esguerra, que estava na cidade para negociações com o Cartel de Medellín. Ele ofereceu um emprego em sua organização para meu pai e meu irmão. O resto é história. — Ela parou e sorriu antes de continuar. — Portanto, veja, Nora, trabalhar para o *señor* Esguerra era a melhor alternativa para minha família. Como minha mãe diz, pelo menos eu nunca precisei me vender para comer, como ela teve que fazer quando era jovem.

Rosa disse aquilo sem nenhuma amargura nem autopiedade. Ela simplesmente declarou fatos. Rosa se considerava genuinamente sortuda de ter nascido na propriedade Esguerra. Ela era grata a Julian e ao pai dele por dar à sua família uma vida boa e, apesar da vontade de conhecer os Estados Unidos, não se importava em morar no meio do nada. Para ela, o complexo era o lar.

Descobri tudo aquilo durante nossos passeios. Apesar de Rosa não gostar de correr, ficava mais do que feliz em caminhar comigo pela manhã, antes que ficasse quente demais. Foi algo que começamos a fazer no meu terceiro dia lá e que rapidamente se tornou parte da minha rotina diária. Eu gostava de passar tempo com Rosa. Ela era inteligente e simpática, lembrando um pouco minha amiga Leah. E Rosa parecia também gostar da minha companhia... apesar de eu ter certeza de que ela seria simpática comigo de qualquer forma, considerando minha posição ali. Todos na propriedade me tratavam com respeito e educação.

Afinal de contas, eu era a esposa do *señor*.

Depois do incidente na academia, eu fizera o possível para aceitar o fato de que estava casada com Julian, que o homem belo e amoral que me sequestrara era agora meu marido. Era uma ideia que ainda me incomodava em algum nível, mas, a cada dia que passava, eu me acostumava cada vez mais com ela. Minha vida mudara irrevogavelmente quando Julian me roubara e aquele futuro "normal" era um sonho do qual eu deveria ter desistido muito tempo antes. Agarrar-me a ele enquanto me apaixonava pelo meu sequestrador fora tão irracional quanto desenvolver sentimentos por ele.

Em vez de uma casa no subúrbio e dois filhos, meu futuro agora tinha um complexo muito bem protegido perto da selva amazônica e um homem que me causava excitação e terror. Era impossível me imaginar tendo filhos com Julian e eu temia o fato de que, em poucos meses, o implante anticoncepcional de três anos que colocara aos dezessete anos deixaria de ter efeito. Em algum momento, eu teria que conversar sobre isso com Julian. Mas, por enquanto, tentava não pensar nisso. Eu não estava pronta para ser mãe, como não estava pronta para ser esposa, e a possibilidade de ser forçada a isso me deixava suando frio. Eu amava Julian, mas criar filhos com um homem que não achava errado sequestrar e matar era uma questão totalmente diferente.

Meus pais e meus amigos nos Estados Unidos não ajudaram muito. Falei uma vez com Leah, contando sobre o casamento apressado, e a reação dela foi choque, para dizer o mínimo.

— Você se casou com aquele traficante de armas? — exclamou ela incrédula. — Depois de tudo o que ele fez com você e Jake? Você está louca? Só tem dezenove anos... e ele deveria estar na cadeia! — Não importou o quanto tentei colocar uma luz positiva em tudo, percebi que ela desligou achando que o sequestro me deixara maluca.

Com meus pais, foi ainda pior. Toda vez que eu

falava com eles, tinha que me desviar das perguntas sobre o casamento inesperado e os planos de Julian para o nosso futuro. Eu não os culpava por aumentar minha ansiedade. Sabia que eles estavam muito preocupados comigo. Na última vez em que fizemos uma chamada de vídeo, os olhos de minha mãe estavam vermelhos e inchados, como se ela tivesse chorado. Era óbvio que a história inventada de forma apressada que eu contara no dia do casamento fizera pouco para diminuir a preocupação deles. Meus pais sabiam como meu relacionamento com Julian começara e não conseguiam acreditar que eu pudesse ser feliz com um homem que viam como puramente mau.

Ainda assim, eu estava feliz, apesar da preocupação com o futuro. O vazio gelado dentro de mim desaparecera, substituído por uma abundância de emoções e sensações. Era como se o filme em preto e branco da minha vida tivesse sido refeito em cores.

Quando eu estava com Julian, sentia-me completa e feliz de uma forma que não conseguia entender e que não aceitava completamente. Eu não fora infeliz antes de conhecê-lo. Tinha excelentes amigos, uma família cheia de amor e a promessa de uma vida boa, mas não excepcional, à frente. Até mesmo tivera uma paquera, Jake, que fizera com que meu coração pulasse. Não fazia sentido que eu precisasse de algo tão perverso quanto aquele relacionamento com Julian para enriquecer minha vida e dar-me o que faltava.

Obviamente, eu não era psicóloga. Talvez houvesse uma explicação para os meus sentimentos, algum trauma infantil que eu reprimira ou um desequilíbrio químico no cérebro. Ou talvez fosse apenas Julian e a forma deliberada com que ele moldava minhas respostas físicas e emocionais desde os primeiros dias na ilha. Eu percebia os métodos de condicionamento dele, mas isso não alterava a efetividade deles. Era estranho saber que eu era manipulada e, ao mesmo tempo, que gostava dos resultados daquela manipulação.

E eu gostava deles. Estar com Julian era emocionante, algo ao mesmo tempo aterrorizante e excitante, como cavalgar em um tigre selvagem. Eu nunca sabia que lado dele veria em qualquer momento: o amante charmoso ou o mestre cruel. E, apesar de ser algo louco, eu queria os dois lados, estava viciada neles. A luz e a escuridão, a violência e a gentileza... tudo andava junto, formando um coquetel volátil que criava o caos no meu equilíbrio e fazia com que eu caísse cada vez mais no feitiço de Julian.

Obviamente, o fato de vê-lo todo dia agora não ajudava. Na ilha, as ausências frequentes de Julian davam tempo para que eu me recuperasse do efeito potente que ele tinha no meu corpo e na minha mente, possibilitando que mantivesse um certo equilíbrio emocional. Ali, no entanto, não havia folga para a atração magnética que ele exercia em mim, não havia forma de me proteger contra a atração inebriante. A cada dia que passava, eu perdia um pouco mais da alma para ele. A necessidade que eu sentia dele aumentava, em vez de diminuir com o tempo.

A única coisa que me impedia de enlouquecer completamente era saber que Julian sentia a mesma atração forte por mim. Eu não sabia se era por causa de minha semelhança com Maria ou apenas nossa química inexplicável, mas sabia que o vício era bilateral.

O desejo dele por mim não tinha limites. Julian me possuía algumas vezes todas as noites, e frequentemente também durante o dia, mas eu tinha a sensação de que ele ainda queria mais. Estava lá, na intensidade no olhar dele, na forma como me tocava, na maneira como me abraçava. Ele não conseguia manter as mãos longe de mim e isso fazia com que eu me sentisse melhor em relação à minha própria atração por ele.

Ele também parecia gostar de passar tempo comigo fora do quarto. Cumprindo sua promessa, Julian começara a me treinar, ensinando-me como lutar e usar diferentes armas. Depois do começo conturbado, ele se mostrou um excelente instrutor: conhecedor, paciente e surpreendentemente dedicado. Treinávamos juntos praticamente todos os dias e eu já aprendera mais naquelas poucas semanas do que nos três meses anteriores no curso de autodefesa. Obviamente, seria um equívoco chamar o que ele me ensinava de autodefesa. As aulas de Julian tinham mais em comum com algum treinamento intensivo de assassinos.

— Você mira para matar todas as vezes — instruiu ele durante uma sessão vespertina em que me fez atirar facas em um pequeno alvo na parede. — Você não tem tamanho nem força. O que significa que deve usar velocidade, reflexos e implacabilidade. Precisa pegar seus adversários desprevenidos e eliminá-los antes que percebam como é habilidosa. Cada golpe tem que ser mortal. Cada movimento tem que fazer a diferença.

— E se eu não quiser matar ninguém? — perguntei, olhando para ele. — E se eu quiser só machucar para que possa fugir?

— Um homem ferido ainda pode machucar você. Não precisa muita força para apertar um gatilho ou atacá-la com uma faca. A não ser que tenha um bom motivo para querer seu inimigo vivo, o objetivo é matar, Nora. Você entendeu?

Assenti e joguei uma faca pequena e afiada na parede. Ela bateu no alvo e caiu no chão, mal arranhando a madeira. Não foi minha melhor tentativa, mas as cinco anteriores tinham sido piores.

Eu não sabia se conseguiria fazer o que Julian dissera, mas tinha certeza de que não queria nunca mais me sentir indefesa. Se isso significasse aprender as habilidades de um assassino, eu aprenderia com prazer. Isso não significava que eu as usaria algum dia, mas o fato de saber que poderia me proteger fazia com que me sentisse mais forte e confiante. Isso ajudava a aguentar os pesadelos residuais do tempo que passei com os terroristas.

Para meu alívio, os pesadelos também tinham melhorado. Era como se meu subconsciente soubesse que Julian estava lá, que eu estava segura com ele. Obviamente, também ajudava, quando eu acordava gritando, o fato de ele estar lá para me abraçar.

A primeira vez que aconteceu foi na terceira noite depois que cheguei à propriedade. Sonhei novamente com a morte de Beth, com o oceano de sangue em que eu me afogava. Mas, desta vez, braços fortes me seguraram, salvando-me da corrente forte. Desta vez, quando abri os olhos, não estava sozinha na escuridão. Julian ligou o abajur da mesinha de cabeceira e sacudiu-me até me acordar, com uma expressão preocupada no rosto bonito.

— Estou aqui agora — disse ele, puxando-me para o colo quando não consegui parar de tremer. Lágrimas corriam pelo meu rosto, causadas pela lembrança do horror. — Está tudo bem, prometo... — Ele acariciou meus cabelos até que os soluços começaram a diminuir. Em seguida, perguntou baixinho: — Qual é o problema, querida? Teve um pesadelo? Você estava gritando meu nome...

Assenti, segurando-o com toda minha força. Senti o calor da pele dele, ouvi o bater ritmado de seu coração. Lentamente, o pesadelo começou a desaparecer e minha mente voltou ao presente. — Era Beth — sussurrei quando consegui falar sem que minha voz faltasse. — Ele a estava torturando... matando-a.

Julian apertou os braços à minha volta. Ele não disse nada, mas senti sua raiva, uma fúria ardente. Beth fora mais do que uma governanta para ele, apesar de a natureza exata do relacionamento deles sempre ter sido um mistério para mim.

Desesperada para me distrair das imagens sangrentas que ainda me enchiam a mente, decidi satisfazer a curiosidade que me incomodara durante todo o tempo na ilha. — Como você e Beth se conheceram? — perguntei, recuando ligeiramente para olhar para o rosto de Julian. — Como ela foi parar na ilha comigo?

Ele olhou para mim. Seus olhos estavam sombrios por causa das lembranças. Antes, sempre que eu fazia esse tipo de pergunta, ele se apressava a mudar de assunto. Mas, agora, as coisas eram diferentes entre nós. Julian parecia mais disposto a conversar comigo, a deixar que eu participasse mais de sua vida.

— Eu estava em Tijuana há sete anos para uma reunião com um dos cartéis — ele começou a dizer depois de um momento. — Depois de concluir meus negócios, fui procurar entretenimento na Zona Norte, o distrito da luz vermelha da cidade. Eu estava passando por um dos becos quando vi... uma mulher chorando e gritando sobre uma silhueta pequena no chão.

— Beth — sussurrei, lembrando-me do que ela me contara sobre a filha.

— Sim, Beth — confirmou ele. — Não era da minha conta, mas eu tomara alguns drinques e fiquei curioso. Portanto, cheguei mais perto... e foi quando vi que a pessoa no chão era uma criança. Uma bela garotinha, com cabelos vermelhos cacheados, uma pequena réplica da mulher que chorava sobre ela. — Um brilho selvagem e furioso brilhou nos olhos dele. — A criança estava deitada em uma poça de sangue com um ferimento de tiro no peito. Pelo jeito, ela fora morta para punir a mãe, que não queria deixar que o cafetão oferecesse a criança para alguns clientes com gostos mais *exclusivos*.

Uma onda de náusea forte subiu pela minha garganta. Apesar de tudo pelo que eu passara, ainda ficava horrorizada de saber que havia monstros assim lá fora. Monstros muito piores do que o homem por quem eu me apaixonara.

Não era de surpreender que Beth visse o mundo em tons de preto. A vida dela fora tomada pela escuridão.

— Quando ouvi a história inteira, levei Beth e a filha comigo — continuou Julian com voz baixa e dura. — Ainda não era da minha conta, mas eu não podia deixar que esse tipo de coisa passasse em branco. Pelo menos, não depois de ver o corpo daquela criança. Nós enterramos a filha dela em um cemitério nos arredores de Tijuana. Depois, chamei alguns de meus homens e Beth e eu voltamos para procurar o cafetão. — Um sorriso leve e maligno surgiu nos lábios dele ao dizer em tom suave: — A própria Beth o matou. Ele e os dois capangas, os que ajudaram a matar a filha dela.

Respirei devagar, sem querer começar a chorar de novo. — E ela foi trabalhar para você depois disso? Depois de ajudá-la desse jeito?

Julian assentiu. — Sim. Não era seguro para ela ficar em Tijuana, portanto, ofereci a ela um emprego de cozinheira e criada pessoal. Ela aceitou, claro, era muito melhor do que ser prostituta nas ruas do México, e viajou comigo por toda parte depois disso. Só quando decidi sequestrar você que ofereci a ela a oportunidade de ficar permanentemente na ilha. E, bem, você sabe o resto da história.

— Sim, sei — murmurei, empurrando o peito dele para sair de seu abraço... um abraço que, subitamente, pareceu sufocante, em vez de reconfortante. A parte "sequestrar você" da história era um lembrete desagradável de como eu fora parar ali... do fato de que o homem ao meu lado planejara e realizara o meu sequestro de forma implacável. No espectro do mal, Julian talvez não estivesse totalmente no lado negro, mas não estava muito longe dele.

Ainda assim, à medida que os dias se passavam, meus pesadelos lentamente diminuíram. Apesar de ser algo perverso, agora que eu estava novamente com meu sequestrador, começava a me curar da provação de ser roubada dele. Até mesmo minha arte ficou mais pacífica. Eu ainda me sentia compelida a pintar as chamas da explosão, mas comecei a me interessar de novo pelas paisagens, capturando na tela a beleza selvagem da floresta tropical nas fronteiras da propriedade.

Como antes, Julian encorajava meu *hobby*. Além de instalar o estúdio para mim, ele contratou um instrutor de arte, um homem idoso e magro do sul da França que falava inglês com sotaque forte. Monsieur Bernard estudara nas melhores escolas de arte da Europa antes de se aposentar com quase oitenta anos. Eu não fazia ideia de como Julian o persuadira a ir para a propriedade, mas fiquei grata pela presença dele. As técnicas que ele me ensinou eram muito mais avançadas do que o que eu aprendera nos vídeos instrucionais e comecei a ver um novo nível de sofisticação na minha arte. Monsieur Bernard também viu a mesma coisa.

— Você tem talento, *señora* — disse ele com o sotaque francês, examinando minha última tentativa de pintar o crepúsculo na selva. As árvores eram escuras contra o laranja e o cor-de-rosa brilhantes do sol que se punha. As beiradas da pintura eram desfocadas. — Tem um... como se diz? Um tom quase sinistro? — Ele olhou pra mim e o olhar esmaecido ficou subitamente aguçado com curiosidade. — Sim — continuou ele baixinho depois de me estudar por alguns momentos. — Você tem talento e algo mais... algo dentro de você que aparece em sua arte. Uma escuridão que raramente vejo em alguém tão jovem.

Eu não sabia como responder àquilo e simplesmente sorri para ele. Eu não tinha certeza se Monsieur Bernard sabia sobre a profissão do meu marido, mas estava quase certa de que o professor não tinha ideia de como meu relacionamento com Julian começara.

No que dizia respeito ao mundo agora, eu era a jovem esposa mimada de um homem belo e rico. E mais nada.

∼

— Inscrevi você para o trimestre de inverno em Stanford — disse Julian casualmente durante o jantar uma noite. — Eles têm um novo programa *on-line*. Ainda está em fase experimental, mas os resultados preliminares são muito bons. São os mesmos professores, mas as aulas são gravadas, em vez de serem ao vivo.

Fiquei de boca aberta. Eu, inscrita em Stanford? Eu não sabia que existia a possibilidade de fazer uma universidade, muito menos uma das dez melhores. — O quê? — perguntei incrédula, largando o garfo. Ana preparara uma refeição deliciosa, mas eu não tinha mais interesse na comida que estava em meu prato. Toda minha atenção estava concentrada em Julian.

Ele sorriu calmamente. — Prometi a seus pais que você receberia uma boa educação e estou cumprindo essa promessa. Não gosta de Stanford?

Atônita, eu o encarei. Eu não tinha uma opinião formada sobre Stanford porque nunca sequer cogitara a possibilidade de frequentá-la. Minhas notas na escola tinham sido boas, mas nada muito excepcional. Além do mais, meus pais não teriam como pagar uma universidade cara. Meu caminho para conseguir um diploma teria sido a faculdade comunitária, seguida de uma transferência para uma das faculdades estaduais. Portanto, nunca pensara em Stanford ou qualquer universidade do mesmo calibre. — Como você conseguiu me colocar lá? — consegui finalmente perguntar. — A taxa de admissão deles não é mínima? Ou o programa *on-line* é menos competitivo?

— Não, é ainda mais competitivo, acredito — respondeu Julian, enchendo o prato com uma segunda porção de frango. — Acho que eles só estão aceitando cem alunos para o programa deste ano e havia cerca de dez mil candidatos.

— Então como você... — comecei a dizer, mas fiquei quieta ao perceber que me colocar em uma universidade de elite era brincadeira de criança para alguém com o dinheiro e as conexões de Julian. — Então, começo em janeiro? — perguntei, sentindo a empolgação percorrer minhas veias quando o choque passou. *Stanford! Ai, meu Deus, vou frequentar Stanford.* Eu provavelmente deveria me sentir culpada por não ter entrado por mérito próprio, ou pelo menos estar furiosa com a intervenção de Julian, mas só conseguia pensar na reação dos meus pais quando desse a notícia a eles. *Vou frequentar Stanford!*

Julian assentiu, pegando a travessa de arroz. — Sim, é quando o trimestre de inverno começa. Eles enviarão um e-mail para você com um pacote de orientações nos próximos dias. Assim, você poderá encomendar os livros quando descobrir quais são os requisitos das aulas. Vou garantir que cheguem aqui a tempo.

— Uau, está bem. — Eu sabia que não era uma resposta adequada para algo daquela magnitude, mas não consegui pensar em algo mais inteligente para dizer. Em menos de duas semanas, eu seria aluna de uma das universidades mais prestigiadas do mundo... a última coisa que eu esperara quando Julian voltara para me buscar. Seria um programa *on-line*, mas ainda assim muito melhor do que qualquer coisa com que eu pudesse ter sonhado.

Várias perguntas me ocorreram. — E qual será o curso? — perguntei, imaginando se Julian também tomara aquela decisão por mim. O fato de ele ter tomado a questão da minha educação superior nas próprias mãos não me surpreendeu. Afinal de contas, aquele era o homem que me sequestrara e forçara-me a casar com ele. Julian não era exatamente generoso ao me dar opções.

Julian abriu um sorriso indulgente. — O que você quiser, meu bichinho. Acredito que há um conjunto comum de matérias que precisará cursar. Assim, não precisará decidir o curso por mais um ou dois anos. Tem alguma ideia do que deseja estudar?

— Não, na verdade, não. — Eu planejara fazer matérias de diferentes áreas para descobrir o que queria e fiquei feliz por Julian me deixar essa opção. No segundo grau, eu me saíra bem na maioria das matérias, o que dificultava estreitar as opções de carreira.

— Bem, você ainda tem tempo para descobrir — disse Julian, soando como um orientador. — Não há pressa.

— Ahã, certo. — Uma parte de mim não conseguia acreditar que estávamos tendo aquela conversa. Menos de duas horas antes, Julian me encurralara na piscina e trepara comigo em uma das cadeiras reclináveis. Menos de cinco horas antes, ele me ensinara a neutralizar um homem enfiando os dedos no olho dele. Duas noites antes, ele me amarrara na cama e chicoteara-me. E agora estávamos discutindo o possível curso que eu faria na universidade. Tentando aceitar aquela mudança tão estranha, perguntei a Julian de forma automática: — O que você estudou na universidade?

Assim que as palavras saíram da minha boca, percebi que não fazia ideia se Julian frequentara a universidade, que eu ainda sabia muito pouco sobre o homem com quem dormia todas as noites. Franzindo a testa, fiz uma conta mental rápida. De acordo com Rosa, os pais de Julian tinham sido assassinados doze anos antes, quando ele assumiu os negócios do pai. Como tinham se passado cerca de vinte meses desde que Beth me dissera que Julian tinha vinte e nove anos, ele devia ter agora trinta e um. O que significava que assumira os negócios do pais aos dezenove anos.

Pela primeira vez, eu me dei conta de que Julian tivera a minha idade ao assumir o lugar do pai à frente de uma operação ilegal de drogas e transformara-a em um império de armas de última geração, também ilegal.

Para minha surpresa, Julian disse: — Estudei engenharia elétrica.

— O quê? — Não consegui esconder o choque. — Mas achei que você tinha assumido os negócios do seu pai muito jovem...

— Sim, assumi. — Julian me olhou divertido. — Saí da Caltech depois de um ano e meio. Mas, enquanto estava lá, estudei engenharia elétrica em um programa acelerado.

Caltech? Olhei para Julian com um novo respeito. Eu sempre soubera que ele era inteligente, mas engenharia na Caltech era um nível totalmente diferente de brilhantismo. — Foi por isso que optou por entrar no tráfego de armas? Porque tinha formação em engenharia?

— Sim, parcialmente. E porque vi mais oportunidades do que no negócio de drogas.

— Mais oportunidades? — Pegando o garfo, brinquei com ele entre os dedos ao estudar Julian, tentando entender o que fazia alguém abandonar um negócio criminoso por ouro. Certamente, alguém com o nível de inteligência e motivação dele poderia ter escolhido algo melhor, algo menos perigoso e imoral. — Por que simplesmente não concluiu seu curso na Caltech e fez algo legítimo com ele? — perguntei depois de alguns momentos. — Tenho certeza de que teria conseguido qualquer emprego que quisesse. Ou, se não gostasse do mundo corporativo, poderia ter começado o seu próprio negócio.

Ele me olhou com expressão indecifrável. — Pensei nisso — disse ele, deixando-me chocada novamente. — Quando saí da Colômbia depois da morte de Maria, eu não queria voltar para aquele mundo. Pelo resto da minha adolescência, tentei ao máximo esquecer das lições que meu pai me ensinara, manter a violência dentro de mim sob controle. Foi por isso que entrei para a Caltech, porque achei que poderia seguir um caminho diferente... tornar-me alguém diferente do que era meu destino.

Eu o encarei, sentindo o coração acelerar. Era a primeira vez que eu ouvia Julian admitir querer algo diferente da vida que levava. — E por que não fez isso? Certamente não havia nada prendendo você àquele mundo depois da morte do seu pai...

— Você tem razão. — Julian abriu um sorriso tenso. — Eu poderia ter ignorado a morte do meu pai e deixado que outro cartel assumisse a organização dele. Teria sido fácil. Eles não faziam ideia de onde eu estava nem que nome estava usando àquela altura. Portanto, eu poderia ter começado do zero, terminado a faculdade e conseguido um emprego em uma das empresas novas no Vale do Silício. E provavelmente eu teria feito isso... se não tivessem também matado a minha mãe.

— Sua mãe?

— Sim. — Os belos olhos dele se encheram de ódio. — Eles atiraram nela bem aqui nesta propriedade, juntamente com dezenas de outros. Eu não podia ignorar isso.

Não, claro que não. Não alguém como Julian, que já matara por vingança. Lembrando-me da história que ele me contara sobre os homens que mataram Maria, senti um arrepio gelado. — Portanto, você voltou para matá-los?

— Sim. Reuni todos os homens remanescentes do meu pai e contratei alguns novos. Atacamos no meio da noite, atingindo os líderes do cartel na casa deles. Eles não esperavam uma retaliação tão rápida e nós os pegamos de surpresa. — Os lábios dele se curvaram em um sorriso sombrio. — Quando chegou a manhã, não havia sobreviventes... e eu sabia que fora tolo ao achar que poderia ignorar o que sou, imaginar que eu poderia ser algo além do assassino que nascera para ser.

O arrepio gelado me percorreu novamente. Aquele lado de Julian me aterrorizava e entrelacei os dedos para evitar que as mãos tremessem. — Você me disse que consultou um terapeuta depois da morte de seus pais. Porque queria matar mais.

— Sim, meu bichinho. — Havia um brilho selvagem nos olhos azuis de Julian. — Eu matei os líderes do cartel e a família deles. E, quando terminou, eu queria mais sangue... mais morte. A vontade dentro de mim só se intensificou durante os anos em que fiquei fora. Levar uma vida supostamente "normal" fez com que piorasse, não melhorasse. — Ele fez uma pausa e estremeci ao perceber as sombras escuras em seu olhar. — Consultar alguém foi uma última tentativa de lutar contra minha natureza e não demorou muito para que eu percebesse que era inútil... que a única forma de avançar era abraçar e aceitar meu destino.

— E você fez isso entrando para o tráfico de armas. — Tentei manter a voz estável. — Tornando-se um criminoso.

Naquele momento, Ana entrou na sala de jantar e começou a tirar as louças da mesa. Observando-a, esfreguei meus braços lentamente, tentando acabar com o frio que sentia por dentro. De certa forma, era ainda pior o fato de que Julian tivera opção e conscientemente optara por abraçar a parte mais sombria de si mesmo. Isso me dizia que não havia esperança de redenção, nenhuma chance de vê-lo enxergar como era errado. Não era que ele nunca soubesse que havia uma alternativa para uma vida de crimes. Pelo contrário, ele vivera tal alternativa e decidira rejeitá-la.

— Querem mais alguma coisa? — perguntou Ana. Balancei a cabeça negativamente, perturbada demais para pensar em sobremesa. Julian, no entanto, pediu uma xícara de chocolate quente, soando tão normal como sempre.

Quando Ana saiu da sala, Julian sorriu para mim como se percebesse a direção dos meus pensamentos. — Eu sempre fui um criminoso, Nora — disse ele em tom suave. — Matei pela primeira vez aos oito anos e sabia na época que não havia como voltar atrás. Tentei esconder esse fato por algum tempo, mas ele estava sempre lá, esperando que eu caísse na real. — Ele se inclinou na cadeira, com postura indolente e predatória, como o espreguiçar de um felino selvagem. — A verdade é que preciso deste tipo de vida, meu bichinho. O perigo, a violência e o poder que ela traz me satisfazem de uma forma que um emprego corporativo entediante nunca conseguiria. — Ele fez uma pausa e acrescentou com um brilho nos olhos: — Eles fazem com que eu me sinta vivo.

～

Quando fomos para o quarto naquela noite, fui tomar um banho rápido enquanto Julian respondia a alguns e-mails urgentes no iPad. Quando saí do banheiro com uma toalha enrolada em volta do corpo úmido, ele guardou o *tablet* e começou a tirar a roupa. Ao remover a camiseta, senti uma excitação incomum nele, uma energia acumulada nos movimentos que não estivera lá antes.

— O que aconteceu? — perguntei desconfiada, com a conversa anterior ainda fresca na mente. Coisas que excitavam Julian eram, com frequência, coisas que me fariam estremecer. Parando ao lado da cama, arrumei a toalha, sentindo-me estranhamente relutante em ficar nua diante dele.

Ele abriu um sorriso largo ao se sentar na cama para tirar as meias. — Lembra-se de que falei que tínhamos algumas informações sobre duas células da Al-Quadar? — Quando assenti, ele continuou: — Bem, conseguimos destruí-las e até mesmo capturamos três terroristas. Lucas os trará aqui para serem interrogados. Eles chegaram amanhã de manhã.

— Ah. — Eu o encarei, sentindo o estômago se contrair com uma mistura inquietante de emoções. Eu entendia o que "interrogatório" significava no mundo de Julian. Eu deveria me sentir horrorizada e enojada com a ideia de que meu marido provavelmente torturaria aqueles homens. E eu me sentia assim... mas também sentia uma espécie de alegria doentia e vingativa. Era uma emoção que me incomodava muito mais do que a ideia de Julian interrogando-os no dia seguinte. Eu sabia que aqueles homens não eram os mesmos que tinham assassinado Beth, mas isso não mudava a forma como me sentia em relação a eles. Havia uma parte de mim que queria que pagassem pela morte de Beth... que sofressem pelo que Majid fizera.

Parecendo entender minha reação de forma errada, Julian se levantou e disse em tom suave: — Não se preocupe, meu bichinho. Eles não machucarão você, vou cuidar disso. — E, antes que eu pudesse responder, ele empurrou a calça *jeans* para baixo, revelando uma ereção crescente.

Ao olhar para o corpo nu de Julian, uma onda de desejo me invadiu, aquecendo-me de dentro para fora apesar do tumulto mental. Nas semanas anteriores, Julian recuperara parte dos músculos que perdera durante o coma e estava mais bonito do que nunca, com os ombros largos e a pele bronzeada. Erguendo o olhar para o rosto dele, perguntei-me pela milésima vez como alguém tão lindo conseguia carregar tanto mal... e se aquele mal começava a me contaminar.

— Eu sei que não vão me machucar aqui — respondi baixinho quando ele se aproximou de mim. — Não estou com medo deles.

Um sorriso sardônico surgiu nos lábios dele ao puxar a toalha que envolvia meu corpo, jogando-a no chão. — Você está com medo de mim? — murmurou ele, chegando mais perto. Erguendo as mãos, ele segurou meus seios e apertou-os, com os polegares brincando com os mamilos. Ao olhar para mim, notei um brilho divertido, mas ligeiramente cruel, nos olhos azuis.

— Eu deveria estar? — Meu coração bateu mais

depressa e senti as entranhas se contraírem ao sentir o pênis rígido contra o abdômen. As mãos dele estavam quentes e ásperas contra a pele sensível dos seios nus. Respirei fundo quando os mamilos enrijeceram sob o toque dele. — Você vai me machucar hoje?

— É isso que você quer, meu bichinho? — Ele beliscou meus mamilos, rolando-os entre os dedos e fazendo com que eu reprimisse um gemido de prazer misturado com dor. A voz dele ficou mais profunda, sombria e sedutora. — Quer que eu machuque você? Que marque sua pele macia e faça com que grite?

Passei a língua sobre os lábios, com tremores de calor e ansiedade correndo pelo corpo. Eu deveria estar com medo, particularmente depois da conversa daquela noite, mas, em vez disso, estava desesperadamente excitada. Apesar de ser algo perverso, eu também queria aquilo, a ferocidade do desejo dele, a crueldade de sua afeição. Eu queria me perder no abraço dele, esquecer do que era certo e errado, simplesmente sentir. — Sim — sussurrei, pela primeira vez admitindo minhas necessidades sombrias, o desejo pervertido que ele incutira em mim. — Sim, quero...

Os olhos dele brilharam com um calor selvagem e vulcânico. Em seguida, caímos na cama em uma confusão primitiva de membros e carne. Não havia rastros do amante enganadoramente gentil nem do sádico sofisticado que manipulava minha mente e meu corpo todas as noites. Não, aquele Julian era puramente desejo incontrolável e indomado.

As mãos dele correram pelo meu corpo. Com a boca, ele lambeu, chupou e mordeu cada centímetro da minha pele. Ele colocou a mão esquerda entre minhas coxas e um dedo grande me penetrou, fazendo-me arquejar ao movê-lo implacavelmente para dentro e para fora do meu sexo molhado. Ele foi duro, mas o calor dentro de mim só se intensificou. Corri as unhas pelas costas dele, desesperada por mais ao rolarmos sobre a cama como animais.

Acabei deitada de costas, presa sob o corpo musculoso. Meus braços estavam esticados para cima e meus pulsos presos pela mão direita dele. Era a posição de conquistada, mas meu coração bateu mais forte com ansiedade, em vez de medo ao notar o desejo predatório no rosto dele.

— Vou trepar com você — disse ele com voz rouca, posicionando os joelhos entre minhas coxas para abri-las. Não havia sedução na voz dele naquele momento, apenas uma necessidade primitiva e agressiva. — Vou trepar com você até que peça misericórdia... e depois vou trepar de novo. Entendeu?

Consegui assentir de leve, com o peito arquejante ao olhar para ele. Minha respiração estava rápida e pesada. Minha pele queimava onde o corpo dele encostava em mim. Por um momento, senti o pênis latejante contra a parte de dentro da coxa. Logo depois, ele segurou o pênis com a mão livre e guiou-o para minha entrada.

Eu estava molhada, mas ainda não estava pronta para a investida brutal com que ele reuniu nossos corpos. Um choque de dor percorreu minhas terminações nervosas ao ser penetrada. Soltei um grito e os músculos internos se contraíram, resistindo à penetração, mas ele não me deu tempo para me ajustar. Julian começou a se mover em um ritmo duro, reclamando-me com uma violência que me deixou trêmula e sem fôlego, incapaz de fazer nada além de aceitar a posse implacável do meu corpo.

Não sei por quanto tempo ele trepou comigo daquele jeito nem quantas vezes gozei. Só sei que, quando Julian gozou, estremecendo sobre mim, eu estava rouca de tanto gritar e tão dolorida que doeu quando ele retirou o pênis.

Eu estava exausta demais para me mexer. Ele se levantou e foi para o banheiro, voltando com uma toalha molhada. Pressionando-a contra meu sexo inchado, ele me limpou gentilmente. Em seguida, usando os lábios e a língua, ele forçou meu corpo exausto a ter outro orgasmo.

Depois disso, dormimos nos braços um do outro.

Julian

NA MANHÃ SEGUINTE, ACORDEI QUANDO A LUZ DO SOL tocou meu rosto. Eu deixara as cortinas abertas na noite anterior, querendo começar o dia cedo. A luz funcionava melhor comigo do que qualquer alarme e incomodava Nora muito menos. Ela estava dormindo, deitada sobre meu peito.

Por alguns minutos, fiquei deitado lá, sentindo a pele quente dela contra a minha, a respiração suave de Nora e a forma como os longos cílios repousavam sobre as bochechas. Eu nunca quisera dormir ao lado de uma mulher antes dela, nunca entendera o apelo de ter outra pessoa na cama para outra coisa que não fosse trepar. Foi somente depois que sequestrei minha prisioneira que aprendi o prazer simples de adormecer segurando o corpo pequeno dela... de senti-la perto de mim durante a noite.

Respirando fundo, gentilmente tirei Nora de cima de mim. Eu precisava me levantar, apesar de a tentação de ficar lá sem fazer nada ser grande. Ela não acordou quando me sentei, apenas rolou para o lado e continuou dormindo. O cobertor deslizou, deixando as costas nuas expostas. Incapaz de resistir, inclinei-me para beijar o ombro dela e notei alguns arranhões na pele macia... marcas que eu deveria ter causado nela na noite anterior.

Ver a pele marcada de Nora me deixou excitado. Eu gostava da ideia de marcá-la de alguma forma, de deixar sinais da minha posse na pele delicada. Ela usava a minha aliança, mas não era suficiente. Eu queria mais. A cada dia que passava, a necessidade que sentia dela aumentava. Com o passar do tempo, minha obsessão por ela aumentava.

Isso me incomodava. Eu achara que ver Nora todos os dias e tê-la como minha esposa reduziria o desejo desesperado que sentia por ela o tempo inteiro, mas parecia que acontecia o oposto. Eu me ressentia de cada minuto que passava longe dela, de cada momento em que não tocava nela. Como com qualquer vício, eu parecia precisar de doses cada vez maiores da minha droga. Minha dependência dela aumentava até que eu precisasse constantemente dela.

Eu não sabia o que faria se algum dia a perdesse. Era um medo que me fazia acordar suando frio à noite e que atacava minha mente em momentos aleatórios durante o dia. Eu sabia que ela estava segura na propriedade, pois apenas um ataque direto de um exército inteiro conseguiria penetrar minha segurança, mas ainda assim não conseguia deixar de me preocupar. Eu não conseguia afastar o medo de que ela poderia ser tirada de mim. Era loucura, mas eu me sentia tentado a mantê-la acorrentada ao meu lado o tempo inteiro para ter certeza de que estava bem.

Lançando um último olhar ao corpo adormecido, levantei-me o mais silenciosamente possível e fui para o chuveiro, forçando meus pensamentos a se afastarem daquela obsessão. Eu veria Nora novamente naquela noite, mas, primeiro, havia uma entrega que precisava da minha atenção. Quando minha mente se concentrou na tarefa que tinha à frente, sorri com ansiedade sombria.

Meus prisioneiros da Al-Quadar estavam aguardando.

~

LUCAS OS LEVARA PARA UM GALPÃO NA EXTREMIDADE DA propriedade. A primeira coisa que notei ao entrar foi o fedor. Era uma combinação azeda de suor, sangue, urina e desespero. Isso indicou que Peter já trabalhara duro antes da minha chegada.

Quando meus olhos se ajustaram à luz difusa dentro do galpão, vi que dois dos homens estavam amarrados em cadeiras de metal, enquanto o terceiro estava pendurado em um gancho no teto, preso por uma corda amarrada nos pulsos acima da cabeça. Os três estavam cobertos de sujeira e sangue, fazendo com que fosse difícil dizer a idade ou a nacionalidade deles.

Aproximei-me primeiro de um dos homens sentado. O olho esquerdo dele estava muito inchado e os lábios cheios de sangue. Mas o olho direito me encarava com fúria e desafio. Um homem jovem, decidi, estudando-o mais de perto. Por volta de trinta anos, com barba rala e cabelos pretos cortados bem curtos. Duvidei de que ele fosse mais do que um simples soldado, mas ainda pretendia interrogá-lo. Peixes pequenos conseguem, às vezes, engolir informações úteis... e vomitá-las se adequadamente motivados.

— O nome dele é Ahmed — disse uma voz profunda com sotaque leve atrás de mim. Virando-me, vi Peter parado com o rosto tão inexpressivo como sempre. O fato de eu não tê-lo visto imediatamente não me surpreendeu. Peter Sokilov era excelente em se mover nas sombras. — Ele foi recrutado há seis meses no Paquistão.

Então, era um peixe menor do que eu imaginara. Fiquei desapontado, mas não surpreso.

— E este aqui? — perguntei, andando até o homem na outra cadeira. Ele parecia ser um pouco mais velho, perto dos trinta anos, e tinha o rosto fino sem barba. Como Ahmed, ele também apanhara um pouco, mas não havia fúria em seu olhar ao me encarar. Havia apenas um ódio gelado.

— John, também conhecido como Yusuf. Nascido nos Estados Unidos, filho de imigrantes palestinos, recrutado pela Al-Quadar há cinco anos. Foi tudo o que consegui daquele lá até o momento — disse Peter, apontando para o homem pendurado. — John ainda não conversou comigo.

— É claro. — Olhei para John, internamente contente com o desenvolvimento. Se ele fora treinado para aguentar uma quantidade significativa de dor e tortura, era pelo menos um agente de nível intermediário. Se conseguíssemos quebrá-lo, certamente obteríamos algumas informações valiosas.

— E aquele é Abdul — disse Peter, gesticulando na direção do homem pendurado. — É primo de Ahmed. Supostamente, entrou para a Al-Quadar na semana passada.

Semana passada? Se aquilo fosse verdade, o homem seria totalmente inútil. Franzindo a testa, andei até ele para olhá-lo mais de perto. Quando me aproximei, ele ficou tenso e vi que seu rosto era um machucado enorme e inchado. Ele também fedia a urina. Quando parei à frente dele, o homem começou a balbuciar em árabe com voz cheia de medo e desespero.

— Ele disse que já contou tudo o que sabia. — Peter parou ao meu lado. — Diz que só se juntou ao primo porque prometeram dar duas cabras à família dele. Jura que não é terrorista, nunca quis machucar ninguém, não tem nada contra os Estados Unidos etc. etc.

Assenti, pois fora o que eu ouvira. Eu não falava árabe, mas entendia um pouco. Um sorriso frio surgiu nos meus lábios quando tirei um canivete suíço do bolso traseiro da calça e abri uma lâmina pequena. Ao ver a faca, Abdul se contorceu freneticamente nas cordas em que estava pendurado. Suas súplicas aumentaram. Era claramente um novato, o que me deixou inclinado a acreditar que ele dizia a verdade sobre não saber de nada.

Mas não importava. A única coisa que eu precisava dele era informação. E, se ele não podia fornecê-las, era um homem morto. — Tem certeza de que não sabe de mais nada? — perguntei, girando a faca lentamente entre os dedos. — Talvez alguma coisa que tenha visto, ouvido, encontrado? Algum nome, rosto ou coisa parecida?

Peter traduziu minha pergunta e Abdul balançou a cabeça negativamente, com lágrimas e muco nasal escorrendo pelo rosto surrado e ensanguentado. Ele balbuciou um pouco mais, sobre conhecer apenas John, Abdul e os homens que foram mortos durante a captura deles no dia anterior. Pelo canto do olho, vi Ahmed encará-lo friamente, sem dúvida desejando que o primo mantivesse a boca fechada, mas John não pareceu alarmado pela diarreia verbal de Abdul. A falta de preocupação de John só confirmou o que meus instintos me diziam: que Abdul falava a verdade sobre não saber mais nada.

Como que lendo minha mente, Peter chegou mais perto de mim. — Quer fazer as honras? Ou prefere que eu faça? — O tom dele era casual, como se estivesse me oferecendo uma xícara de café.

— Pode deixar — respondi no mesmo tom. Não havia lugar para suavidade nem sentimentalismo no meu negócio. Não importava se Abdul era culpado ou inocente. Ele se aliara com os meus inimigos e, ao fazer isso, assinara a própria sentença de morte. A única misericórdia que eu lhe daria seria um fim rápido para sua existência.

Ignorando as súplicas aterrorizadas dele, deslizei a lâmina pelo pescoço de Abdul. Em seguida, dei um passo para trás, observando enquanto ele sangrava até morrer. Quando terminou, limpei a faca na camisa do homem morto e virei-me para os outros dois prisioneiros.

— Muito bem — disse eu, abrindo um sorriso plácido. — Quem é o próximo?

~

Para minha irritação, demorou a maior parte da manhã para fazer com que Ahmed cedesse. Para um recruta novo, ele era surpreendentemente resistente. No final, ele cedeu, obviamente, como todos cediam, e descobri o nome do homem que agia como intermediário entre a célula dele e outra operada por um líder mais experiente. Também descobri um plano para explodir um ônibus de turismo em Tel-Aviv, uma informação que meus contatos no governo de Israel achariam muito útil.

Deixei que John assistisse a todo o processo até o momento em que Ahmed deu o último suspiro. Apesar de John talvez ter sido treinado para aguentar tortura, eu duvidava que estivesse psicologicamente preparado para ver o colega ser cortado, pedaço a pedaço, sabendo que seria o próximo. Poucas pessoas eram capazes de manter a serenidade em uma situação como aquela. Percebi que John não era uma delas quando vi seu olhar cair para o chão durante um momento particularmente grotesco. Ainda assim, eu sabia que demoraríamos pelo menos algumas horas para extrair alguma coisa dele, mas não poderia negligenciar meus negócios pelo restante do dia. John teria que esperar até a tarde, depois que eu almoçasse e trabalhasse um pouco.

— Posso começar, se você quiser — disse Peter quando eu lhe disse aquilo. — Você sabe que consigo fazer isso sozinho.

Eu sabia. No ano em que ele trabalhara para mim, Peter provara ser mais do que capaz naquela área. No entanto, preferia fazer as coisas eu mesmo sempre que possível. Na minha linha de trabalho, o microgerenciamento frequentemente compensava.

— Não, está tudo bem — respondi. — Por que não tira um intervalo para o almoço? Retomaremos às três.

Peter assentiu e saiu do galpão, sem se importar em lavar o sangue das mãos. Eu era mais consciente daquele tipo de coisa e fui até um balde de água perto da parede para lavar a maior parte do sangue que tinha nas mãos e no rosto. Pelo menos, eu não teria que me preocupar com as roupas, pois vestira deliberadamente uma camiseta e uma bermuda pretas para que as manchas não fossem visíveis. Assim, se eu encontrasse Nora antes que tivesse a oportunidade de trocar de roupa, não causaria mais pesadelos nela. Ela sabia do que eu era capaz, mas saber e ver eram coisas bem diferentes. Minha esposa ainda era inocente de algumas formas e eu queria manter o máximo possível daquela inocência.

Eu não a vi no caminho até a casa, o que provavelmente foi melhor. Eu sempre me sentia mais feroz imediatamente depois de matar alguém, tenso e excitado ao mesmo tempo. Isso costumava me incomodar, a satisfação que sentia com coisas que deixariam a maioria das pessoas horrorizada, mas eu não me preocupava mais com isso. Era quem eu era, quem fora treinado para ser. A dúvida levava à culpa e ao arrependimento, e eu me recusava a sentir tais emoções inúteis.

Depois de entrar na casa, tomei um banho demorado e vesti roupas limpas. Depois, sentindo-me muito mais limpo e calmo, fui até a cozinha para um almoço rápido.

Ana não estava lá quando entrei. Portanto, preparei um sanduíche e sentei-me à mesa da cozinha para comer. Eu tinha levado o iPad e, na meia hora seguinte, lidei com problemas de produção na fábrica da Malásia, respondi ao meu fornecedor de Hong Kong e enviei um e-mail para meu contato em Israel para avisar sobre a bomba.

Quando terminei de comer, ainda tinha alguns

telefonemas a dar e fui para o escritório, onde tinha linhas de comunicação seguras instaladas.

Encontrei Nora na varanda ao sair da casa.

Ela estava subindo a escada, falando e rindo com Rosa. Usando um vestido amarelo, com os cabelos soltos e um sorriso largo e radiante, ela parecia um raio de sol.

Vendo-me, ela parou no meio dos degraus e o sorriso ficou ligeiramente tímido. Perguntei a mim mesmo se ela pensava na noite anterior. Eu certamente pensara nela assim que vira Nora.

— Olá — disse ela baixinho, olhando para mim. Rosa também parou, inclinando a cabeça de forma respeitosa. Respondi rapidamente ao cumprimento dela e concentrei-me em Nora.

— Olá, meu bichinho. — As palavras saíram em tom acidentalmente rouco. Parecendo perceber que estava atrapalhando, Rosa murmurou algo sobre precisar ajudar na cozinha e escapou para dentro da casa, deixando Nora e eu sozinhos na varanda.

Nora sorriu quando a amiga partiu rapidamente e subiu os últimos degraus até chegar ao meu lado. — Recebi o pacote de orientação de Stanford esta manhã e já me registrei para todas as matérias — disse ela com a voz empolgada. — Devo dizer que eles trabalham depressa.

Sorri para ela, contente ao vê-la tão feliz. — Sim, trabalham. — E deveriam, considerando a doação generosa que uma das minhas empresas fizera ao fundo de ex-alunos deles. Por três milhões de dólares, eu esperava que o escritório de matrícula de Stanford fizesse de tudo para acomodar minha esposa.

— Vou ligar para os meus pais hoje à noite. Ah, eles ficarão tão surpresos... — Os olhos dela brilharam.

— Aposto que sim — respondi secamente, visualizando a reação de Tony e Gabriela. Eu ouvira mais algumas conversas de Nora com eles e sabia que não acreditavam em mim quando dissera que Nora receberia uma boa educação. Seria bom que meus sogros aprendessem que eu mantinha minhas promessas... que eu falava sério em se tratando de cuidar da filha deles. Isso não mudaria a opinião deles sobre mim, obviamente, mas, pelo menos, ficariam um pouco mais calmos em relação ao futuro de Nora.

Nora sorriu novamente, provavelmente pensando a mesma coisa, mas a expressão dela ficou inesperadamente sombria. — Eles já chegaram? — perguntou ela. Percebi um traço de hesitação em sua voz.— Os homens da Al-Quadar que você capturou?

— Sim. — Não me dei ao trabalho de dourar a pílula. Eu não queria traumatizá-la deixando que visse aquele lado do meu negócio, mas também não pretendia esconder a existência dele. — Eu os estava interrogando.

Ela me encarou. A empolgação anterior desaparecera completamente. — Ah, entendi. — O olhar dela percorreu meu corpo, parando nas roupas limpas, e fiquei feliz por ter tido a precaução de tomar banho e trocar de roupa mais cedo.

Quando o olhar dela reencontrou o meu, havia uma

expressão peculiar em seu rosto. — Descobriu alguma coisa útil? — perguntou ela baixinho. — Quero dizer, com o interrogatório.

— Sim, descobri — respondi devagar. Fiquei surpreso por ela estar curiosa, por não ficar tão abalada como achei que ficaria. Eu sabia que ela odiava a Al-Quadar pelo que tinham feito com Beth, mas ainda teria esperado que ficasse horrorizada com a ideia de tortura. Abri um sorriso leve ao perguntar a mim mesmo até onde meu bichinho estaria disposto a ir atualmente. — Quer que eu lhe conte tudo?

Ela me surpreendeu novamente ao assentir. — Sim — disse ela, sustentando meu olhar. — Conte-me, Julian. Eu quero saber.

ora

EU NÃO SABIA QUE DEMÔNIO ME FIZERA DIZER AQUILO E
prendi a respiração, esperando que Julian risse de mim
e recusasse. Ele nunca falara muito sobre os negócios e,
apesar de ter se aberto para mim desde que voltara, eu
tinha a sensação de que tentava me proteger das partes
mais feias do mundo dele.

Fiquei chocada quando ele não riu nem disse que
não. Em vez disso, ele me ofereceu a mão. — Está bem,
meu bichinho — disse ele com um sorriso enigmático
nos lábios. — Se quer saber, venha comigo. Tenho que
dar alguns telefonemas.

Com o coração batendo mais forte, segurei a mão
dele e deixei que me ajudasse a descer a escada. Ao
andarmos em direção ao prédio pequeno que servia

como escritório de Julian, não pude deixar de me perguntar se estaria cometendo um erro. Eu estava pronta para desistir do conforto questionável da ignorância e mergulhar de cabeça na piscina turva do império de Julian? Com toda a sinceridade, eu não fazia ideia.

Ainda assim, não parei, não disse a Julian que tinha mudado de ideia... pois não mudara. Bem no fundo, eu sabia que enfiar a cabeça na areia não mudaria nada. Meu marido era um criminoso poderoso e perigoso, e minha falta de conhecimento sobre as atividades dele não alteravam o fato de que, por associação, eu estava contaminada. Ao ficar nos braços dele todas as noites por vontade própria, por amá-lo apesar de tudo o que ele fizera, eu implicitamente apoiava as ações dele e não era ingênua de achar que não. Talvez eu tivesse começado como vítima de Julian, mas não podia mais alegar aquela distinção dúbia. Com ou sem seringa, eu o acompanhara sabendo muito bem quem ele era e que tipo de vida teria à frente.

Além do mais, eu tinha agora uma curiosidade sombria. Queria saber o que ele descobrira naquela manhã, que tipo de informações os métodos brutais tinham lhe dado. Eu queria saber que telefonemas ele pretendia dar e com quem planejava falar. Eu queria saber tudo o que havia sobre Julian, não importava o quanto a realidade da vida dele me deixasse horrorizada.

Quando chegamos ao prédio do escritório, vi que a porta era feita de metal. Como na ilha, Julian a abriu com uma varredura de retina, uma medida de segurança que não me surpreendia mais. Considerando o que eu sabia sobre o tipo de armas que a emprêsa de Julian produzia, a paranoia dele parecia totalmente justificada.

Entramos e vi que o escritório era uma sala grande, com uma mesa oval perto da entrada e uma escrivaninha com várias telas de computador na parte de trás. Monitores de TV de tela plana cobriam as paredes e havia cadeiras de couro confortáveis em volta da mesa. Tudo parecia luxuoso e de alta tecnologia. Para mim, o escritório de Julian pareceu uma mistura entre uma sala de conferência executiva e um lugar em que a CIA se encontraria para reuniões estratégicas.

Fiquei parada, olhando para tudo, e Julian colocou as mãos nos meus ombros por trás. — Seja bem-vinda ao meu covil — murmurou ele, com os dedos apertando-me por um momento breve. Em seguida, ele me soltou e foi até uma das cadeiras em frente à escrivaninha.

Ele se sentou e eu o segui, com uma curiosidade ardente.

Havia seis monitores de computador sobre a mesa. Três deles mostravam o que parecia ser uma transmissão em tempo real de diversas câmeras de vigilância e duas mostravam gráficos e números que piscavam. O último computador era o mais perto de Julian, mostrando um programa de e-mail de aparência incomum.

Intrigada, olhei mais de perto, tentando entender o que via. — Você está monitorando seus investimentos? — perguntei, observando os dois computadores com números piscando. Eu não era nenhum guru das ações, mas vira alguns filmes sobre Wall Street e o computador de Julian me lembrou das mesas dos operadores.

— Pode-se dizer que sim. — Quando me virei para olhar para ele, Julian se recostou na cadeira e sorriu para mim. — Uma de minhas subsidiárias é uma espécie de fundo. Ela explora de tudo, de moedas a petróleo, com foco em situações especiais e eventos geopolíticos. Tenho pessoas muito qualificadas cuidando dela, mas acho esse tipo de coisa muito interessante e, de vez em quando, gosto de dar uma olhada.

— Ah, entendi... — Olhei para ele fascinada. Era mais um lado de Julian que eu não conhecia. Fiquei imaginando quantas outras camadas eu descobriria com o tempo. — Então, para quem planeja telefonar? — perguntei, lembrando que ele mencionara os telefonemas.

O sorriso de Julian aumentou. — Venha cá, querida, sente-se — disse ele, estendendo a mão para segurar meu pulso. Antes que eu percebesse, estava sentada no colo dele. Os braços dele me prenderam entre seu peito e a mesa. — Só fique sentada e não diga nada — sussurrou ele em meu ouvido. Sentindo o cheiro dele e o corpo musculoso à minha volta, vi quando ele digitou rapidamente algo no teclado.

Ouvi alguns bipes e a voz de um homem surgiu no computador. — Esguerra. Eu estava me perguntando quando você entraria em contato. — O homem tinha sotaque norte-americano e parecia bem-educado. Imediatamente imaginei um homem de meia idade vestindo terno. Um burocrata, mas mais velho, a julgar pela confiança na voz. Um dos contatos governamentais de Julian, talvez?

— Suponho que nossos amigos de Israel já lhe deram a notícia — disse Julian.

Prendi a respiração, ouvindo com atenção, sem querer perder nada. Eu não sabia por que Julian decidira me deixara aprender daquela forma, mas certamente não pretendia recuar.

— Não tenho muito mais a acrescentar — continuou Julian. — Como você já sabe, a operação foi um sucesso e agora tenho dois prisioneiros dos quais estou extraindo informações.

— Sim, ouvimos falar. — Houve silêncio por um segundo e o homem disse: — Gostaríamos de receber este tipo de notícia primeiro na próxima vez. Teria sido melhor se os israelenses tivessem ouvido falar do ônibus por nós, em vez do contrário.

— Ah, Frank... — Julian suspirou, passando o braço em volta da minha cintura e movendo-me ligeiramente para a esquerda. Sentindo-me desequilibrada, agarrei o braço de Julian, tentando não fazer barulho quando ele me ajeitou sobre a perna de forma mais confortável. — Você sabe como são essas coisas. Se quer dar informações aos israelenses, preciso de algo para adoçar o trato.

— Já removemos todos os traços de sua aventura pervertida com a garota — respondeu Frank. Fiquei tensa, percebendo que ele se referia ao meu sequestro.

Aventura pervertida? Mesmo? Por um segundo, senti uma fúria irracional, mas respirei fundo para me acalmar. Relembrei a mim mesma que não queria que Julian fosse punido pelo que fizera a mim, não se isso significasse ficar longe dele de novo. Ainda assim, teria sido melhor se tivessem pelo menos reconhecido que Julian cometera um crime, em vez de chamar aquilo de "aventura pervertida". Era idiota, mas me senti desrespeitada, como se eu não tivesse a menor importância.

Sem saber da minha raiva pela escolha de suas palavras, Frank continuou: — Não há mais nada que podemos dar a você a essas alturas...

— Na verdade, há sim — interrompeu Julian. Ainda segurando-me firmemente, ele acariciou meu braço em um gesto reconfortante. Como sempre, o toque dele lançou uma onda de calor pelo meu corpo, removendo parte da tensão. Ele provavelmente entendia por que eu estava chateada. Não importava o ponto de vista, era insultante falar sobre o meu sequestro de forma tão casual.

— Que tal uma pequena troca? — continuou Julian, falando com Frank. — Deixarei que vocês sejam os heróis na próxima vez e vocês me colocam em uma operação clandestina na Síria. Tenho certeza de que gostariam de vazar algumas informações... e eu adoraria ser a pessoa a ajudá-los nisso.

Houve outro momento de silêncio e Frank respondeu: — Está bem, fechado.

— Excelente. Então, até a próxima — disse Julian. Estendendo a mão, ele clicou no canto da tela para encerrar a ligação.

Assim que ele terminou, virei-me em seus braços e encarei-o. — Quem era aquele homem?

— Frank é um dos meus contatos na CIA — respondeu Julian, confirmando minha suposição anterior. — Um empurrador de papel, mas que é muito bom no que faz.

— Ah, bem que achei.— Começando a me sentir inquieta, empurrei o peito de Julian, pois precisava me levantar. Ele me soltou, observando com um sorriso leve quando recuei alguns passos. Encostei o quadril na mesa e olhei para ele de forma interrogativa. — Que história era essa sobre os israelenses e o ônibus? E a Síria?

— De acordo com um dos meus hóspedes da Al-Quadar, há um ataque planejado a um ônibus de turismo em Tel-Aviv — explicou Julian, recostando-se na cadeira. — Notifiquei a agência de inteligência de Israel, Mossad, mais cedo.

— Ah. — Franzi a testa. — E por que Frank não gostou disso?

— Porque os norte-americanos têm um complexo de salvador... ou, pelo menos, gostariam que os israelenses achassem que têm. Eles queriam que a informação tivesse vindo deles, não de mim, para que o Mossad devesse um favor a eles.

— Ah, entendi. — E realmente eu entendia. Começava a entender como aquele jogo funcionava. No mundo sombrio das agências de inteligência e da política oficiosa, favores eram uma moeda... e meu marido era rico de várias formas. Rico o suficiente para garantir que nunca fosse procurado por crimes menores, como sequestro ou tráfico ilegal de armas. — E queria que Frank lhe desse algumas informações para serem vazadas para a Síria para que devam um favor a você, certo?

Julian sorriu para mim. — Sim, certo. Você aprende depressa, meu bichinho.

— Por que você decidiu me deixar ouvir hoje? — perguntei, encarando-o com curiosidade. — Por que hoje?

Em vez de responder, ele se levantou e andou na minha direção. Parando ao meu lado, ele se inclinou para a frente e apoiou as mãos na mesa nos dois lados do meu corpo, prendendo-me novamente. — Por que acha que fiz isso, Nora? — murmurou ele, chegando mais perto. O hálito dele era quente e os braços eram como vigas de aço à minha volta, fazendo com que eu me sentisse um pequeno animal encurralado... uma sensação inquietante que, mesmo assim, me deixou excitada.

— Porque somos casados? — supus. O rosto dele estava a poucos centímetros do meu e senti minhas entranhas se contraírem com uma onda forte de excitação quando ele moveu os quadris à frente, fazendo com que eu percebesse a ereção.

— Sim, querida, porque somos casados — respondeu ele com voz rouca. Os olhos dele ficaram mais escuros com desejo quando meus mamilos rígidos encostaram em seu peito —, e porque acho que você não é mais tão frágil quanto parece...

E, abaixando a cabeça, ele capturou minha boca em um beijo faminto e possessivo, deslizando as mãos pelos meus quadris com uma intenção familiar.

Nos dias seguintes, aprendi mais sobre o império sombrio de Julian e comecei a entender como a maioria das pessoas sabia pouco sobre o que acontecia nos bastidores. Nada do que eu ouvira no escritório de Julian aparecera nos noticiários... pois, se isso acontecesse, cabeças rolariam e algumas pessoas muito importantes acabariam na cadeia.

Divertido pelo meu interesse continuado, Julian deixou que eu ouvisse mais conversas. Uma vez, até mesmo assisti a uma conferência de vídeo no fundo da sala, onde não seria vista pela câmera. Fiquei chocada ao reconhecer um dos homens na tela. Era um general norte-americano importante, alguém que eu vira algumas vezes em programas de televisão populares. Ele queria que Julian movesse as operações de produção da Tailândia por medo que a instabilidade política na região pudesse prejudicar a próxima remessa do novo explosivo... que deveria ir para o governo dos EUA.

Meu sequestrador não mentira ao dizer que tinha conexões. No mínimo, não deixara clara a extensão do alcance que tinha.

Obviamente, políticos, líderes militares e outros do mesmo nível eram apenas uma fração pequena das pessoas com quem Julian lidava diariamente. A maioria das interações era com clientes, fornecedores e intermediários diversos, indivíduos normalmente assustadores de todo o mundo. Os conhecidos dele iam da máfia russa e dos rebeldes libaneses a ditadores em países africanos obscuros. Em se tratando de vender armas, meu marido era muito igualitário. Terroristas, chefes das drogas, governos legítimos, ele fazia negócio com todos.

Isso me deixava enojada, mas não conseguia me manter longe do escritório de Julian. Todos os dias, eu o seguia até lá, motivada por uma curiosidade mórbida. As coisas que descobri eram fascinantes e perturbadoras.

Julian precisou de três dias, mas conseguiu fazer com que o prisioneiro da Al-Quadar cedesse. Ele não me disse nem perguntei como fez isso. Eu sabia que era com tortura, mas não sabia dos detalhes. Só sabia que as informações extraídas resultaram em Julian localizando duas outras células da Al-Quadar... e a CIA devendo mais um favor a ele.

Agora que Julian decidira me deixar participar daquela parte de sua vida, passávamos ainda mais tempo juntos. Ele gostava que eu fosse ao escritório. Não só era conveniente para quando ele queria sexo, o que acontecia pelo menos uma vez durante o dia, mas também parecia gostar da velocidade com que eu aprendia. Ele dizia que eu era perceptiva, intuitiva. Via as coisas como eram, em vez de como desejava que fossem... um dom raro, de acordo com Julian.

— A maioria das pessoas vê através de uma cortina — disse ele um dia durante o almoço —, mas não você, meu bichinho. Você enfrenta a realidade de frente... e é isso que permite que veja abaixo da superfície.

Agradeci o elogio, mas, por dentro, perguntei a mim mesma se isso era necessariamente uma coisa boa, ver sob a superfície daquele jeito. Se eu conseguisse fingir para mim mesma que, no fundo, Julian era um homem bom, que era simplesmente mal compreendido e poderia ser recuperado, seria muito mais fácil para mim. Se eu fosse cega à natureza do meu marido, não sentiria um conflito tão grande sobre os sentimentos que tinha por ele.

Eu não me preocuparia de estar apaixonada pelo demônio.

Mas eu o via como ele era: um demônio com o disfarce de um homem bonito, um monstro usando uma máscara linda. E isso fazia com que eu ponderasse se também era um monstro... se era má por amá-lo.

Eu queria que Beth estivesse lá para conversar comigo sobre isso. Eu sabia que ela não era nenhuma especialista em coisas normais, mas ainda sentia falta da visão não ortodoxa que tinha das coisas, da forma como conseguia analisar tudo na mente e achar algum sentido. Eu tinha certeza de que sabia o que ela me diria em relação à minha situação. Ela diria que eu tinha sorte de ter alguém como Julian, que nosso destino era de ficarmos juntos e que tudo o mais era bobagem.

E ela provavelmente teria razão. Quando pensava naqueles meses solitários e vazios antes da volta de Julian, quando eu tivera minha liberdade e a vida normal, mas sem ele... todas as dúvidas desapareciam. Não importava o que ele era ou o que fazia, eu preferiria morrer a passar por aquele sofrimento novamente.

Para o melhor ou o pior, eu não era mais completa sem Julian e nenhuma quantidade de autoflagelo mudaria isso.

Uma semana depois da conversa com Frank, bati na porta de metal pesada e esperei que ele me deixasse entrar. Eu passara a manhã caminhando com Rosa e preparando-me para as aulas, enquanto Julian trabalhava em alguns papéis das contas no estrangeiro. Pelo jeito, até mesmo chefes do crime tinham que lidar com questões fiscais e jurídicas, que pareciam ser um mal universal do qual ninguém conseguia se livrar.

Quando a porta se abriu, fiquei surpresa ao notar um homem alto, de cabelos pretos, sentado do outro lado da mesa oval, em frente a Julian. Ele parecia ter trinta e poucos, apenas um pouco mais velho que o meu marido. Eu já o vira na propriedade antes, mas não tivera a oportunidade de interagir pessoalmente com ele. À distância, ele me lembrou um predador furtivo e sombrio, uma impressão que só aumentou com a forma com que ele olhava para mim. Os olhos cinzentos rastreavam cada movimento meu com uma mistura peculiar de atenção e indiferença.

— Entre, Nora — disse Julian, acenando para que eu me juntasse a eles. — Este é Peter Sokolov, nosso consultor de segurança.

— Ah, olá. É um prazer conhecer você. — Andando até a mesa, abri um sorriso cauteloso para Peter ao me sentar ao lado de Julian. Peter era um homem bonito, com um maxilar forte e maçãs do rosto exoticamente altas. Mas, por algum motivo, ele fez com que eu sentisse um arrepio na nuca. Não era nada do que ele dizia ou fazia, pois acenou polidamente para mim com uma pose enganadoramente calma e relaxada... era o que eu via nos olhos da cor do aço.

Fúria. Uma fúria pura, não diluída. Eu senti aquilo em Peter, emanando de seus poros. Não era raiva nem um rompante momentâneo. Não, a emoção era mais profunda que isso. Era parte dele, como o corpo musculoso ou a cicatriz esbranquiçada que dividia a sobrancelha esquerda.

Com aquele temperamento frio e cuidadosamente controlado, o homem era um vulcão mortal esperando para explodir.

— Estávamos terminando — disse Julian. Percebi

um toque de desprazer na voz dele. Afastando os olhos de Peter, vi um músculo tremendo no maxilar de Julian. Talvez eu tivesse encarado Peter por tempo demais sem perceber e meu marido interpretara erroneamente minha fascinação involuntária como interesse.

Merda. Julian com ciúmes nunca era uma coisa boa. Na verdade, era uma coisa muito, muito ruim.

Enquanto eu vasculhava a mente em busca de uma forma de dispersar a situação, Peter se levantou. — Podemos continuar amanhã, se preferir — disse ele calmamente, dirigindo-se a Julian. Não pude deixar de notar que, diferentemente da maioria das pessoas na propriedade, Peter não se sentia submisso ao meu marido. Em vez disso, falava com Julian como igual, com respeito, mas extremamente autoconfiante. Percebi um leve sotaque do leste europeu na fala dele e perguntei-me de onde ele era. Polônia? Rússia? Ucrânia?

— Sim — disse Julian, levantando-se. A expressão dele ainda estava sombria, mas a voz saiu suave. — Verei você amanhã.

Peter desapareceu, deixando-nos sozinhos, e levantei-me lentamente, sentindo a palma das mãos começar a suar. Eu não fizera nada de errado, mas convencer Julian disso não seria fácil. A possessividade dele beirava a obsessão. Algumas vezes, eu ficava surpresa por ele não me manter trancada no quarto para que outros homens nunca colocassem os olhos em mim.

E, com toda certeza, assim que a porta se fechou atrás de Peter, Julian se aproximou. — Gostou de Peter, meu bichinho? — perguntou ele baixinho, chegando cada vez mais perto até que fui forçada a encostar na mesa. — Tem uma queda por russos?

— Não. — Balancei a cabeça negativamente, mantendo o olhar de Julian. Eu esperava que ele visse a verdade no meu rosto. Peter podia ser bonito, mas também era assustador... e o único homem assustador que eu queria era o que me encarava friamente naquele momento. — Nem um pouco. Não era por isso que eu estava olhando para ele.

— Não? — Julian estreitou os olhos ao segurar meu queixo. — Por que então?

— Ele me assusta — admiti, imaginando que a sinceridade seria a melhor política. — Há algo nele que acho perturbador.

Julian me estudou intensamente por um segundo, soltou meu queixo e deu um passo atrás, fazendo com que eu soltasse um suspiro aliviado. *Tempestade evitada.*

— Perceptiva como sempre — murmurou ele com voz ligeiramente divertida. — Sim, você tem razão, Nora. Há algo realmente perturbador em Peter.

— Qual é a dele? — perguntei. Minha curiosidade voltou, agora que Julian não estava mais bravo comigo. Eu sabia que Julian não empregava garotos inocentes, mas o que eu sentira em Peter era diferente. — Quem é ele?

Julian abriu um sorriso sombrio leve e sentou-se atrás da mesa. — Ele era da Spetsnaz, Forças Especiais da Rússia. Foi um dos melhores até que a esposa e o filho foram mortos. Agora, ele quer vingança e veio me procurar, torcendo para que eu possa ajudá-lo.

Senti uma pontada de pena. Então, não era apenas raiva. Peter também estava cheio de pesar e dor.

— Ajudá-lo como? — perguntei, encostando-me na mesa. O consultor de segurança de Julian não parecia ser alguém que precisava de ajuda.

— Usando minhas conexões para conseguir uma lista de nomes. Pelo jeito, havia alguns soldados da OTAN envolvidos e a operação clandestina era bem grande.

— Ah. — Encarei Julian, sentindo-me inquieta. Eu mal conseguia imaginar o que Peter pretendia fazer com aqueles soldados. — E você deu a lista a ele?

— Ainda não. Estou trabalhando nela. Muitas dessas informações parecem ser confidenciais e não é fácil.

— Você não pode pedir ao seu contato na CIA que o ajude?

— Eu pedi a ele. Frank está hesitante porque há alguns norte-americanos naquela lista. — Julian pareceu irritado por um segundo. — Mas, em algum momento, ele me ajudará. Sempre faz isso. Só preciso ter algo que a CIA queira muito.

— Sim, claro — murmurei. — Um favor em troca de outro... É por isso que Peter está trabalhando para você? Porque você prometeu essa lista a ele?

— Sim, é o nosso trato. — Julian sorriu. — Três anos de serviço leal em troca de entregar aqueles nomes a ele no final. Eu também pago a ele, claro... mas Peter não se importa com dinheiro.

— E Lucas?— perguntei, com a mente voltando-se para o braço direito de Julian. — Ele também tem uma história?

— Todos têm uma história — disse Julian, mas ele soou distraído com a atenção voltada para a tela do computador. — Até mesmo você, meu bichinho.

E, antes que eu pudesse fazer mais perguntas, ele se ocupou com e-mails, colocando um fim em nossa discussão.

14

Julian

AS SEMANAS SEGUINTES FORAM O MAIS PRÓXIMO DO paraíso doméstico que eu jamais vivera. Além de uma viagem de um dia para o México para uma negociação com o cartel Juarez, passei todo o tempo na propriedade com Nora.

Com o começo das aulas, os dias de Nora eram cheios de livros, papéis e testes. Ela estava tão ocupada que frequentemente estudava até tarde da noite... uma prática que me desagradava, mas que eu não podia impedir. Ela parecia determinada a provar que podia acompanhar os alunos que entraram para o programa de Stanford por mérito próprio e eu não queria desencorajá-la. Eu sabia que ela fazia isso parcialmente por causa dos pais, que continuavam a se preocupar com o futuro dela comigo, e porque gostava do desafio. Apesar do estresse adicional, meu bichinho parecia estar florescendo naqueles dias, com os olhos brilhando de empolgação e os movimentos cheios de energia.

Eu gostei daquele desenvolvimento. Gostei de vê-la feliz e confiante, contente com a vida comigo. Apesar de o monstro dentro de mim ainda ficar excitado com a dor e o medo dela, a força e a resistência crescentes me atraíram. Eu nunca quisera destruí-la, apenas torná-la minha, e agradava-me vê-la se transformar em parceira em vários aspectos.

Apesar de a universidade consumir a maior parte do tempo dela, Nora continuou as aulas com Monsieur Bernard, dizendo que achava relaxante desenhar e pintar. Ela também insistiu que eu continuasse com as aulas de autodefesa e tiro duas vezes por semana, um pedido que fiquei muito feliz em atender, pois nos dava mais tempo juntos. À medida que o treinamento progrediu, vi que ela era melhor com armas do que com facas, apesar de ser surpreendentemente decente com ambas. Ela também se tornava muito boa em certos movimentos de luta e o corpo pequeno lentamente se transformava em uma arma letal. Ela até mesmo conseguiu arrancar sangue do meu nariz uma vez, quando o cotovelo bateu em meu rosto antes que eu conseguisse bloquear o golpe rápido.

Era uma conquista da qual ela deveria ter orgulho, mas, obviamente, sendo uma garota de coração bom,

Nora ficou imediatamente horrorizada e cheia de remorso.

— Ai, meu Deus, desculpe! — Ela correu até mim, pegando uma toalha para estancar o sangue. Ela pareceu tão desesperada que caí na gargalhada, apesar de o nariz latejar muito. Era a recompensa por me distrair durante o treinamento. Ela conseguira me pegar desprevenido em um momento em que eu olhava para seus seios e fantasiava tirar sua roupa.

— Julian! Por que está rindo? — A voz de Nora ficou um pouco mais aguda enquanto ela pressionava a toalha no meu rosto. — Você deveria procurar um médico! Seu nariz pode estar quebrado...

— Estou bem, querida — garanti entre uma gargalhada e outra, tirando a toalha das mãos trêmulas dela. — Garanto que já passei por coisas piores. Se estivesse quebrado, eu saberia. — Minha voz estava um pouco anasalada por causa da toalha sobre o nariz, mas consegui sentir a cartilagem com os dedos e vi que não fora danificada. Eu ficaria com um olho roxo, nada mais. Mas, se eu não tivesse me desviado para a direita no último segundo, o movimento dela teria esmagado completamente meu nariz, forçando fragmentos de osso para dentro do cérebro e matando-me instantaneamente.

— Não está bem! — Nora se afastou, parecendo muito chateada. — Eu poderia ter machucado você de forma grave!

— E eu não teria merecido? — perguntei, meio que brincando. Eu sabia que ainda havia uma parte dela que se ressentia pela forma como a sequestrara... que sempre se ressentiria disso. Se eu fosse ela, não pediria desculpas por causar dor. Procuraria oportunidades para fazer isso sempre que pudesse.

Ela me encarou friamente, mas percebi que estava começando a se acalmar, agora que o choque inicial passara. — Provavelmente — disse ela com voz mais calma. — Mas isso não significa que quero que você sofra. Sou idiota e irracional.

Sorri para ela, abaixando a toalha. O sangramento estava quase estancado. Como eu suspeitara, fora apenas um ferimento leve. — Você não é idiota — disse eu em tom suave, chegando mais perto dela. Apesar de o nariz ainda doer, havia uma dor nova crescente em uma região mais abaixo do meu corpo. — Você é exatamente como eu quero.

— Com lavagem cerebral e apaixonada pelo meu sequestrador? — perguntou ela secamente quando estendi a mão, largando a toalha ensanguentada no chão.

— Sim, exatamente — murmurei, tirando a camiseta dela para deixar à mostra os seios perfeitos. — E muito, muito adorável...

E, quando a empurrei para o tapete, meu machucado era a última coisa que eu tinha em mente.

～

À MEDIDA QUE O SEMESTRE DE NORA PROGREDIA, desenvolvemos uma rotina. Normalmente, eu acordava antes dela e participava de uma sessão de treinamento com os meus homens. Quando voltava, ela estava acordada e tomávamos café da manhã. Depois, eu ia para o escritório enquanto Nora passeava com Rosa e ouvia às aulas *on-line*. Depois de algumas horas, eu voltava para a casa e almoçávamos juntos. Em seguida, eu voltava para o escritório e Nora se encontrava com Monsieur Bernard para as aulas de arte ou juntava-se a mim, estudando em silêncio enquanto eu trabalhava ou participava de reuniões. Apesar de ela parecer não prestar atenção naqueles momentos, eu sabia que ela prestava, pois frequentemente me fazia perguntas sobre os negócios durante o jantar.

Eu não me importava com a curiosidade dela, apesar de saber que ela silenciosamente me condenava. A ideia de que eu fornecia armas para criminosos e os métodos frequentemente brutais que usava para manter controle sobre os negócios eram condenáveis para Nora. Ela não entendia que, se eu não fizesse isso, alguém mais faria. E o mundo não seria necessariamente mais seguro ou melhor. Chefes de drogas e ditadores conseguiriam as armas de uma forma ou de outra. A única pergunta era quem lucraria com isso... e eu preferia ser essa pessoa.

Eu sabia que Nora não concordava com aquele argumento, mas não importava. Eu não precisava da aprovação dela... só precisava dela.

E eu a tinha. Ela ficava tanto comigo que comecei a esquecer como era não a ter ao meu lado. Raramente ficávamos longe um do outro por mais do que algumas horas e, quando isso acontecia, eu sentia tanta falta dela que era como uma dor física no peito. Eu não sabia como conseguira deixá-la sozinha na ilha por dias ou até mesmo semanas. Agora, eu não gostava nem de ver Nora sair para uma corrida sem mim e fazia o possível para acompanhá-la quando ela corria pela propriedade no fim da tarde.

Eu fazia isso porque queria a companhia da minha esposa, mas também para garantir que estivesse segura. Apesar de meus inimigos não poderem roubá-la de lá, havia cobras, aranhas e sapos venenosos na área. E, na floresta tropical próxima, havia jaguares e outros predadores. A chance de que ela fosse picada ou ferida gravemente por um animal selvagem era pequena, mas eu não queria arriscar. Não conseguia aguentar a ideia de que ela se machucasse. Quando Nora tivera apendicite, eu quase enlouquecera por causa do pânico... e isso fora antes de meu vício por ela ter chegado àquele novo nível insano.

Meu medo de perdê-la começava a beirar o patológico. Eu reconhecia isso, mas não sabia como controlá-lo. Era uma doença que não parecia ter cura. Eu me preocupava com Nora de forma constante e obsessiva. Queria saber onde ela estava a cada momento do dia. Ela raramente ficava longe das minhas vistas, mas, quando isso acontecia, eu não conseguia me concentrar. Minha mente conjurava acidentes fatais que poderiam ocorrer com ela, além de outros cenários assustadores.

— Quero colocar dois guardas para seguir Nora —

disse eu a Lucas uma manhã. — Quero que a sigam sempre que andar pela propriedade para que garantam que nada aconteça a ela.

— Está bem. — Lucas nem piscou ao ouvir meu pedido incomum. — Falarei com Peter para liberar dois dos nossos melhores homens.

— Ótimo. E quero que eles me enviem um relatório a cada hora.

— Pode deixar.

Os relatórios dos guardas mantiveram meus medos controlados por algumas semanas... até que recebi um *e-mail* que virou meu mundo de cabeça para baixo.

— Majid está vivo — contei a Nora durante o jantar, observando a reação dela cuidadosamente. — Acabei de saber por um dos contatos de Peter em Moscou. Ele foi visto no Tajiquistão.

Ela arregalou os olhos em choque. — O quê? Mas ele morreu na explosão!

— Não, infelizmente não morreu. — Fiz o possível para manter a raiva sob controle. O fato de o assassino de Beth estar vivo transformou meu sangue em ácido. — Ele e quatro outros saíram do depósito duas horas antes da minha chegada. Você não o viu quando fui buscá-la, certo?

— Não, não vi. — Nora franziu a testa. — Supus que ele estava do lado de fora, vigiando o prédio ou algo assim...

— Foi o que pensei também. Mas não. Ele não estava perto do depósito quando aconteceu a explosão.

— Como sabe disso?

— Os russos capturaram um dos quatro homens que saíram com Majid naquela noite. Eles o pegaram em Moscou, planejando explodir o metrô. — Apesar do esforço, a fúria transpareceu na minha voz e vi uma tensão correspondente em Nora. Se havia um tópico que deixava meu bichinho furioso, era os assassinos de Beth. — Eles o interrogaram e descobriram que ele esteve escondido no leste europeu e no centro da Ásia nos últimos meses com Majid e os outros três.

Antes que Nora pudesse responder, Ana entrou na sala de jantar.

— Desejam sobremesa? — perguntou a governanta. Nora balançou a cabeça negativamente, com a boca contraída em uma linha dura.

— Eu não, obrigado — respondi. Ana desapareceu, deixando-nos sozinhos novamente.

— E agora? — perguntou Nora. — Você vai atrás dele?

— Sim. — E, quando fizesse isso, eu o desmontaria, um pedaço de carne e osso de cada vez, mas não disse isso a Nora. Expliquei: — O colega dele admitiu ter visto Majid pela última vez no Tajiquistão e é lá onde começaremos a busca. Pelo jeito, ele conseguiu reunir um grupo considerável de novos seguidores nos últimos meses, injetando sangue fresco na Al-Quadar.

Aquela última parte me preocupava um pouco. Apesar de termos causado danos graves ao grupo terrorista nos meses anteriores, a organização Al-Quadar era tão espalhada que ainda poderia haver uma dezena de células funcionais no mundo. Combinadas com os novos recrutas, essas células podiam ser poderosas o suficiente para serem perigosas. E, de acordo com as informações que Peter recebera de seus contatos, Majid estava preparando-se para algo grande... algo na América Latina.

Ele estava preparando-se para me atacar de volta.

Obviamente, ele não conseguiria penetrar a segurança da propriedade, mas só a possibilidade de aqueles desgraçados chegarem a cem quilômetros de Nora me deixava furioso, despertando um medo que eu não conseguia afastar.

O medo irracional de perdê-la.

Havia mais de duzentos homens altamente treinados guardando o complexo e dezenas de drones de nível militar varrendo a área. Ninguém conseguiria chegar perto dela ali, mas isso não mudava o que eu sentia, não diminuía o pânico primitivo que me devorava por dentro. Eu só queria pegar Nora e levá-la o mais longe possível, para um lugar em que ninguém nunca a encontraria... onde ela seria minha, só minha.

Mas não havia mais um lugar assim. Meus inimigos sabiam da existência dela e que ela era importante para mim. Eu provara isso ao buscá-la antes. Se ainda quisessem o explosivo, e eu tinha certeza de que queriam, tentaria pegá-la repetidamente até que fossem completamente aniquilados.

Exagero ou não, com essas novas informações, eu

precisava tomar precauções adicionais para garantir a segurança de Nora.

Eu precisava garantir que sempre teria uma conexão com ela.

— No que está pensando? — perguntou Nora com uma expressão preocupada no rosto. Percebi que eu a encarara por alguns minutos sem dizer nada.

Forcei-me a sorrir. — Nada demais, meu bichinho. Só quero garantir que você esteja segura, mais nada.

— Por que eu não estaria? — Ela pareceu mais confusa do que preocupada.

— Porque há um rumor de que Majid talvez esteja planejando alguma coisa na América Latina — expliquei o mais calmamente possível. Eu não queria assustá-la, mas precisava que entendesse por que era necessário tomar aquelas precauções.

Por que eu teria que fazer o que estava prestes a fazer com ela.

— Acha que eles virão aqui? — O rosto dela ficou ligeiramente pálido, mas a voz permaneceu estável. — Acha que tentarão atacar a propriedade?

— Talvez. Não significa que vão conseguir, mas provavelmente tentarão. — Estendendo a mão sobre a mesa, fechei os dedos sobre a mão delicada dela, querendo reconfortá-la com o toque. A pele dela estava fria, mostrando sua agitação, e massageei a palma de leve para aquecê-la. — É por isso que quero garantir que eu sempre possa encontrar você, querida... que sempre saberei onde está.

Ela franziu a testa e senti sua mão ficar ainda mais

gelada antes de puxá-la. — O que quer dizer? — A voz dela estava estável, mas vi uma veia na base do pescoço começar a pulsar rapidamente. Como eu previra, ela não gostou muito da ideia.

— Quero colocar alguns rastreadores em você — expliquei, mantendo seu olhar. — Eles serão colocados em alguns locais do seu corpo. Se algum dia você for roubada de mim, conseguirei localizá-la imediatamente.

— Rastreadores? Você quer dizer... como *chips* de GPS ou algo parecido? Como algo que se usa para marcar gado?

Apertei os lábios. Percebi que seria um assunto difícil. — Não, não é assim — respondi. — Esses rastreadores são confidenciais e destinados especificamente para uso em humanos. Eles terão *chips* de GPS, sim, mas também terão sensores que medem sua frequência cardíaca e a temperatura do corpo. Assim, sempre saberei se você está viva.

— E sempre saberá onde estou — retrucou ela baixinho. Os olhos estavam sombrios no rosto pálido.

— Sim. Sempre saberei onde você está. — A ideia me dava um alívio e uma satisfação imensos. Eu deveria ter feito aquilo semanas antes, assim que a buscara em Illinois. — É para sua segurança, Nora — acrescentei, querendo enfatizar aquele ponto. — Se você tivesse esses rastreadores quando a levaram com Beth, eu a teria encontrado imediatamente.

E Beth ainda estaria viva. Eu não disse essa última parte, mas não foi preciso. Ao ouvir minhas palavras,

Nora se encolheu ligeiramente, como se eu tivesse batido nela, e a dor invadiu seu rosto.

Entretanto, ela se recompôs um segundo depois. — Então, deixe-me ver se entendi direito... — Ela se inclinou para a frente, colocando os braços sobre a mesa. Vi que os dedos estavam entrelaçados e as juntas ficaram esbranquiçadas por causa da tensão. — Você quer implantar alguns *chips* dentro do meu corpo que lhe dirão onde estou o tempo inteiro? Para que eu esteja segura em um complexo remoto que tem mais segurança do que a Casa Branca?

O tom dela estava cheio de sarcasmo e senti meu temperamento esquentar em resposta. Eu a agradava em muitas coisas, mas não arriscaria em se tratando de sua segurança. Teria sido mais fácil se ela tivesse optado por cooperar, mas eu não pretendia deixar que a relutância dela me impedisse de fazer a coisa certa.

— Sim, meu bichinho, isso mesmo — respondi em tom suave, levantando-me da cadeira. — É exatamente isso que eu quero. Você receberá esses rastreadores hoje. Na verdade, agora mesmo.

ora

ATÔNITA, OLHEI PARA JULIAN, SENTINDO O CORAÇÃO latejando nas orelhas. Uma parte de mim não conseguia acreditar que ele faria aquilo comigo contra a minha vontade, marcar-me como um animal e retirar qualquer traço de privacidade e liberdade, enquanto que o resto gritava que eu era uma idiota e deveria ter imaginado que ele não tinha mudado.

Era só que as semanas anteriores tinham sido muito diferentes de tudo o que tínhamos vivido juntos. Eu começara a imaginar que Julian estava abrindo-se comigo, que realmente me deixava participar de sua vida. Apesar da dominância no quarto e o controle que exercia em todos os aspectos da minha vida, eu começara a me sentir menos como um brinquedo sexual e mais como parceira dele. Eu me deixara acreditar que estávamos tornando-nos algo como um casal normal, que ele começava a realmente se importar comigo... a me respeitar.

Como uma tola, eu comprara a ilusão de uma vida feliz com meu sequestrador... com um homem que não tinha consciência nem moral.

Que idiota. Eu queria chutar a mim mesma e chorar. Eu sempre soubera que tipo de homem Julian era, mas deixara-me ser levada por seu charme, pela forma como parecia me querer, precisar de mim.

Eu me deixei pensar que poderia ser algo além de uma posse para ele.

Percebendo que ainda estava sentada lá, sofrendo com a desilusão dolorosa, empurrei a cadeira para trás e levantei-me para encarar Julian. A sensação de ter levado um chute no estômago ainda estava lá, mas agora também havia raiva. Pura e intensa, espalhando-se por todo o corpo e removendo os restos do choque e da mágoa.

Aqueles rastreadores não tinham nada a ver com a minha segurança. Eu conhecia a extensão das medidas de segurança na propriedade e que as chances de alguém conseguir me sequestrar novamente eram mínimas. Não, a ameaça terrorista era apenas um pretexto, uma desculpa conveniente para que Julian fizesse o que provavelmente planejara fazer o tempo inteiro. Isso lhe dava um motivo para aumentar o controle sobre mim, para me ligar a ele de tal forma que eu nunca mais respiraria sem seu conhecimento.

Os rastreadores me fariam prisioneira dele para o resto da vida... e, apesar de eu amar Julian, não era um destino que estava disposta a aceitar.

— Não — disse eu. Fiquei surpresa com a calma na minha voz. — Não vou colocar esses implantes.

Julian ergueu as sobrancelhas. — É? — Os olhos dele brilharam com raiva e um toque de diversão. — E como pretende me impedir, meu bichinho?

Ergui o queixo e meu coração bateu mais forte. Apesar de todas as horas de treinamento na academia, eu ainda não era páreo para Julian em uma luta. Ele conseguia me dominar em trinta segundos, sem falar que tinha todos aqueles guardas sob seu comando. Se ele quisesse me forçar a colocar os implantes, eu não teria como impedi-lo.

Mas isso não significava que não tentaria.

— Foda-se — disse eu, falando de forma bem lenta e clara. — Foda-se você e seus *chips*. — E, com um instinto puramente motivado pela adrenalina, joguei os pratos do jantar em Julian e corri para a porta.

Os pratos caíram no chão com um barulho alto e ouvi Julian xingar ao pular para trás para que a comida não o atingisse. Ele ficou distraído por um momento e foi todo o tempo de que precisei para correr até a porta e para o saguão. Eu não sabia para onde iria nem tinha nada parecido com um plano. Só sabia que não conseguiria ficar ali e aceitar placidamente aquela nova violação.

Eu não poderia ser novamente a vítima submissa de Julian.

Eu o ouvi perseguindo-me enquanto corria pela casa e tive uma lembrança súbita do meu primeiro dia na ilha. Eu correra naquele dia, tentando escapar do homem que se tornaria minha vida. Lembrei-me de como me sentira aterrorizada e estonteada pelas drogas que ele me dera. Foi naquele dia que Julian me apresentou ao prazer e à dor de seu toque, o dia em que percebi que não estava mais no controle da minha vida.

Eu não sabia por que aquela história do rastreador me surpreendera. Julian nunca expressara arrependimento por não me deixar escolher nada, nunca se desculpara por me sequestrar nem por me forçar a me casar com ele. Ele me tratava bem porque queria, não porque haveria consequências adversas se não fizesse isso. Não havia como impedi-lo de fazer o que quisesse comigo, nenhuma palavra que eu pudesse usar para impor meus limites.

Eu podia ser esposa dele, mas ainda era uma prisioneira de todas as formas possíveis.

Cheguei à porta da frente e segurei a maçaneta, abrindo-a. Pelo canto do olho, vi Ana parada perto da parede, observando-me quando saí correndo pela porta com Julian logo atrás. Eu corri tão depressa que senti apenas um ligeiro constrangimento pela cena que ela via. Achei que a governanta suspeitava da natureza sadomasoquista de nossa relação, pois minhas roupas de verão nem sempre escondiam as marcas que Julian deixava na minha pele, e torci para que ela considerasse aquilo apenas como uma brincadeira.

Eu não sabia para onde iria ao descer os degraus

correndo, mas não importava. Eu só queria escapar de Julian por alguns momentos, ganhar um pouco de tempo. Eu não sabia o que ganharia com isso, mas sabia que precisava fazer aquilo, precisava sentir que fizera algo para desafiá-lo, que não abaixara a cabeça para o inevitável sem lutar.

Eu estava na metade do gramado quando senti Julian se aproximar. Ouvi a respiração pesada dele, pois também devia estar esforçando-se ao máximo. A mão dele se fechou em volta do meu braço, girando-me e jogando-me contra o corpo musculoso.

O impacto me atordoou por um momento, tirando o ar dos pulmões, mas meu corpo reagiu automaticamente e meu treinamento de autodefesa foi ativado. Em vez de tentar me afastar, caí como uma pedra, tentando fazer com que Julian perdesse o equilíbrio. Ao mesmo tempo, ergui o joelho, mirando em seus testículos, e subi o punho direito em direção ao queixo dele.

Antecipando meu movimento, ele girou o corpo no último momento, fazendo com que meu punho errasse o alvo e meu joelho batesse na coxa dele. Antes que eu conseguisse tentar outra coisa, ele me jogou de costas no chão e imediatamente prendeu-me naquela posição usando todo o peso do corpo, usando as pernas para controlar as minhas e agarrando meus pulsos acima da cabeça.

Eu estava totalmente incapacitada, tão indefesa como sempre, e Julian sabia disso.

Ele soltou uma risada leve ao encontrar meu olhar

furioso. — Que coisinha mais perigosa, não é? — murmurou ele, posicionando-se de forma mais confortável sobre mim. Para minha irritação, a respiração dele já voltava ao normal e os olhos azuis brilhavam divertidos. — Sabe, se não tivesse sido eu a ensinar a você aquele movimento, meu bichinho, talvez tivesse dado certo.

Respirando pesadamente, eu o encarei friamente, sentindo uma vontade imensa de fazer algo violento. O fato de ele estar divertindo-se só aumentou minha fúria. Arqueei o corpo com toda a força, tentando tirá-lo de cima de mim. Foi inútil, obviamente. Ele tinha mais do que o dobro do meu tamanho e cada centímetro de seu corpo tinha músculos de aço. Só consegui diverti-lo ainda mais.

Além, claro, de deixá-lo excitado, como evidenciado pelo volume rígido contra minha perna.

— Solte-me — disse eu entre dentes, percebendo a resposta automática do meu corpo àquele volume, ao corpo dele pressionando-me daquela forma. Ser segurada assim era algo que eu associava agora com sexo e odiei o fato de estar excitada. Apesar da raiva e do ressentimento, senti um calor pulsando em minhas entranhas. Era mais uma coisa sobre a qual eu não tinha controle. Meu corpo estava condicionado a responder ao domínio de Julian.

Os lábios sensuais dele se curvaram em um meio sorriso satisfeito. O idiota sem dúvida percebera minha excitação involuntária. — Ou o quê, meu bichinho? — perguntou ele, encarando-me ao usar os joelhos para abrir minhas pernas tensas. — O que você vai fazer?

Eu o encarei de forma desafiadora, fazendo o possível para ignorar a ameaça da ereção pressionada contra minha entrada. Somente a calça *jeans* dele e minha roupa íntima mínima nos separavam e eu sabia que Julian conseguiria se livrar daquelas barreiras em um piscar de olhos. O único obstáculo para que ele trepasse comigo naquele momento, e com o qual eu estava contando, era o fato de estarmos totalmente à vista de todos os guardas e de quem mais estivesse passando pela casa. Julian não gostava de exibicionismo, era possessivo demais para isso, e eu tive uma certeza razoável de que ele não me possuiria em um lugar tão aberto.

Ele poderia fazer outras coisas, mas eu estava segura contra uma punição sexual por enquanto.

Isso, aliado à minha raiva, motivaram minha resposta descuidada. — Na verdade, a pergunta é o que você vai fazer, Julian? — perguntei com voz baixa e amarga. — Vai me carregar, gritando e chutando, para implantar os rastreadores? Porque é isso que terá que fazer, sabia? Não vou aceitar isso como uma prisioneira submissa. Já parei de fazer esse papel.

O sorriso dele desapareceu, substituído por um olhar de determinação implacável. — Vou fazer o que for preciso para mantê-la segura, Nora — disse ele em tom duro. Em seguida, ele se levantou e puxou-me para que eu ficasse de pé.

Eu lutei, mas foi inútil. Em um segundo, ele me

ergueu nos braços, com uma das mãos segurando meus pulsos e o outro braço firmemente preso sob meus joelhos, imobilizando minhas pernas. Irritada, arqueei as costas, tentando me soltar, mas ele me segurava com muita firmeza. Só consegui me cansar e, depois de alguns minutos, parei, ofegando com frustração exausta. Julian começou a andar de volta para a casa, carregando-me como uma criança.

— Pode gritar, se quiser — informou ele ao nos aproximarmos dos degraus da varanda. A voz dele estava calma e o rosto não expressou emoção alguma ao olhar para mim. — Não mudará nada, mas pode tentar.

Eu sabia que Julian provavelmente estava usando psicologia reversa em mim, mas permaneci em silêncio quando ele abriu a porta da frente com as costas e entrou na casa. A raiva anterior começava a desaparecer e uma espécie de resignação desconfiada tomou o seu lugar. Eu sempre soubera que lutar contra Julian era inútil e o que aconteceu naquele dia só confirmou esse fato. Eu poderia resistir o quanto quisesse, mas não adiantaria nada.

Quando Julian me carregou para o saguão, vi Ana parada lá, olhando para nós em choque e fascinação. Ela devia ter ficado para ver a conclusão da perseguição pela janela e senti seu olhar seguindo-nos quando Julian passou sem dizer uma palavra.

Agora que a onda imediata de adrenalina passara, senti meu rosto ficar vermelho de vergonha. Uma coisa era Ana notar algumas marcas nas minhas coxas, mas outra inteiramente diferente era nos ver daquele jeito. Eu tinha certeza de que ela já vira coisas piores, afinal de contas, trabalhava para um chefe do crime, mas ainda assim me senti desconfortavelmente exposta. Eu não queria que as pessoas na propriedade soubessem da verdade sobre meu relacionamento com Julian. Não queria que olhassem para mim com pena. Isso acontecera vezes demais em Oak Lawn, quando eu voltara para casa, e não queria repetir a experiência.

— Você vai simplesmente enfiar os rastreadores em mim? — perguntei a Julian quando ele me levou para o quarto. — Sem anestesia nem nada? — Meu tom foi profundamente sarcástico, mas eu estava realmente preocupada com isso. Eu sabia que meu marido gostava de me fazer sentir dor às vezes e não era totalmente fora de questão que aquilo fosse algo sexual para ele.

O maxilar de Julian se contraiu ao me colocar no chão. — Não — respondeu ele curtamente, soltando-me e dando um passo atrás. Meus olhos se viraram imediatamente para a porta, mas Julian ficou entre eu e a saída ao andar até uma cômoda pequena e começou a vasculhar as gavetas. — Você não sentirá nada. — E, enquanto eu assistia, ele pegou uma seringa pequena e de aparência muito familiar.

Senti-me gelada por dentro. Reconheci aquela seringa, era a que Julian tinha no bolso quando voltou para me buscar, a que teria usado se eu não o tivesse acompanhado por livre e espontânea vontade.

— Foi assim que você me drogou quando me

sequestrou no parque? — Minha voz estava calma, sem trair o fato de que eu desmoronava por dentro. — Que tipo de droga é essa?

Julian suspirou, parecendo inexplicavelmente cansado ao se aproximar de mim. — Ela tem um nome longo e complicado de que não me lembro agora. E sim, foi o que usei para levá-la para a ilha. É uma das melhores drogas desse tipo, com pouquíssimos efeitos colaterais.

— Poucos efeitos colaterais? Que adorável. — Recuando um passo, lancei um olhar frenético pelo quarto, procurando algo com que pudesse me defender. Mas não havia nada. Além de um pote de creme para as mãos e uma caixa de lenços de papel sobre a mesinha de cabeceira, o quarto estava imaculadamente arrumado. Continuei recuando até que meus joelhos encostaram na cama e percebi que não tinha mais para onde ir.

Eu estava encurralada.

— Nora... — Julian estava a poucos centímetros de mim, com a seringa na mão direita. — Não torne as coisas mais difíceis do que precisam ser.

Mais difíceis do que precisam ser? Ele estava falando sério? Uma nova onda de fúria me deu uma força renovada. Joguei-me sobre a cama e rolei, torcendo para chegar ao outro lado para que pudesse correr para a porta. No entanto, antes que eu chegasse à beirada, Julian estava sobre mim, com o corpo musculoso pressionando-me contra o colchão. Com o rosto enterrado no cobertor, eu mal consegui respirar. Mas, antes que entrasse em pânico, Julian moveu o peso do corpo para o lado, deixando que eu virasse a cabeça para o lado. Enquanto respirava, senti quando ele se moveu. Ele tirava a tampa da seringa, percebi com um tremor gelado, e soube que só tinha alguns segundos antes que me drogasse novamente.

— Não faça isso, Julian. — As palavras saíram em uma súplica desesperada. Eu sabia que era inútil implorar, mas não havia mais nada que pudesse fazer. Meu coração bateu com força no peito quando joguei a última cartada: — Por favor, se você se importa comigo... *Se você me ama*, não faça isso, por favor...

Ouvi quando ele prendeu a respiração e, por um momento, senti uma centelha de esperança... que foi imediatamente apagada quando ele gentilmente afastou meus cabelos da nuca, expondo a pele. — Não será tão ruim assim, querida — murmurou ele. Senti uma pontada no lado do pescoço.

Imediatamente, os braços e as pernas ficaram pesados e a visão esmaeceu quando a droga começou a fazer efeito. — Eu odeio você — consegui sussurrar. Em seguida, a escuridão me envolveu.

16

*J*ulian

EU ODEIO VOCÊ... SE VOCÊ ME AMA, NÃO FAÇA ISSO...

Ao pegar o corpo inconsciente dela nos braços, as palavras de Nora ecoaram em minha mente repetidamente, como um disco arranhado. Eu sabia que não deveria me sentir tão magoado, mas senti. Com apenas duas frases, ela conseguira penetrar a parede que me envolvera desde a morte de Maria... a parede que me permitira manter distância de tudo e de todos, exceto dela.

Ela não me odiava de verdade. Eu sabia disso. Ela me queria. Ela me amava ou, no mínimo, achava que amava. Quando tudo aquilo terminasse, voltaríamos à vida que tivéramos nos dois meses anteriores, exceto que eu me sentiria melhor, mais seguro.

Com menos medo de perdê-la.

Se você me ama, não faça isso...

Merda. Eu não sabia por que me importava com o que ela dissera. Eu certamente não a amava. Não podia. O amor era para aqueles que eram nobres e generosos, para pessoas que ainda tinham um coração.

Eu não era assim. Nunca fora. O que eu sentia por Nora não era nada parecido com a emoção suave e florida ilustrada em todos os livros e filmes. Era algo mais profundo e muito mais visceral que isso. Eu precisava dela com uma violência que me contorcia as entranhas, com um desejo que me demolia. Eu precisava dela como precisava de ar e faria o que fosse necessário para mantê-la comigo.

Eu morreria por ela, mas nunca a deixaria ir embora.

Segurando o corpo pequeno nos braços, eu a carreguei para a sala de estar. David Goldberg, nosso médico residente, já estava lá, esperando no sofá com a maleta e os suprimentos médicos. Mais cedo, eu pedira a ele que passasse lá para que fizesse o procedimento assim que possível após o jantar e fiquei feliz ao ver que não se atrasara. Eu só dera a Nora um quarto da droga na seringa e queria que tudo terminasse antes que ela acordasse.

— Ela já está adormecida? — perguntou Goldberg, levantando-se para me cumprimentar. Ele era um homem baixo e careca, com quarenta e poucos anos, e um dos cirurgiões mais talentosos que eu já conhecera. Eu pagava muito caro para que ele tratasse ferimentos pequenos, mas considerava que valia a pena. Na minha linha de trabalho, nunca se sabia quando um bom médico seria necessário.

— Sim. — Coloquei Nora cuidadosamente no sofá. O braço esquerdo dela caiu para o lado e gentilmente coloquei-a em uma posição mais confortável, cobrindo as coxas magras com o vestido. Goldberg não ligaria, de qualquer forma, pois era mais provável que ficasse de pau duro por minha causa do que por minha esposa, mas eu não gostava da ideia de expô-la desnecessariamente, mesmo para um homem abertamente homossexual.

— Você sabe que eu poderia ter anestesiado apenas a área, não sabe? — perguntou ele, pegando as ferramentas de que precisava. Todos os movimentos dele eram eficientes. Ele era excelente no que fazia. — É um procedimento simples, nada que exija que o paciente esteja inconsciente.

— É melhor assim. — Não dei explicações, mas achei que Goldberg tinha entendido, pois ele não disse mais nada. Ele calçou as luvas, pegou uma seringa grande com uma agulha hipodérmica grossa e aproximou-se de Nora.

Recuei um passo para dar espaço a ele.

— Quantos rastreadores deseja? Um só ou mais? — perguntou ele, olhando para mim.

— Três. — Eu pensara no assunto antes e era o que fazia mais sentido. Se ela fosse sequestrada, meus inimigos talvez pensassem em procurar um *chip* localizador no corpo dela, mas era improvável que procurassem três deles.

— Está bem. Colocarei um na parte superior do braço, um no quadril e um na parte interna da coxa.

— Ok. — Os rastreadores eram minúsculos, com tamanho aproximado de um grão de arroz, e, depois de alguns dias, Nora nem os sentiria mais. Eu também pretendia fazer com que ela usasse uma pulseira especial como disfarce, que teria um quarto rastreador. Assim, se os sequestradores encontrassem o rastreador da pulseira, talvez fossem idiotas o suficiente para se livrar do acessório e não procurar no corpo dela.

— Então é isso que farei — disse Goldberg. Limpando a parte superior do braço de Nora com uma solução desinfetante, ele pressionou a agulha na pele dela. Uma pequena gota de sangue surgiu quando a agulha penetrou, depositando o rastreador. Em seguida, ele desinfetou a área novamente e colocou um curativo pequeno sobre ela.

O implante do quadril foi o seguinte e, por fim, o da parte interna da coxa. Demorou menos de seis minutos do começo ao fim do procedimento e Nora dormiu pacificamente o tempo inteiro.

— Pronto — disse Goldberg, tirando as luvas e fechando a maleta. — Você pode tirar os curativos daqui a uma hora, quando o sangramento parar, e colocar *band-aids* comuns. As áreas ficarão sensíveis por alguns dias, mas não deverão criar cicatrizes, especialmente se mantiver os pontos de inserção limpos. Se precisar, pode me chamar, mas não creio que terá problemas.

— Excelente, obrigado.

— Foi um prazer. — Ao dizer aquilo, Goldberg pegou a maleta e saiu.

~

Nora recobrou a consciência por volta de três horas da manhã.

Meu sono era leve e acordei assim que ela começou a se mexer. Eu sabia que ela teria uma dor de cabeça e náusea por causa da droga e já preparara uma garrafa d'água caso sentisse sede. Eu esperava que os efeitos colaterais fossem leves, pois dera a ela uma dose pequena. Quando eu a pegara no parque, tivera que dar uma dose muito maior para garantir que ficasse inconsciente durante a viagem de mais de vinte e quatro horas até a ilha. Mas, desta vez, ela deveria se recuperar muito mais depressa.

Eu odeio você.

Merda, de novo não. Afastei a lembrança do sussurro acusador dela e concentrei-me no presente. Senti os movimentos dela ao meu lado e ouvi um pequeno som de desconforto quando o colchão encostou no ponto sensível do braço. Aquele som fez algo comigo, perturbou-me por algum motivo. Eu não queria que Nora sentisse dor, pelo menos não por causa daquilo, e estendi a mão, puxando-a para perto para abraçá-la por trás.

Ela enrijeceu com o meu toque e a tensão se espalhou por seu corpo. Percebi que agora ela estava acordada e lembrava-se do que acontecera.

— Como está se sentindo? — perguntei, mantendo a voz baixa e reconfortante ao acariciar a curva suave da coxa dela. — Quer um pouco de água ou alguma outra coisa?

Ela não disse nada, mas senti sua cabeça se mover ligeiramente, o que interpretei como afirmação.

— Está bem. — Estendendo a mão para trás, peguei a garrafa d'água, depois de tatear no escuro por alguns segundos. Apoiando-me no cotovelo, liguei o abajur e entreguei a garrafa a Nora.

Ela piscou algumas vezes por causa da luz e pegou a água, envolvendo a garrafa com os dedos magros ao se sentar. O movimento fez com que o cobertor deslizasse para baixo, expondo a parte de cima do corpo dela. Eu a despira antes de colocá-la na cama e ela estava nua. Apenas os cabelos escondiam os seios do meu olhar. O desejo familiar me invadiu, mas eu o reprimi, querendo primeiro garantir que ela estivesse bem.

Deixei que ela tomasse alguns goles e perguntei novamente: — Como está se sentindo?

Ela deu de ombros, sem encontrar meu olhar. — Bem, acho. — A mão dela subiu até a parte de cima do braço, tocando no *band-aid*, e vi quando ela estremeceu ligeiramente, como se estivesse com frio. — Preciso usar o banheiro — disse ela subitamente, e sem esperar minha resposta, saiu da cama. Vi de relance suas nádegas antes que ela passasse pela porta do banheiro e meu pênis saltou, ignorando a ordem da mente para ficar quieto.

Suspirando, deitei novamente no travesseiro para esperá-la. A quem eu estava tentando enganar? Meu bichinho sempre tinha aquele efeito em mim. Eu não conseguia ignorar vê-la nua. Quase involuntariamente, minha mão deslizou por baixo do cobertor e coloquei os dedos em volta do pênis rígido ao fechar os olhos e imaginar as paredes internas dela em volta de mim, a boceta deliciosamente apertada e molhada...

Eu odeio você.

Merda. Abri os olhos e senti parte do calor interno esfriar. Eu ainda estava de pau duro, mas agora o desejo estava misturado com um estranho peso no peito. Eu não sabia o que era aquilo. Deveria me sentir mais feliz agora que os rastreadores estavam instalados, mas não me sentia. Em vez disso, sentia como se tivesse perdido alguma coisa... algo que nem sabia que tinha.

Irritado, fechei os olhos novamente, desta vez concentrando-me na dor crescente nos testículos ao mover a mão para cima e para baixo no pênis, deixando o desejo aumentar. Mesmo se ela me odiasse, qual era o problema? Ela provavelmente deveria me odiar, considerando tudo o que eu fizera. Eu nunca deixara que tais preocupações me impedissem de fazer o que queria e não pretendia deixar que isso começasse agora. Nora se acostumaria com os rastreadores, como se acostumara a ser minha. E, se algum dia a segurança do complexo falhasse, ela me agradeceria.

Ouvindo um barulho na porta do banheiro, abri os olhos e vi quando ela saiu. Ela ainda não olhou diretamente para mim, mantendo os olhos no chão ao correr para a cama e deitar-se sob as cobertas, puxando-as até o queixo. Em seguida, ela olhou fixamente par ao teto, como se eu não existisse.

A indiferença dela foi como um tapa no meu rosto.

O desejo dentro de mim ficou mais agudo e mais sombrio. Eu não aceitaria aquele tipo de comportamento e ela sabia disso. A vontade de puni-la foi forte, quase irresistível, e somente o fato de saber que ela já sentia dor me impediu de amarrá-la e ceder às minhas inclinações sádicas.

Ainda assim, eu não deixaria que ela saísse impune. Nem naquela noite nem nunca.

Jogando o cobertor para o lado, sentei-me e ordenei: — Venha cá.

Ela não se moveu por um momento, mas, em seguida, ergueu os olhos para o meu rosto. Não havia medo em seu olhar, nenhuma emoção. Os olhos escuros grandes estavam sem vida como os de uma boneca linda.

O peso no meu peito aumentou. — Venha cá — repeti. A dureza no tom mascarou o tormento que aumentava dentro de mim. — Agora.

Ela obedeceu quando o condicionamento finalmente foi ativado. Empurrando o cobertor para longe, ela se aproximou de quatro, rastejando sobre a cama com as costas arqueadas e o traseiro ligeiramente levantado. Era exatamente da forma como eu gostava que ela se movesse no quarto e minha respiração ficou acelerada. O pênis enrijeceu até ficar dolorido. Eu a treinara bem. Mesmo chateada, meu bichinho sabia como me agradar.

— Boa garota — murmurei, tocando nela assim que chegou perto de mim. Colocando a mão esquerda nos cabelos dela, passei o braço direito sob sua cintura e puxei-a para o colo. Em seguida, cobri sua boca com a minha, beijando-a com um desejo que parecia emanar do centro do meu ser.

Ela tinha gosto de pasta de dente e os lábios estavam macios e receptivos enquanto eu explorava as profundezas sedosas de sua boca. À medida que o beijo continuou, ela fechou os olhos e colocou as mãos de leve nos lados do meu corpo. Senti seus mamilos enrijecerem contra o peito e a percepção de que ela respondia como sempre lançou uma onda de alívio, acabando com boa parte da inquietação nada característica.

Apesar de ela estar com um humor estranho, ainda era minha de todas as formas que importavam.

Ainda beijando-a, inclinei-me para a frente até que estivéssemos deitados sobre a cama. Posicionei-me sobre ela, tomando cuidado para ser gentil e não colocar pressão sobre as áreas cobertas com *band-aids*. O monstro dentro de mim talvez desejasse a dor e as lágrimas dela, mas esse desejo sumia em comparação à minha necessidade de confortá-la, de afastar a expressão sem vida de seus olhos.

Usando a lascívia, comecei a cuidar dela da única

forma que sabia. Beijei seu corpo inteiro, sentindo o gosto da pele macia e quente, da curva delicada da orelha até os dedos pequenos dos pés. Massageei suas mãos, braços, pés, pernas e costas, adorando os gemidos baixinhos de prazer enquanto eu removia a tensão de seus músculos. Em seguida, fiz com que gozasse com as mãos e os dedos, retardando meu próprio prazer até que os testículos quase ficassem roxos.

Quando finalmente a penetrei, foi como chegar em casa. A boceta quente e escorregadia me recebeu, apertando-me com tanta força que quase explodi. Quando comecei a me mover dentro dela, Nora passou os braços pelas minhas costas, abraçando-me, segurando-me perto. No fim, explodimos juntos em um orgasmo violento.

17

Nora

ACORDEI MAIS TARDE DO QUE O NORMAL, SENTINDO como se a cabeça e a boca estivessem cheias de algodão. Por um momento, tentei me lembrar do que acontecera... será que bebera demais? Mas as lembranças da noite anterior voltaram à mente, criando um nó o estômago e enchendo-me de um desespero confuso.

Julian fizera amor comigo na noite anterior. Ele fizera amor comigo depois de me violar, depois de me drogar e implantar à força os rastreadores, contra minha vontade. E deixei que ele fizesse amor comigo. Não, não apenas deixei... adorei o toque dele, permiti que o calor das carícias dele afastasse a dor gelada dentro de mim, que me fizesse esquecer, nem que fosse por um momento, a ferida enorme que ele causara no meu coração.

Eu não sabia por que isso, de todas as coisas horríveis que Julian fizera, me afetara tão fortemente. No grande esquema das coisas, colocar os rastreadores sob a minha pele, supostamente para me manter segura, não era nada em comparação a me sequestrar, surrar Jake ou fazer chantagem para que eu me casasse com ele. Os rastreadores nem eram necessariamente para sempre. Em teoria, se algum dia eu conseguisse sair da propriedade, poderia procurar um médico para remover os implantes. Portanto, talvez não precisasse ficar com eles para o resto da vida. O meu medo no dia anterior certamente tinha um componente irracional. Reagi por instinto e não pensara.

Mesmo assim, parecia que uma parte de mim morrera na noite anterior, como se a picada da agulha tivesse matado algo dentro de mim. Talvez fosse porque começara a achar que Julian e eu estávamos mais próximos, como um casal comum. Ou talvez porque a síndrome de Estocolmo, ou qualquer que fosse o problema psicológico que eu tinha, me fez imaginar unicórnios onde não existiam. Fosse qual fosse o motivo, as ações de Julian pareciam uma traição agonizante. Quando recuperei a consciência na noite anterior, senti-me tão abalada que queria rastejar para dentro de um buraco e desaparecer.

Mas Julian não me deixou fazer isso. Ele fez amor comigo. Fez amor comigo quando achei que me chicotearia... quando esperei que ele me punisse por não ser o bichinho obediente dele. Ele me deu ternura quando esperei crueldade. Em vez de me despedaçar, ele me fez sentir inteira novamente, mesmo que por apenas algumas horas.

E agora... agora eu sentia falta dele. Sem Julian ao meu lado, o frio dentro de mim começava a voltar, a dor lentamente retornava para me sufocar por dentro. O fato de Julian ter feito aquilo comigo contra minhas objeções, apesar de eu ter implorado a ele que não fizesse, era quase mais do que era possível aguentar. Isso me dizia que ele não me amava... que talvez nunca me amasse.

Isso me dizia que o homem com quem eu me casara talvez nunca fosse nada além de meu sequestrador.

~

NO CAFÉ DA MANHÃ, JULIAN NÃO ESTAVA LÁ, O QUE contribuiu para minha depressão crescente. Eu me acostumara tanto a fazer quase todas as refeições com ele que sua ausência parecia uma rejeição... mas, como ainda conseguia sentir falta dele depois de tudo ia além da minha compreensão.

— O *señor* Esguerra comeu algo rápido mais cedo — explicou Ana, servindo-me ovos misturados com feijões fritos e abacate. — Ele recebeu uma notícia com a qual teve que lidar imediatamente e não poderá se juntar a você esta manhã. Ele pediu desculpas e disse-me que você pode ir ao escritório quando estiver pronta. — A voz dela estava incomumente gentil e havia empatia em seu rosto ao olhar para mim. Eu não sabia se ela conhecia todos os detalhes do que acontecera na noite anterior, mas tinha a impressão de que ouvira boa parte.

Constrangida, abaixei o olhar para o prato. — Está bem, obrigada, Ana — murmurei, encarando a comida, que parecia tão deliciosa como sempre, mas eu estava sem apetite. Eu sabia que não estava doente, mas era como me sentia, com o estômago queimando e o peito doendo. Os implantes recentes na coxa, no quadril e no braço latejavam. Eu só queria deitar sob as cobertas e dormir o dia inteiro, mas, infelizmente, não poderia fazer isso. Tinha um trabalho a fazer para a aula de literatura inglesa e estava com duas aulas de cálculo atrasadas. Entretanto, cancelei a caminhada matinal com Rosa. Não queria ficar com minha amiga sentindo-me daquela forma.

— Quer um chocolate quente ou alguma outra coisa? Talvez café ou chá? — perguntou Ana ainda parada ao lado da mesa. Normalmente, quando Julian e eu comíamos juntos, ela não ficava por perto. Mas, por algum motivo, parecia relutante em me deixar sozinha naquela manhã.

Ergui o olhar e forcei-me a sorrir para ela. — Não, estou bem, Ana, obrigada. — Pegando o garfo, espetei um pedaço de ovo e levei-o à boca, determinada a comer alguma coisa para aliviar a preocupação que vi no rosto redondo da governanta.

Enquanto eu mastigava, vi Ana hesitar por um momento, como se quisesse dizer mais alguma coisa.

Mas, em seguida, ela desapareceu na cozinha, deixando-me sozinha para tomar o café da manhã. Nos minutos seguintes, tentei comer, mas tudo tinha gosto de areia e acabei desistindo.

Levantando-me, fui até a varanda, querendo sentir o sol na pele. O frio dentro de mim parecia se espalhar a cada momento e a depressão aumentava à medida que a manhã passava.

Saindo pela porta da frente, fui até a beirada da varanda e apoiei-me no corrimão, respirando o ar quente e úmido. Ao olhar para o gramado amplo e os guardas à distância, senti a visão ficar borrada quando lágrimas quentes começaram a descer pelo meu rosto.

Eu não sabia por que estava chorando. Ninguém morrera e nada verdadeiramente terrível acontecera. Eu passara por coisas muito piores nos dois anos anteriores e aguentara. Eu me ajustara e sobrevivera. Aquela coisa relativamente pequena não deveria me fazer sentir como se meu coração tivesse sido arrancado.

Minha convicção crescente de que Julian não era capaz de amar não deveria me destruir daquela forma.

Uma mão gentil tocou no meu ombro, afastando-me subitamente do meu sofrimento. Limpando rapidamente o rosto com as costas da mão, virei-me e fiquei surpresa ao ver Ana parada lá com uma expressão incerta no rosto.

— *Señora* Esguerra... quer dizer, Nora... — Ela tropeçou no meu nome, com o sotaque mais forte do que o normal. — Lamento interromper, mas estava imaginando se você teria um minuto para conversarmos?

Intrigada pela solicitação incomum, assenti. — É claro, o que é? — Ana e eu não éramos particularmente próximas. Ela sempre fora um tanto reservada perto de mim, educada, mas não excessivamente amigável. Rosa me dissera que Ana era assim porque era o que o pai de Julian exigia dos funcionários e era um hábito difícil de quebrar.

Parecendo aliviada com minha resposta, Ana sorriu e parou ao meu lado, apoiando os braços na madeira pintada de branco do corrimão. Olhei para ela de forma interrogativa, imaginando o que queria discutir, mas Ana pareceu contente em apenas ficar lá parada por um momento, observando a selva à distância.

Quando ela finalmente se virou para olhar para mim e falar, suas palavras me pegaram desprevenida. — Não sei se você sabe disso, Nora, mas seu marido perdeu todas as pessoas que jamais amou — disse ela em tom suave, sem traço algum do tom normalmente reservado. — Maria, os pais... Sem falar em muitos outros que ele conheceu aqui na propriedade e nas cidades.

— Sim, ele me contou — respondi lentamente, encarando-a com certa cautela. Eu não sabia por que ela subitamente resolvera conversar comigo sobre Julian, mas fiquei feliz em escutar. Talvez, se eu entendesse melhor meu marido, fosse mais fácil manter a distância emocional.

Talvez, se ele não fosse um quebra-cabeça tão complicado, eu não me sentiria atraída com tanta força.

— Ótimo — disse Ana baixinho. — Então, espero que entenda que Julian não pretendia magoar você na noite passada... Que o que ele fez foi porque se importa com você.

— Porque se importa comigo? — A risada que escapou foi amarga. Eu não sabia por que estava conversando sobre isso com Ana, mas, agora que as comportas estavam abertas, era impossível fechá-las novamente. — Julian não se importa com ninguém além de si mesmo.

— Não. — Ela balançou a cabeça negativamente. — Você está errada, Nora. Ele se importa. Ele se importa muito com você. Consigo perceber. Ele é diferente com você. Muito diferente.

Eu a encarei. — O que quer dizer?

Ela suspirou e virou-se para me encarar de frente. — Seu marido sempre foi uma criança sombria — disse ela. Percebi uma tristeza profunda em seu olhar. — Um belo garoto, com os olhos e as feições da mãe, mas muito duro por dentro... Foi culpa do pai dele, acho. O *señor* nunca o tratou como criança. Desde o momento em que Julian tinha idade suficiente para andar, o pai o pressionou, obrigando-o a fazer coisas que nenhuma criança deveria fazer...

Continuei escutando, mal ousando respirar.

— Quando Julian era pequeno, ele tinha medo de aranhas. Temos algumas enormes e muito assustadoras aqui. Algumas venenosas. Quando Juan Esguerra descobriu, levou o filho de cinco anos de idade para a floresta e fez com que ele pegasse uma dezena de aranhas enormes com as mãos nuas. Em seguida, fez com que o garoto as matasse lentamente com os dedos para que Julian visse como é conquistar os medos e fazer os inimigos sofrerem. — Ela fez uma pausa, com os lábios contraídos de raiva. — Depois disso, Julian passou duas noites sem dormir. Quando a mãe dele descobriu, ela chorou, mas não havia nada que pudesse fazer. A palavra do *señor* aqui era a lei e todos tinham que obedecer.

Engoli para tentar me livrar da náusea e afastei o olhar. O que eu acabara de ouvir só aumentou meu desespero. Como poderia esperar que Julian amasse alguém depois de ser criado daquela forma? O fato de meu marido ser um assassino frio com tendências sádicas não era surpresa, mas sim de ele não ser ainda pior.

Era inútil. Totalmente inútil.

Percebendo minha tristeza, Ana colocou a mão no meu braço. O toque dela foi acolhedor e reconfortante, como o de minha mãe.

— Por um longo tempo, achei que Julian crescera para ser igual ao pai — disse ela quando me virei para encará-la. — Cruel e incapaz de qualquer emoção. Pensei isso até que o vi um dia com uma gatinha, quando ele tinha doze anos. Era uma criatura minúscula, com o pelo branco e olhos enormes, que mal tinha idade para comer sozinha. Alguma coisa acontecera à mãe dela e Julian encontrou a gatinha lá fora, trazendo-a para dentro de casa. Quando eu o vi, ele tentava dar leite à gatinha e a expressão no rosto dele... — Ela pestanejou, com os olhos subitamente úmidos. — Era tão... tão terna. Ele foi muito paciente com a gatinha, muito gentil. E foi quando percebi que o pai dele não conseguira quebrar Julian inteiramente, que o garoto ainda conseguia ter sentimentos.

— O que aconteceu à gatinha? — perguntei, preparando-me para ouvir outra história de horror. Mas Ana apenas deu de ombros em resposta.

— Ela cresceu na casa — respondeu ela, apertando gentilmente meu braço antes de afastar a mão. — Julian a manteve como animal de estimação, deu o nome de Lola. Ele e o pai brigaram por causa disso, pois o *señor* odiava animais, mas Julian tinha idade suficiente para enfrentá-lo. Ninguém ousou encostar na criaturinha enquanto ela esteve sob a proteção de Julian. Quando ele foi embora para os Estados Unidos, levou a gata com ele. Até onde sei, ela teve uma vida longa e morreu de velhice.

— Ah. — Parte da minha tensão desapareceu. — Que bom. Quero dizer, não que Julian tenha perdido o animal, mas que ele tenha vivido por muito tempo.

— Sim, é bom. E, sabe, Nora, a forma como ele olhava para aquela gatinha... — A voz dela sumiu e ela me olhou com um sorriso estranho.

— O quê? — perguntei desconfiada.

— É como ele olha para você às vezes. Com o mesmo tipo de ternura. Ele pode não demonstrar sempre, mas gosta de você, Nora. Da forma dele, ele ama você. Eu acredito realmente nisso.

Apertei os lábios, tentando conter as lágrimas que ameaçavam encher meus olhos novamente. — Por que está me dizendo isto, Ana? — perguntei quando tive certeza de que não iria desmoronar. — Por que veio aqui?

— Porque Julian é a coisa mais próxima que tenho de um filho — disse ela em tom suave. — E porque quero que ele seja feliz. Quero que vocês dois sejam felizes. Não sei se isso muda alguma coisa para você, mas achei que deveria saber um pouco mais sobre o seu marido. — Estendendo a mão, ela apertou a minha e voltou para dentro da casa, deixando-me parada lá, ainda mais confusa e magoada que antes.

Não me juntei a Julian no escritório naquela tarde. Em vez disso, fui para a biblioteca fazer o trabalho, tentando não pensar no meu marido e no quanto queria estar sentada ao lado dele. Eu sabia que só estar perto dele me faria sentir melhor, que a presença dele ajudaria a lidar com a dor e a raiva, mas um impulso masoquista me manteve afastada. Eu não sabia o que estava tentando provar a mim mesma, mas estava determinada a manter distância por pelo menos algumas horas.

Obviamente, não foi possível evitá-lo durante o jantar.

— Você não veio hoje — comentou ele, observando-me enquanto Ana servia sopa de cogumelos como aperitivo. — Por que não?

Dei de ombros, ignorando o olhar suplicante que Ana me lançou antes de voltar para a cozinha. — Eu não estava me sentindo bem.

Julian franziu a testa. — Está doente?

— Não, só um pouco mal. Além disso, tinha um trabalho para terminar e algumas aulas atrasadas.

— É mesmo? — Ele me encarou, franzindo as sobrancelhas. Inclinando-se à frente, ele perguntou em tom suave: — Está se escondendo, meu bichinho?

— Não, Julian — respondi da forma mais suave possível, mergulhando a colher na sopa. — Esconder-me implicaria que estou chateada com alguma coisa que você fez. Mas não posso ficar chateada, posso? Você faz o que quer comigo e devo simplesmente aceitar, certo? — Tomando uma colherada da sopa deliciosa, abri um sorriso doce, adorando a forma como os olhos dele se estreitaram com minha resposta. Eu sabia que estava cutucando a onça com vara curta, mas não queria um Julian doce e gentil naquela noite. Era algo inquietante demais para minha paz de espírito.

Para minha frustração, ele não mordeu a isca. A raiva que eu conseguira provocar teve vida curta e, no momento seguinte, ele se recostou na cadeira com um sorriso lento e sensual no canto dos lábios. — Está tentando fazer com que eu me sinta culpado, querida? Claro que já sabe que estou além desse tipo de emoção.

— É claro que está. — Eu queria que as palavras soassem amargas, mas elas saíram atropeladas. Mesmo agora, ele tinha o poder de fazer com que meus sentidos enlouquecessem com nada além de um sorriso.

Ele sorriu, sabendo muito bem como me afetava, e mergulhou a colher no prato de sopa. — Coma, Nora. Você pode me mostrar como está furiosa no quarto, prometo. — E, com aquela ameaça, ele começou a comer a sopa, deixando-me sem opção além de fazer o mesmo.

Enquanto comíamos, Julian fez várias perguntas sobre as aulas e como estava progredindo meu programa *on-line*. Ele pareceu genuinamente interessado no que eu tinha a dizer e logo me vi conversando sobre as dificuldades que tinha com cálculo, o assunto mais entediante do mundo, e discutindo os prós e contras de fazer um curso na área de humanas no semestre seguinte. Tive certeza de que ele achou minhas preocupações divertidas... afinal, era apenas um curso. Mas, se achou, não demonstrou. Em vez disso, ele fez com que eu me sentisse como se estivesse conversando com um amigo ou, talvez, um conselheiro confiável.

Essa era uma das coisas que tornava Julian tão irresistível: a capacidade de escutar, de fazer com que eu me sentisse importante para ele. Eu não sabia se ele fazia isso de propósito, mas havia poucas coisas mais sedutoras do que ter a atenção total de alguém... e eu sempre tinha isso com Julian, desde o primeiro dia.

Sequestrador ou não, ele sempre me fizera sentir querida e desejada, como se fosse o centro do mundo dele.

Como se eu realmente fosse importante.

Durante o jantar, a história de Ana não saiu da minha cabeça, deixando-me extremamente feliz por Juan Esguerra estar morto. Como um pai podia fazer aquilo com o filho? Que tipo de monstro tentaria moldar o filho em um assassino? Imaginei Julian, com doze anos de idade, enfrentando aquele bruto por causa de uma gatinha indefesa e senti um orgulho enorme da coragem do meu marido. Eu tinha a impressão de que manter o animal de estimação contra a vontade do pai não fora nada fácil.

Eu estava longe de estar pronta para perdoar Julian, mas, à medida que o jantar transcorria, considerei a possibilidade de que algo que não fossem as tendências de perseguição dele estava por trás do desejo de implantar os rastreadores em mim. Poderia ser que, em vez de não se importar comigo, ele se importasse demais? O amor dele poderia ser tão sombrio e obsessivo? Tão pervertido? Eu sabia, obviamente, sobre a morte de Maria e dos pais dele, mas nunca colocara os dois eventos juntos, nunca pensara neles como Julian perdendo todos a quem amara. Se Ana estivesse certa, se eu fosse realmente tão especial para Julian, não seria particularmente surpreendente que ele fosse tão longe para garantir minha segurança, especialmente depois de quase me perder uma vez.

Era insano e assustador, mas não surpreendente.

— Então, o que era tão urgente hoje de manhã? — perguntei, terminando de comer o salmão assado que Ana preparara como prato principal. Meu apetite voltou com intensidade e todos os traços do mal-estar anterior desapareceram. Era incrível o que um pouco da companhia de Julian fazia comigo. A proximidade dele era melhor do que qualquer droga alucinógena no mercado. — Quero dizer, quando não pôde me acompanhar no café da manhã.

— Ah, sim, eu ia contar a você sobre isso — disse Julian. Vi um toque de empolgação sombria nos olhos dele. — Os contatos de Peter em Moscou conseguiram permissão para que façamos uma operação para extrair Majid e o restante dos soldados da Al-Quadar do Tajiquistão. Assim que nós estivermos prontos, espero que em uma semana, daremos o primeiro passo.

— Ah, uau. — Eu o encarei, empolgada e incomodada pela notícia. — Quando você diz "nós", quer dizer seus homens, certo?

— Bem, sim. — Julian pareceu confuso pela pergunta. — Vou levar um grupo de cerca de cinquenta de nossos melhores soldados e deixaremos o restante para proteger o complexo.

— Você mesmo vai acompanhar essa operação? — Meu coração quase parou de bater enquanto eu esperava ansiosamente pela resposta.

— É claro. — Ele pareceu surpreso por eu achar que não. — Sempre vou nesse tipo de missão quando posso. Além do mais, tenho alguns negócios na Ucrânia com os quais é melhor lidar pessoalmente, o que farei na volta.

— Julian... — Fiquei subitamente enjoada e a comida que ingeri durante o jantar parecia uma pedra no estômago. — Parece muito perigoso... Por que você precisa ir?

— Perigoso? — Ele riu. — Está preocupada comigo, meu bichinho? Garanto que não é preciso. O inimigo estará em número menor e menos armado. Eles não terão a menor chance, acredite.

— Você não sabe. E se eles detonarem uma bomba ou algo assim? — Minha voz ficou mais alta quando me lembrei do horror da explosão do depósito. — E se enganarem você de alguma forma? Você sabe que querem matá-lo...

— Bem, tecnicamente, eles querem me forçar a entregar o explosivo — corrigiu ele, com um sorriso sombrio nos lábios — e *depois* querem me matar. Mas você não precisa se preocupar com nada, querida. Varreremos o lugar para ver se há sinais de bombas antes de entrarmos. E usaremos uma armadura de corpo inteiro que aguenta qualquer coisa menor do que um foguete.

Empurrei o prato para longe, nem um pouco convencida. — Então, deixe-me ver se entendi direito... Você está me forçando a usar rastreadores aqui, onde ninguém consegue encostar em um fio dos meus cabelos, e está planejando ir ao Tajiquistão para brincar de "capturar o terrorista"?

O sorriso de Julian desapareceu e a expressão dele

ficou dura. — Não estou brincando, Nora. A Al-Quadar representa uma ameaça muito real, que preciso eliminar o mais depressa possível. Precisamos atacar antes que venham atrás de nós e essa é a oportunidade perfeita.

Eu o encarei friamente. A injustiça da situação toda fez com que minha pressão sanguínea subisse. — Mas por que você precisa ir? Tem todos aqueles soldados e mercenários sob seu comando... certamente, eles não precisam de você lá...

— Nora... — A voz dele foi gentil, mas os olhos estavam duros e frios. — Isso não está em discussão. No dia em que eu começar a sentir medo da minha própria sombra, terei que largar esse negócio... pois significará que fiquei suave. Suave e preguiçoso, como o homem cuja fábrica tomei quando comecei... — Ele sorriu novamente com minha expressão de choque. — Ah, sim, meu bichinho, como acha que passei das drogas para as armas? Tomei a operação existente de alguém e desenvolvi-a. Meu predecessor também tinha soldados e mercenários sob seu comando, mas era pouco mais do que um burocrata e todos sabiam disso. Ele não mantinha a organização sob rédeas curtas e foi uma questão simples de subornar algumas pessoas e tirá-lo da jogada para tomar a fábrica de foguetes dele. — Julian fez uma pausa para que eu digerisse aquilo e acrescentou: — Não vou ser esse homem, Nora. Essa missão é importante para mim e tenho toda a intenção de supervisionar tudo eu mesmo. Majid não sobreviverá desta vez... vou garantir que não sobreviva.

ulian

QUANDO O JANTAR TERMINOU, LEVEI NORA PARA O quarto, repousando a mão nas costas dela ao subirmos a escada. Ela estava quieta, como acontecera desde que eu explicara sobre a missão. Eu sabia que ela estava chateada comigo, tanto por causa dos rastreadores quanto pela viagem em si.

Eu achei a preocupação dela tocante, até mesmo doce, mas não tinha a intenção de deixar passar a oportunidade de colocar as mãos em Majid. O meu bichinho não entendia a empolgação sombria de estar no meio da ação, de sentir a onda de adrenalina e ouvir o sibilar das balas. Ela não percebia que, para alguém como eu, a visão do sangue e o som dos gritos dos inimigos eram excitantes, que precisava deles quase tanto quanto precisava de sexo. Fora por isso que um psiquiatra achara que talvez eu fosse um sociopata... além da minha falta geral de remorso. Era um rótulo que nunca me incomodara, não desde que eu superara a ilusão da juventude de um dia ter uma vida "normal".

Ao entrarmos no quarto, o desejo que eu estivera contendo desde o dia anterior se intensificou e o monstro dentro de mim exigiu satisfação. A distância que eu sentia em Nora só piorou as coisas. Eu sentia as barreiras que ela tentava colocar entre nós, a forma como tentava me deixar de fora de seus pensamentos, e isso me deixou furioso, alimentando o desejo sádico.

Eu destruiria as barreiras dela naquela noite. Acabaria com elas até que Nora não tivesse mais defesas... até que eu tivesse a mente dela totalmente de novo.

Ela pediu licença para tomar um banho rápido e fui até a cama para esperar que voltasse. Eu já estava com um início de ereção, com o pênis contraindo-se de ansiedade pelo que faria com ela, e senti a calça desconfortavelmente apertada. Ouvindo a água ser ligada, tirei a roupa e vasculhei a gaveta da mesinha de cabeceira para tirar alguns brinquedos que pretendia usar em Nora.

Como prometera, Nora não demorou. Em cinco minutos, ela saiu do banheiro com uma toalha branca felpuda enrolada em volta do corpo. Os cabelos estavam presos acima da cabeça em um coque solto e a pele dourada estava úmida, com gotas de água ainda presas ao pescoço e aos ombros. Ela deveria ter tirado os *band-aids* para tomar banho, pois vi uma pequena casca de ferida no braço dela, onde o rastreador fora inserido. Aquela visão me encheu de uma estranha mistura de emoções, alívio por agora eu poder ficar de olho nela sempre e algo que parecia estranhamente como arrependimento.

Ela olhou rapidamente para a cama e parou, arregalando os olhos ao notar os objetos que eu colocara sobre as cobertas.

Sorri, gostando da expressão assustada no rosto dela. Fazia algum tempo que não usávamos brinquedos, pelo menos, não naquela extensão. — Solte a toalha e suba na cama — exigi, levantando-me e pegando a venda.

Ela olhou para mim, com os lábios ligeiramente abertos e a pele suave corada. Percebi que ela também ficara excitada com aquilo, que a necessidade dela agora espelhava a minha. Havia apenas um toque de hesitação em seus movimentos ao soltar a toalha e deixá-la cair no chão, ficando totalmente nua.

Ao estudar o corpo esbelto, meus testículos ficaram duros e meu coração bateu mais forte. Racionalmente, eu sabia que devia haver mulheres mais bonitas que Nora, mas, se havia, não conseguia pensar em nenhuma. Do topo da cabeça aos dedos do pé, ela atendia às minhas preferências de forma perfeita. Meu corpo a queria com uma intensidade que parecia crescer a cada dia, com um desespero que quase me consumia.

Ela subiu na cama, ficando ajoelhada com os pés sob o traseiro firme. Os movimentos dela foram fluidos e graciosos, como os de uma gata.

Ajoelhando-me atrás dela, afastei os cabelos dela dos ombros e beijei gentilmente seu pescoço, gostando da forma como sua respiração mudou em resposta. Ela tinha cheiro de sabonete e de pele quente, uma mistura que fez minha cabeça girar e o pênis latejar. Em algumas noites, aquilo era tudo o que eu queria dela, a doçura de sua resposta, a sensação de tê-la nos braços. Em algumas noites, eu queria tratá-la como a criatura frágil que ela era.

Mas, naquela noite, eu queria algo diferente.

Recuando ligeiramente, amarrei a venda sobre os olhos dela, garantindo que não conseguisse ver nada. Eu queria que ela se concentrasse unicamente nas sensações, que sentisse tudo da forma mais intensa possível. Em seguida, peguei um par de algemas e prendi-as em volta de seus pulsos, mantendo suas mãos às costas.

— Ahm, Julian... — A língua rosada saiu para molhar os lábios. — O que você vai fazer comigo?

Sorri e o ligeiro toque de medo na voz dela me deixou ainda mais excitado. — O que acha que vou fazer com você, meu bichinho?

— Bater em mim? — perguntou ela com voz baixa e um pouco rouca. Vi os mamilos dela enrijecerem e percebi que ela não rejeitava a ideia.

— Não, querida — murmurei, pegando um dos outros itens que preparara, um par de grampos para

mamilos conectados a uma corrente de metal fina. —
Você ainda não está totalmente curada para isso. Tenho
outras coisas em mente para você hoje. — E, pegando
os grampos, passei os braços em volta dela e belisquei o
mamilo esquerdo. Em seguida, coloquei um dos
grampos no mamilo rígido, apertando o parafuso até
que a respiração dela acelerou.

— Qual é a sensação? — perguntei em tom suave,
abaixando a cabeça para beijar o topo da orelha dela ao
estender a mão para o mamilo direito. As mãos
algemadas, fechadas firmemente, pressionaram meu
abdômen, relembrando-me de como ela estava
indefesa. — Quero ouvir você descrever...

Ela inspirou rapidamente. — Dói... — ela começou a
dizer. Em seguida, soltou um grito quando prendi o
segundo grampo no outro mamilo e apertei-o da
mesma forma.

— Ótimo — Mordi de leve o lóbulo da orelha dela.
Minha ereção encostou nas costas dela e o contato
enviou ondas de prazer pelo meu corpo. — E agora?

— Dói... dói ainda mais... — As palavras saíram em
um sussurro entrecortado. As costas dela estavam
tensas e eu sabia que ela dizia a verdade, que os
mamilos sensíveis provavelmente estavam em agonia
por causa do aperto do brinquedo. Eu usara os
grampos nela antes, na ilha, mas eram uma versão mais
gentil que só tinham uma pressão muito leve. Esses
eram muito mais fortes e sorri sombriamente ao
imaginar como doeria quando eu os tirasse.

Colocando as mãos sob os seios dela, apertei-os

ligeiramente, moldando a pele macia com os dedos. — Sim, dói, não é? — murmurei quando ela se contorceu de dor, pois o movimento das minhas mãos puxou a corrente entre os mamilos. — Meu pobre bebê, tão doce, tão abusada...

Soltando os seios dela, desci a mão pelo abdômen liso até chegar às dobras macias entre suas pernas. Como eu suspeitara, apesar da dor, ou provavelmente por causa dela, a boceta estava molhada por causa do desejo. O pênis latejou em resposta. A visão de Nora presa, com os mamilos delicados doendo, me excitou de tal forma que meu ex-psiquiatra indubitavelmente teria achado perturbador. Fazendo o possível para me controlar, toquei no clitóris com o polegar, pressionando-o ligeiramente, e ela gemeu, recostando-se no meu peito e erguendo os quadris em uma súplica silenciosa.

— Diga-me o que está sentindo agora. — Mantive deliberadamente a pressão no clitóris. — Diga-me, Nora.

— Eu... eu não sei...

— Diga-me qual é a sensação nos mamilos. Quero ouvir você dizer. — A exigência foi acompanhada de um beliscar firme no clitóris, fazendo com que ela gritasse e os joelhos cedessem por causa da dor súbita.

— Eles... eles ainda estão doendo — disse ela ao se recuperar —, mas agora é diferente, a dor é menos aguda e parece um latejar...

— Boa garota... — Acariciei o clitóris inchado

gentilmente como recompensa. — E como se sente quando toco em você assim?

A língua rosada pequena saiu novamente para lamber o lábio inferior. — É gostoso — sussurrou ela —, muito gostoso... Por favor, Julian...

— Por favor o quê? — perguntei, querendo que ela implorasse. Ela tinha a voz perfeita para implorar, doce e inocentemente sensual. A súplica dela me afetava de uma forma oposta ao que ela pretendia... fazia com que eu quisesse atormentá-la mais.

— Por favor, toque em mim... — Ela ergueu os quadris novamente, tentando intensificar a pressão no clitóris.

— Tocar em você onde? — Movi a mão, deixando de tocá-la totalmente. — Diga exatamente onde quer que eu toque você, meu bichinho.

— No meu... clitóris... — As palavras saíram em um gemido sem fôlego. Percebi o suor na testa dela e soube que minha tortura a afetava, que as sensações dela eram tão intensas quanto eu queria.

— Está bem, querida. — Toquei nela novamente, pressionando os dedos nas dobras escorregadias para estimular o feixe de nervos com movimentos leve. — Assim?

— Isso. — A respiração dela estava acelerada, com o peito subindo e descendo à medida que o orgasmo se aproximava. — Isso, bem assim... — A voz dela sumiu, o corpo enrijeceu como uma corda e ela gritou, estremecendo nos meus braços ao gozar. Eu a segurei, mantendo a pressão constante no clitóris até que as contrações dela terminassem. Em seguida, peguei outro item que preparara.

Desta vez, era um vibrador, mais ou menos do tamanho do meu pênis. Feito de uma mistura especial de silicone e plástico, era projetado para imitar a sensação da pele, incluindo a textura na parte externa. Era o mais próximo que eu deixaria Nora chegar do pênis de outro homem.

Segurando-a contra mim com um braço, levei o vibrador até o sexo dela e posicionei a cabeça larga na abertura molhada. — Diga-me o que está sentindo agora — ordenei, começando a empurrar o objeto para dentro dela.

Nora arquejou e a respiração dela ficou acelerada novamente. Senti quando ela estremeceu à medida que o brinquedo grande entrava nela lentamente. Os dedos dela se contraíram contra meu abdômen em ritmo agitado, com as unhas arranhando minha pele. — Eu... eu não...

— Você não o quê? — Minha voz ficou ríspida quando ela parou de falar. — Diga-me qual é a sensação.

— É... duro e grosso. — O tremor na voz dela fez com que meu pênis enrijecesse mais ainda, pulsando com um desejo intenso.

— E? — perguntei, empurrando o objeto mais fundo. O vibrador parecia quase grande demais para que o corpo pequeno dela o aceitasse e a visão da boceta gradualmente envolvendo-o era quase dolorosamente erótica.

— E... — ela soltou o ar com força, inclinando a cabeça para trás contra meu ombro — parece que está me esticando, me preenchendo.

— Sim, querida, isso mesmo. — O vibrador agora estava todo dentro dela e apenas a extremidade aparecia. Eu a recompensei pela sinceridade acariciando o clitóris, espalhando a umidade da abertura dela em todas as dobras macias. Quando ela começou a ofegar novamente, ondulando os quadris contra minha mão, parei antes que gozasse e recuei ligeiramente. Em seguida, empurrei-a para a frente, deixando-a com o rosto contra o colchão, e puxei as pernas dela para que ficasse de bruços.

Apesar de eu querer muito continuar brincando com ela, não aguentei mais.

Sem o meu toque e com os mamilos esfregando dolorosamente contra o lençol, ela gemeu, tentando rolar de lado. Não deixei e segurei-a com uma mão enquanto usava a outra para colocar um travesseiro sob seus quadris. Em seguida, peguei um tubo de lubrificante e derramei-o diretamente sobre a abertura pequena entre as nádegas, logo acima de onde a extremidade do vibrador aparecia.

Ela ficou tensa, percebendo minha intenção, e dei uma palmada em seu traseiro, reprimindo qualquer protesto que estivesse tentando fazer. — Fique tranquila. Você tem que me dizer qual é a sensação, entendeu, meu bichinho?

Ela gemeu quando me aproximei e pressionei a cabeça do pênis no ânus apertado, mas senti que tentava relaxar sob mim, como eu ensinara. Sexo anal era algo com o qual ela ainda não estava totalmente confortável e sua relutância me dava prazer de uma forma meio perversa, mostrando até onde eu chegara no treinamento dela e quanto ainda tinha a ensinar.

— Entendeu? — repeti em um tom mais duro quando ela permaneceu em silêncio, respirando pesadamente contra o colchão com as mãos firmemente fechadas nas costas. Eu queria desesperadamente penetrá-la até o fundo, mas continuei apenas provocando-a, espalhando o lubrificante. Naquela noite, eu queria entrar na mente dela tanto quanto queria entrar em seu corpo e não aceitaria nada menos que isso.

— Sim... — As palavras saíram abafadas por causa do cobertor quando fiz pressão e comecei a penetrar seu ânus, ignorando a tentativa dela de se afastar. — É... ai, meu Deus... não consigo... Julian, por favor, é demais...

— Diga-me — exigi, continuando a pressionar, passando pela resistência do esfíncter. Com a boceta já preenchida com o vibrador, o ânus estava tão apertado em volta do pênis que estremeci com o esforço de me controlar. Minha voz estava densa de desejo quando falei: — Quero ouvir tudo.

— Está... está ardendo. — Ela ofegou e vi gotas de suor acumulando-se entre seus ombros e fios de cabelo grudados na pele úmida. — Ai, merda... é intenso demais...

— Sim, isso mesmo... Continue falando... — Eu já a

penetrara quase totalmente e senti o pênis encostar no vibrador, separado dele apenas por uma parede fina. Ela tremia sob mim, com o corpo arrebatado pelas sensações, e acariciei suas costas em um movimento reconfortante ao penetrar os últimos milímetros, chegando ao fundo dentro do corpo dela.

Ela emitiu um som incoerente e os ombros começaram a tremer. Os músculos se contraíram em volta do pênis em uma tentativa inútil de me empurrar para fora. O movimento mexeu o vibrador dentro dela e Nora gritou, tremendo ainda mais — Não consigo... Julian, por favor, não consigo...

Eu gemi, sentindo um prazer explosivo quando o ânus se contraiu em volta do pênis. Perdendo o controle, recuei um pouco e investi novamente, desfrutando da sensação da resistência do corpo dela, no aperto quase agonizante da passagem quente e lisa em volta de mim.

Ela gritou quando comecei a investir mais depressa, com uma mistura de soluços e súplicas escapando de sua garganta quando estabeleci um ritmo duro. Inclinando-me para a frente, segurei-a com uma mão e deslizei a outra sob seus quadris. Cada investida pressionava o clitóris contra meus dedos e os gritos dela mudaram de tom, passando para um prazer hesitante, êxtase misturado com dor. Senti o vibrador movendo-se enquanto eu investia e meu orgasmo explodiu com intensidade súbita. Ao mesmo tempo, senti o ânus se contrair e percebi, com um prazer sombrio, que ela também gozava e que os músculos se contraíam em volta de mim enquanto ela gritava. Uma onda de prazer invadiu meu corpo quando os jatos de sêmen se derramaram dentro dela, deixando-me atônito e sem fôlego com a força do orgasmo.

Quando passou a sensação de que meu coração explodiria, retirei o pênis cuidadosamente e puxei o vibrador. Ela ficou deitada, sem fôlego, com pequenos soluços ainda estremecendo seu corpo, quando abri as algemas e massageei os pulsos delicados. Em seguida, tirei a venda de seus olhos. O pedaço de pano estava encharcado com as lágrimas de Nora e, quando a virei gentilmente, vi que seu rosto estava molhado. Ela pestanejou várias vezes por causa da luz enquanto eu tirava os grampos dos mamilos. Ela não reagiu por um momento, mas logo em seguida o corpo dela saltou quando o sangue voltou a circular nos mamilos machucados. Ela soltou um gemido e novas lágrimas surgiram em seus olhos quando as mãos subiram para cobrir os seios, segurando-os de forma protetora contra a dor.

— Shhh — disse eu, abaixando-me para beijá-la. Os lábios dela estavam salgados por causa das lágrimas e senti uma leve chama de excitação reacendendo em mim. O pênis, agora flácido, se contraiu. Apesar da satisfação extrema, as lágrimas e a dor dela me deixaram novamente excitado. Eu ainda não estava pronto para a segunda rodada e, em vez de aprofundar o beijo, ergui a cabeça relutantemente e olhei para ela.

Ela me encarou de volta, com os olhos ligeiramente desfocados. Eu sabia que ela ainda estava recuperando-se da experiência pela qual passara. Naquele momento, ela estava totalmente indefesa, com a mente e o corpo expostos, e usei aquele estado enfraquecido como vantagem. — Diga-me como se sente agora — murmurei, erguendo a mão para acariciar ternamente seu rosto. — Diga-me, querida.

Ela fechou os olhos e vi uma lágrima solitária correr pela sua bochecha. — Eu me sinto... vazia e cheia ao mesmo tempo, destruída, mas reabastecida — sussurrou ela. — Sinto-me como se você tivesse me reduzido a pedaços e reunido esses pedaços em alguma outra coisa, algo que não é mais eu... algo que pertence a você...

— Sim. — Absorvi as palavras dela vorazmente. — E o que mais?

Ela abriu os olhos, encontrando meu olhar, e vi uma impotência estranha em seu rosto. — E eu amo você — disse ela baixinho. — Amo você, apesar de vê-lo como realmente é... apesar de saber o que está fazendo comigo. Eu amo você porque não sou mais capaz de não amá-lo... porque agora você é parte de mim, para o melhor ou para o pior.

Mantive o olhar dela. Os cantos vazios e sombrios da minha alma absorveram as palavras dela como uma planta no deserto absorve a água. O amor dela talvez não fosse oferecido voluntariamente, mas era meu. Sempre seria meu. — E você é parte de mim, Nora — admiti com voz baixa e incomumente rouca. Era o mais perto que conseguia chegar de dizer a ela o quanto significava para mim, o quanto meus sentimentos eram profundos. — Espero que saiba disso, meu bichinho.

E, antes que ela pudesse responder, beijei-a de novo. Em seguida, passei os braços sob o corpo dela, peguei-a no colo e levei-a para o banheiro para que tomasse um banho.

19

A SEMANA ANTES DA PARTIDA DE JULIAN FOI AGRIDOCE. Eu ainda não o perdoara inteiramente pelos implantes forçados nem pela pulseira com mais um rastreador que ele me fez usar alguns dias depois. Mesmo assim, desde as palavras de Julian naquela noite, eu me sentia infinitamente melhor.

Eu sabia que o que ele dissera não era exatamente uma declaração de amor incondicional, mas, para um homem como Julian, era praticamente a mesma coisa. Ana tinha razão: Julian perdera todas as pessoas que um dia amara. Exceto eu. O fato de ele se agarrar a mim com uma possessividade tão brutal era demais às vezes, mas também era uma indicação de seus sentimentos.

O amor dele por mim era errado e perverso de muitas formas, mas não deixava de ser real por causa disso.

Obviamente, saber disso fez com que meu medo pela segurança de Julian durante a viagem que ele faria ficasse ainda mais intenso. À medida que chegava o momento da partida dele, minha alegria pela confissão que ele fizera desaparecia, sendo substituída pela ansiedade.

Eu não queria que Julian fosse embora. Sempre que pensava naquela missão, eu tinha uma sensação sufocante de medo. Eu sabia que havia um componente irracional naquele medo, mas isso não o diminuía nem um pouco. Além do perigo real que Julian enfrentaria, eu simplesmente tinha medo de ficar sozinha. Tínhamos passado muito pouco tempo separados nos meses anteriores e a ideia de ficar sem ele, mesmo que por alguns dias, me deixava extremamente inquieta.

O fato de ter exames e trabalhos para a universidade não ajudava. Nem o fato de meus pais fazerem pressão constantemente para que eu os visitasse... algo que Julian não permitiria até que a ameaça da Al-Quadar fosse totalmente aniquilada.

— Você não pode sair da propriedade, mas eles podem vir visitá-la, se quiser — disse ele certa tarde, durante uma aula de tiro. — Entretanto, eu não aconselharia. No momento, seus pais estão mais ou menos fora do radar, mas, quanto mais contato parecer que tenho com sua família, maior será o perigo para eles. Mas a decisão é sua. Basta me dizer e enviarei um avião para buscá-los.

— Não, está tudo bem — respondi depressa. — Não quero atrair nenhuma atenção desnecessária para eles. — Erguendo a arma, comecei a atirar nas latas de cerveja na outra extremidade do campo, deixando que o coice agora familiar da arma removesse parte da minha frustração.

Percebi que meus pais estavam em perigo alguns dias depois de chegarmos à propriedade. Para meu alívio, Julian me dissera que já tinha providenciado seguranças discretos para eles, guarda-costas altamente treinados cujo trabalho era proteger minha família, ao mesmo tempo em que deixavam que vivessem a vida normalmente. A alternativa, explicou ele, seria levá-los para a propriedade... uma solução que meus pais rejeitaram assim que toquei no assunto.

— O quê? Não vamos nos mudar para a Colômbia para morar com um traficante de armas! — exclamou meu pai quando contei a ele sobre o possível perigo. — Quem esse idiota acha que é? Acabei de conseguir um emprego novo... sem falar que não podemos deixar todos os nossos amigos e parentes!

Foi o máximo que consegui. Eu não podia culpar meus pais por não quererem se mudar para tão longe para ficar comigo no complexo do meu sequestrador. Eles ainda eram jovens, com pouco mais de quarenta anos, e sempre tiveram uma vida ativa. Meu pai jogava lacrosse quase todos os fins de semana e minha mãe tinha um grupo de amigas que se reunia para beber vinho e fofocar regularmente. Meus pais também ainda eram muito apaixonados um pelo outro. Meu pai constantemente surpreendia minha mãe com pequenos presentes, como flores, chocolate ou um jantar. Eu nunca tive dúvidas de que eles me amavam, mas também sabia que não era o centro absoluto da vida deles.

Não, se o que Julian dizia era verdade, e eu estava inclinada a confiar nele naquela questão, era melhor que não parecesse que meus pais tinham uma conexão muito próxima com a organização Esguerra.

A capacidade deles de levar uma vida normal dependia disso.

Na noite antes da partida de Julian, pedi a Ana que preparasse um jantar especial para nós. Recentemente, eu descobrira que Julian tinha um fraco por tiramisu e foi o que escolhi como sobremesa. Para o prato principal, Ana fez uma lasanha da mesma forma como a mãe de Julian costumava fazer. A governanta me disse que era o prato favorito dele quando criança.

Eu não sabia por que estava fazendo aquilo. Uma boa refeição não convenceria Julian subitamente de abrir mão do prazer cruel de colocar as mãos em Majid. Eu conhecia meu marido bem o suficiente para entender que nada o dissuadiria disso. Julian estava acostumado com o perigo. Eu achava que ele sentia falta do perigo, até certo ponto. Eu não era tola o suficiente de achar que conseguiria domesticá-lo com um jantar.

Ainda assim, eu queria que aquela noite fosse especial. Eu precisava que fosse especial. Não queria pensar em terroristas e tortura, sequestro e jogos mentais. Por apenas uma noite, queria fingir que éramos um casal comum, que eu era simplesmente uma esposa que queria fazer algo bacana para o marido.

Antes do jantar, tomei um banho e sequei os cabelos longos com um secador até que estivessem lisos e brilhantes. Apliquei um pouco de sombra nos olhos e brilho nos lábios. Normalmente, eu não me importava tanto com a minha aparência, pois Julian já era insaciável sem isso, mas, naquela noite, queria ficar mais bonita do que o normal para ele. O vestido que escolhi para a noite era marfim com uma faixa preta na cintura, sem alças, e os sapatos eram pretos, de salto alto. Por baixo, vesti um sutiã preto sem alças e uma tanga da mesma cor, a lingerie mais *sexy* que tinha no armário.

Eu seduziria Julian naquela noite simplesmente porque queria.

Ele se atrasou por causa de alguma logística de última hora e acabei esperando à mesa com velas acessas por alguns minutos. No peito, a ansiedade lutava com a empolgação. Eu estava ansiosa ao pensar no dia seguinte e empolgada porque mal podia esperar para passar algum tempo com Julian.

Quando ele finalmente entrou na sala de jantar, levantei-me para recebê-lo e seu olhar me estudou com uma intensidade de tirar o fôlego. Parando a alguns passos, ele correu os olhos pelo meu corpo. Quando seu olhar voltou para o meu rosto, o fogo que queimava nas profundezas azuis lançou uma onda de eletricidade até meu centro. Um sorriso lento e sensual curvou os lábios dele quando disse: — Você está linda, meu bichinho... absolutamente linda.

Uma onda de prazer aqueceu minha pele ao ouvir o elogio. — Obrigada — sussurrei, sem afastar os olhos do rosto dele. Ele trocara de roupa para o jantar, vestindo uma camiseta polo azul e calças cinzas que pareciam feitas sob medida para o corpo alto e de ombros largos. Com os cabelos pretos de volta ao comprimento normal, Julian poderia facilmente passar por um modelo ou estrela de cinema de férias em um *resort*. Minha voz soou sem fôlego quando eu disse: — Você também está maravilhoso.

O sorriso dele aumentou quando Julian se aproximou da mesa e parou à minha frente. — Obrigado, querida — murmurou ele. Os dedos fortes se curvaram sobre meus ombros nus e ele abaixou a cabeça para capturar minha boca em um beijo profundo e incrivelmente terno. Derreti completamente, inclinando a cabeça para trás sob a pressão faminta dos lábios dele. Só quando Ana pigarreou alto atrás de nós foi que recuperei os sentidos o suficiente para perceber que não estávamos no quarto. Constrangida, eu o afastei. Julian me soltou e recuou um passo, sorrindo.

— Primeiro o jantar, acho — disse ele. Dando a volta na mesa, ele se sentou à minha frente.

Ana, com o rosto ligeiramente vermelho, serviu a lasanha e um copo de vinho para cada um de nós. Antes que eu tivesse a oportunidade de agradecer, ela desapareceu.

— Lasanha... — Julian cheirou a comida. — Não consigo me lembrar da última vez que comi isso.

— Ana me disse que sua mãe costumava fazer lasanha para você quando era pequeno — disse eu, observando enquanto ele dava a primeira garfada. — Espero que ainda goste.

Ele ergueu os olhos do prato, encarando-me enquanto mastigava. — Você providenciou isso? — perguntou ele depois de engolir. Havia um tom estranho em sua voz. Ele gesticulou na direção do vinho e das velas acesas. — Não foi Ana quem preparou tudo?

— Bom, ela fez todo o trabalho — admiti. — Eu só pedi algumas coisas. Espero que não se importe.

— Importar? Não, claro que não. — A voz dele ainda estava estranha, mas ele não me questionou mais. Em vez disso, começou a comer vorazmente e a conversa mudou para os meus exames.

Ao terminarmos a lasanha, Ana serviu a sobremesa, que parecia tão rica e deliciosa como eu vira em um restaurante italiano. Observei a reação de Julian quando ela colocou o prato na frente dele.

Se ficou surpreso, ele não demonstrou. Em vez disso, abriu um sorriso para Ana e agradeceu. Só depois que ela saiu da sala, ele se virou para mim. — Tiramisu? — perguntou ele baixinho. Seus olhos refletiram a luz dançante das velas. — Por quê, Nora?

Dei de ombros. — Por que não?

Ele me estudou por um momento com olhar pensativo ao pairar sobre meu rosto. Esperei que ele perguntasse mais alguma coisa, mas não perguntou. Ele pegou o garfo. — É, por que não? — murmurou ele, voltando a atenção para a sobremesa.

Fiz o mesmo e, logo, nossos pratos estavam vazios.

~

QUANDO FOMOS PARA O ANDAR DE CIMA, JULIAN ME levou para a cama. Entretanto, em vez de tirar minha roupa imediatamente, ele segurou meu rosto nas mãos. — Obrigado por esta noite maravilhosa, querida — sussurrou ele. Os olhos escuros tinham uma expressão indefinida.

Sorri para ele, colocando as mãos no peito dele. — Claro... — Meu coração parecia que ia explodir de felicidade. — Foi um prazer.

Ele parecia prestes a dizer mais alguma coisa, mas simplesmente colocou a boca sobre a minha e começou a me beijar com uma paixão profunda, quase desesperada. Fechei os olhos quando ondas de prazer me invadiram. Os lábios dele estavam incrivelmente macios, com a língua acariciando a minha de forma habilidosa. O gosto dele fez com que minha cabeça girasse. Enquanto nos beijávamos, ele deslizou as mãos pelas minhas costas, puxando-me para mais perto. A ereção dele contra minha barriga fez com que eu fosse invadida por uma onda de calor e agarrei-me nele, sentindo os joelhos fraquejarem. Os lábios dele se afastaram dos meus e desceram para meu pescoço.

— Você é tão gostosa — murmurou ele. O hálito quente quase queimou minha pele sensível e gemi, inclinando a cabeça para trás quando ele me apoiou com o braço para beijar a área sensível logo abaixo do pescoço. Os mamilos ficaram rígidos e meu sexo começou a doer com a tensão familiar quando Julian lambeu minha pele e soprou sobre o ponto úmido, lançando arrepios eróticos por todo meu corpo.

Antes que eu conseguisse me recuperar, ele me endireitou e girou-me para que ficasse de costas. Senti suas mãos na parte de trás do vestido, abrindo o zíper. A roupa caiu no chão, deixando-me vestindo nada além do sutiã, da tanga e dos sapatos de salto pretos.

Julian prendeu a respiração e virei-me, abrindo um sorriso lento e provocante. — Gostou? — murmurei, recuando dois passos para que ele tivesse uma visão melhor. A expressão no rosto dele fez com que meu coração batesse mais forte de excitação. Ele olhava para mim como um homem faminto em frente a um pedaço de bolo. Os olhos dele diziam que ele queria me devorar e saborear ao mesmo tempo... que eu era a mulher mais gostosa que ele já vira.

Em vez de responder, ele se aproximou e colocou as mãos nas minhas costas para abrir o sutiã. Quando meus seios ficaram livres, ele os cobriu com as mãos quentes, acariciando os mamilos rígidos com os polegares. — Você é linda demais — sussurrou ele, olhando para mim. Prendi a respiração, pois as palavras e o toque das mãos dele me fizeram estremecer por dentro. — Você é a única coisa em que consigo pensar, Nora... a única coisa em que consigo me concentrar...

A confissão dele transformou meus ossos em gelatina. Saber que eu tinha aquele efeito nele, que aquele homem perigoso e poderoso se sentia tão consumido por mim quanto eu por ele, fez com que meu coração batesse de forma selvagem. Não importava como tudo começara, Julian agora era meu e eu o queria tanto quanto ele me queria.

Emocionada, passei os braços em volta do pescoço dele e puxei sua cabeça para perto. Quando nossos lábios se encontraram, coloquei todas as emoções no beijo, deixando que ele soubesse o quanto eu precisava dele, o quanto o amava. Deslizei as mãos pelos cabelos sedosos dele quando Julian passou os braços pelas minhas costas, puxando-me contra seu corpo. Meus mamilos rígidos encostaram no algodão da camiseta dele, lembrando-me do contraste entre minha quase nudez e a vestimenta completa de Julian. A ereção dele pressionou meu abdômen e o calor dentro de mim aumentou quando nossas bocas se juntaram de forma explosiva em uma sinfonia de desejo.

Eu não notei como terminamos sobre a cama, mas vi-me lá, arrancando freneticamente as roupas de Julian enquanto ele me beijava no peito e na barriga. As mãos dele rasgaram minha tanga com um movimento fluido e, em seguida, ele me penetrou com dois dedos de uma forma rude que me fez arquejar. — Você está tão molhada — rosnou ele, enfiando os dedos mais fundo antes de tirá-los e erguê-los até meu rosto. — Sinta como você me quer.

Insuportavelmente excitada, coloquei os lábios em volta dos dedos dele, chupando-os. Eles estavam cobertos da minha própria umidade, mas o gosto não foi desagradável. Na verdade, ele me deixou mais excitada e aumentou meu calor. Julian gemeu quando chupei seus dedos e passei a língua em volta deles como se fossem o pênis. Recuando, ele tirou a camiseta, expondo os músculos fortes. Ele tirou a calça logo depois e vi de relance o pênis ereto antes que Julian deitasse sobre mim. As mãos fortes agarraram meus pulsos, prendendo-os perto dos ombros. O olhar dele encontrou o meu e ele abriu minhas coxas com os joelhos, pressionando a cabeça do pênis na minha abertura.

Com o coração batendo forte, mantive o olhar dele. A expressão em seu rosto era de desejo, com o maxilar contraído ao me penetrar lentamente. Eu esperava que ele me possuísse de forma dura, mas foi gentil, penetrando-me de uma forma deliberada que foi excitante e frustrante. Não houve dor à medida que meu corpo se estendia para recebê-lo, apenas prazer, mas uma parte de mim queria a violência.

— Julian... — Passei a língua sobre os lábios. — Quero que trepe comigo. De verdade. — Para enfatizar o pedido, passei as pernas em volta da cintura dele, puxando-o para dentro de mim. Nós dois gememos com a sensação intensa e vi as pupilas dele se dilatarem até sobrar apenas um círculo azul fino em volta do círculo preto.

— Quer que eu foda você? — A voz dele estava rouca, tão cheia de desejo que mal entendi as palavras. Ele apertou as mãos em volta dos meus pulsos, quase cortando a circulação. — Que realmente foda você?

Assenti, sentindo o coração bater muito depressa. Ainda parecia errado admitir isso sobre mim mesma, reconhecer que eu precisava de algo que um dia temera.

Parecia errado saber que eu estava pedindo ao meu sequestrador que abusasse de mim.

Julian prendeu a respiração e senti quando ele perdeu o controle. Ele colocou a boca sobre a minha, com os lábios e a língua agora selvagens. O beijo me devorou, roubando minha alma e minha respiração. Ao mesmo tempo, ele retirou o pênis quase totalmente, investindo de novo de forma brutal que quase me dividiu ao meio... e deixou meus nervos em chamas.

Gritei dentro da boca dele, apertando as pernas em volta do traseiro firme e musculoso dele quando Julian começou a trepar comigo sem restrições. Foi um ato tão violento quanto um estupro, mas meu corpo adorou o ataque feroz. Era o que eu queria naquele momento, era do que precisava. Talvez eu tivesse marcas no dia seguinte, mas, naquele momento, só o que conseguia sentir era a tensão imensa acumulando-se dentro de mim. Cada investida violenta me deixou cada vez mais tensa, até que senti como se estivesse explodindo em um milhão de pedaços... uma explosão de prazer me invadiu quando alcei voo nos braços de Julian.

Ele também gozou, jogando a cabeça para trás em êxtase. Cada músculo do pescoço dele se contraiu quando ele investiu mais fundo com um grito. A pressão da virilha dele contra meu clitóris prolongou as contrações, consumindo cada sensação em meu corpo e toda a força dos meus músculos.

Em seguida, ele rolou para o lado e pegou-me nos braços. À medida que nossa respiração começou a voltar ao normal, entramos em um estado de sono profundo e sem sonhos.

Julian

NA MANHÃ SEGUINTE, ACORDEI ANTES DE NORA, COMO sempre. Ela dormia na posição favorita, deitada sobre meu peito com uma das pernas sobre a minha. Afastando-me silenciosamente dela, fui para o banho, tentando não pensar na tentação do corpo pequeno e sensual deitado na cama, macio e quente. Era uma pena, mas eu não tinha tempo para me saciar com ela naquela manhã. O avião já estava pronto, esperando-me na pista.

Ela conseguira me surpreender na noite anterior. Durante toda a semana, eu sentira uma distância leve, quase imperceptível. Talvez eu tivesse derrubado as barreiras dela naquela noite, mas ela as reconstruíra até certo ponto. Ela não me dera um tratamento silencioso nem nada parecido, mas percebi que também não me perdoara inteiramente.

Até a noite anterior.

Achei que não precisava do perdão dela, mas a sensação leve e quase eufórica no meu peito naquela manhã mostrava o contrário.

Meu banho demorou menos de cinco minutos. Quando me vesti e fiquei pronto para partir, fui até a cama para dar um beijo em Nora antes de ir embora. Inclinando-me sobre ela, encostei os lábios em seu rosto. Naquele momento, ela abriu os olhos.

Seus lábios se curvaram em um sorriso sonolento.

— Oi...

— Oi, você — disse eu, estendendo a mão para tirar os cabelos de seu rosto. Que merda, ela me afetava. Nora me afetava de uma forma que nenhuma garota deveria conseguir. Eu estava finalmente prestes a me vingar do homem que matara Beth e roubara Nora de mim e só conseguia pensar em deitar novamente ao lado dela.

Nora piscou algumas vezes e vi seu sorriso desaparecer quando ela se lembrou de que aquele dia não era um dia normal. Todos os traços de sono desapareceram de seu rosto quando ela se sentou e encarou-me, sem se importar com o cobertor que caiu e expôs o corpo nu.

— Você já está indo embora?

— Sim, querida. — Tentei manter os olhos afastados dos seios pequenos e redondos. Sentei-me na cama ao

lado dela e peguei sua mão, massageando-a de leve. —
O avião já está pronto e esperando.

Ela engoliu em seco. — Quando você voltará?

— Se tudo der certo, em uma semana. Tenho que
me encontrar primeiro com alguns oficiais na Rússia e
não irei para o Tajiquistão imediatamente.

— Rússia? Por quê? — Ela franziu a testa de leve. —
Achei que você cuidaria dos negócios na Ucrânia na
viagem de volta.

— Eu ia, mas as coisas mudaram. Ontem à tarde,
recebi um telefonema de um dos contatos de Peter em
Moscou. Eles querem se encontrar comigo primeiro,
caso contrário, não nos deixarão ir ao Tajiquistão.

— Ah. — Nora pareceu ainda mais preocupada. —
Você sabe o motivo?

Eu tinha algumas suspeitas, mas não queria dividi-
las com Nora naquele momento. Ela já estava
preocupada demais. Os russos sempre foram
imprevisíveis e a situação cada vez mais tensa naquela
região não ajudava em nada.

— Tive algumas interações com eles no passado —
respondi de forma vaga. Levantei-me antes que ela
tivesse a oportunidade de fazer mais perguntas. —
Preciso ir agora, querida, mas estarei de volta em
alguns dias. Boa sorte com as provas, ok?

Ela assentiu com os olhos brilhantes ao olhar para
mim. Incapaz de resistir, abaixei-me e beijei-a uma
última vez antes de sair do quarto.

Moscou em março era um lugar gelado. O frio penetrou as camadas grossas de roupas e entrou em meus ossos, fazendo com que eu sentisse que não me aqueceria jamais. Eu nunca gostara muito da Rússia e aquela visita só solidificou minha opinião negativa sobre o lugar.

Gelado. Sujo. Corrupto.

Eu conseguia lidar com os dois últimos aspectos, mas a combinação dos três era demais. Não era de se estranhar que Peter preferira ficar para trás, cuidando do complexo. O cara sabia exatamente no que eu estava me metendo. Vi o sorriso no rosto dele ao observar o avião decolar. Depois do calor tropical da selva, as temperaturas congelantes de Moscou no final do inverno foram dolorosas... bem como minhas negociações com o governo russo.

Foram necessários uma hora, dez aperitivos e meia garrafa de vodca até que Buschekov finalmente chegasse ao ponto da reunião. O único motivo pelo qual tolerei aquilo foi porque foi o tempo que demorou para que meus pés descongelassem. O tráfego até o restaurante estava tão ruim que Lucas e eu acabamos saindo do carro e andando oito quarteirões, quase congelando no caminho.

Agora, no entanto, eu conseguia finalmente mexer os dedos dos pés... e Buschekov pareceu pronto para conversar sobre negócios. Ele era um dos oficiais não oficiais ali, uma pessoa que tinha influência significativa no Kremlin, mas cujo nome nunca aparecia nos noticiários.

— Tenho uma questão delicada que gostaria de discutir com você — disse Buschekov depois que o garçom tirou alguns dos pratos vazios. Ou, pelo menos, foi o que a nossa intérprete disse depois que Buschekov falou algo em russo. Como nem eu nem Lucas entendíamos mais do que algumas palavras do idioma, Buschekov contratara uma jovem para traduzir para nós. Bonita, loira e de olhos azuis, Yulia Tzakova parecia ser poucos anos mais velha do que Nora, mas um oficial russo me garantiu que a garota sabia ser discreta.

— Continue — disse eu em resposta a Buschekov. Lucas estava sentado ao meu lado, consumindo silenciosamente a segunda porção de canapés com caviar. Ele fora o único a me acompanhar para aquela reunião. O restante dos meus homens estava por perto, em caso de dificuldades. Eu duvidava que os russos tentariam algo no momento, mas não custava nada ter cuidado.

Buschekov abriu um sorriso amarelo e respondeu em russo.

— Tenho certeza de que você sabe das dificuldades em nossa região — traduziu Yulia. — Gostaríamos que nos ajudasse a resolver esta questão.

— Ajudar como? — Eu tinha uma boa ideia do que os russos queriam, mas, ainda assim, queria ouvi-lo dizer.

— Há certas partes da Ucrânia que precisam de nossa ajuda — disse Yulia em inglês depois que Buschekov respondeu. — Mas, com a opinião mundial como está, seria problemático se déssemos essa ajuda.

— Então, você gostaria que eu fizesse isso.

Ele assentiu, com os olhos sem cor fixos no meu rosto enquanto Yulia traduzia o que eu dissera. — Sim — disse ele —, gostaríamos de uma remessa considerável de armas e outros suprimentos para os que lutam pela liberdade em Donetsk. Ela não pode ser rastreada até nós. Em troca, você receberia a tarifa normal e passagem segura para o Tajiquistão.

Abri um sorriso frio. — Só isso?

— Também preferimos que você evite qualquer negociação com a Ucrânia no momento — disse ele sem piscar. — Duas cadeiras e um traseiro.

Supus que aquela frase fazia mais sentido em russo, mas entendi o que ele queria dizer. Buschekov não era o primeiro cliente a exigir aquilo de mim e não seria o último. — Receio que precisarei de compensação adicional para isso — disse eu calmamente. — Como sabe, eu normalmente não escolho um lado nesses tipos de conflitos.

— Sim, foi o que ouvimos dizer. — Buschekov pegou um pedaço de peixe salgado com o garfo e mastigou lentamente enquanto me encarava. — Talvez possa reconsiderar essa posição no nosso caso. A União Soviética pode ter desaparecido, mas nossa influência nesta região ainda é bem considerável.

— Sim, estou ciente disso. Por que acha que estou aqui agora? — O sorriso que dei a ele agora estava mais tenso. — Mas é caro desistir da neutralidade. Tenho certeza de que entende.

Algo gelado brilhou no olhar de Buschekov. — Entendo. Estou autorizado a oferecer a você vinte por cento a mais do que o pagamento usual pela sua cooperação nessa questão.

— Vinte por cento? Quando você está cortando meus possíveis lucros pela metade? — Dei uma risada. — Acho que não.

Ele se serviu outra dose de vodca e balançou o copo, olhando pensativo para mim. — Vinte por cento a mais e o terrorista da Al-Quadar capturado fica sob sua custódia — disse ele depois de alguns momentos. — É nossa oferta final.

Eu o estudei enquanto servia vodca para mim mesmo. Na verdade, aquilo era melhor do que o que eu esperava conseguir dele e sabia que não devia pressionar os russos demais. — Negócio fechado então — disse eu, erguendo o copo em um brinde irônico e bebendo a vodca em um gole só.

M̲eu carro nos aguardava quando saímos do restaurante. O motorista finalmente conseguira chegar lá, o que significava que não congelaríamos no caminho de volta para o hotel.

— Vocês se importam de me dar uma carona até a estação do metrô mais próxima? — perguntou Yulia quando Lucas e eu nos aproximamos do carro. Vi que ela já começara a tremer. — Fica a cerca de dez quarteirões daqui.

Eu a estudei e acenei para Lucas. — Reviste-a.

Lucas se aproximou e revistou-a de cima abaixo. — Está limpa.

— Ok — disse eu, abrindo a porta do carro para ela. — Entre.

Ela entrou no carro e sentou-se ao meu lado no banco de trás, enquanto Lucas se sentava no banco do passageiro ao lado do motorista. — Obrigada — disse ela com um sorriso bonito. — Agradeço muito. Este é um dos piores invernos dos últimos anos.

— De nada. — Eu não estava com vontade de conversar. Peguei o telefone e comecei a responder a alguns e-mails. Havia um de Nora, o que me fez sorrir. Ela queria saber se eu chegara em segurança. *Sim,* respondi. *Agora, estou tentando não morrer congelado em Moscou.*

— Você ficará aqui bastante tempo? — A voz suave de Yulia me interrompeu quando eu estava prestes a abrir um relatório detalhando os movimentos de Nora na propriedade durante minha ausência. Quando olhei para ela, a garota sorriu e cruzou as pernas longas. — Eu poderia lhe mostrar a cidade, se quiser.

O convite só teria sido mais direto se ela tivesse colocado a mão sobre o meu pênis. Vi o brilho faminto em seus olhos e percebi que ela era uma daquelas mulheres que ficava excitada pelo poder e pelo perigo. Ela me queria pelo que eu representava, por causa da excitação de brincar com fogo. Eu não duvidava de que ela me deixaria fazer o que quisesse, não importava o quanto fosse sádico ou depravado, e que imploraria por mais.

Ela era exatamente o tipo de mulher com quem eu teria trepado antes de conhecer Nora. Infelizmente para Yulia, a beleza pálida não tinha efeito algum em mim agora. A única mulher que eu queria na minha cama era a garota de cabelos escuros que estava a milhares de quilômetros de distância.

— Obrigado pelo convite — disse eu, abrindo um sorriso frio para Yulia. — Mas partiremos em breve e estou cansado demais para aproveitar a cidade hoje à noite.

— É claro. — Yulia sorriu de volta, inabalada pela rejeição. Ela claramente tinha autoconfiança suficiente para não se sentir ofendida. — Se mudar de ideia, sabe onde me encontrar. — E, quando o carro parou em frente à estação do metrô, ela saiu do carro de forma graciosa, deixando para trás um traço de perfume caro.

Quando o carro começou a andar novamente, Lucas se virou para olhar para mim. — Se você não a quer, eu ficaria feliz em entretê-la esta noite — disse ele em tom casual. — Se não se importar, é claro.

Eu sorri. Loiras gostosas sempre tinham sido o ponto fraco de Lucas. — Por que não? — respondi. — Se a quiser, é toda sua. — Só partiríamos na manhã seguinte e eu tinha uma boa segurança em vigor. Se Lucas queria passar a noite trepando com a intérprete, eu não pretendia negar aquele prazer a ele.

Quanto a mim, pretendia usar a mão no chuveiro

enquanto pensava em Nora e, depois, ter uma boa noite de sono.

O dia seguinte seria cheio.

~

O VOO DE MOSCOU PARA O TAJIQUISTÃO DEVERIA demorar pouco mais de seis horas no meu Boeing C-17. Era um dos três aviões militares que eu tinha e era grande o suficiente para aquela missão, contendo com facilidade todos os meus homens e nossos equipamentos.

Todos, incluindo eu, estávamos com a roupa de combate mais recente. Elas eram à prova de balas e retardavam o fogo. Além disso, estávamos totalmente armados com fuzis de ataque, granadas e explosivos. Talvez fosse um exagero, mas eu não pretendia arriscar a vida dos meus homens. Eu gostava do perigo, mas não era suicida e todos os riscos no meu negócio eram cuidadosamente calculados. O resgate de Nora na Tailândia fora talvez a operação mais perigosa em que eu me envolvera nos anos recentes e não teria feito aquilo por nenhuma outra pessoa.

Somente por ela.

Passei a maior parte do voo analisando as especificações de fabricação de uma nova fábrica na Malásia. Se tudo desse certo, talvez eu passasse para lá a produção de mísseis, que era feita na Indonésia. Os oficiais locais da Indonésia estavam ficando ambiciosos demais, exibindo propinas mais altas todos os meses, e eu não estava inclinado a agradá-los por muito mais tempo. Também respondi a algumas perguntas do meu gerente de portfólio de Chicago. Ele trabalhava na preparação de um fundo em uma das minhas subsidiárias e precisava que eu lhe desse alguns parâmetros de investimento.

Estávamos voando sobre o Uzbequistão, a poucas centenas de quilômetros do destino, quando decidi falar com Lucas, que pilotava o avião.

Ele se virou para mim assim que cheguei à porta da cabine. — Estamos no horário para chegar lá daqui a uma hora e meia — disse ele antes que eu perguntasse. — Há um pouco de gelo na pista e estão limpando-a para nós neste momento. Os helicópteros já estão abastecidos e prontos para partir.

— Excelente. — Pelo plano, pousaríamos a cerca de vinte quilômetros do esconderijo dos terroristas, nas montanhas Pamir, e usaríamos os helicópteros no restante do caminho. — Alguma atividade incomum naquela área?

Ele balançou a cabeça negativamente. — Não, está tudo quieto.

— Ótimo. — Entrando na cabine, sentei-me ao lado de Lucas no banco do copiloto e prendi o cinto de segurança. — Como foi com a garota russa ontem à noite?

Um sorriso raro surgiu no rosto dele. — Bem satisfatório. Você perdeu.

— Sim, tenho certeza disso — respondi, apesar de não me arrepender nem um pouco. Nenhum caso de uma noite se aproximaria da intensidade de minha conexão com Nora e eu não tinha vontade de ter nada menos que isso.

O sorriso de Lucas ficou mais largo, uma expressão ainda mais incomum nas feições duras. — Devo dizer que nunca esperei ver você como um homem casado e feliz.

Ergui as sobrancelhas. — É mesmo? — Aquela foi provavelmente a observação mais pessoal que ele fizera para mim. Durante todos os anos em que ele estivera na minha organização, Lucas nunca cruzara a ponte entre funcionário leal e amigo e nem eu o encorajara a fazer isso. Eu sempre tivera dificuldade em confiar nas pessoas e havia apenas alguns poucos que chamava de "amigos".

Ele deu de ombros e o rosto voltou a ser a máscara impassível normal, mas um toque de diversão ainda brilhava nos olhos dele. — Claro. Pessoas como nós geralmente não são consideradas um bom material para casamento.

Soltei uma risada involuntária. — Bem, não sei se, estritamente falando, Nora me considera "um bom material para casamento". — Um monstro que a sequestrara e mexera com a cabeça dela, sim. Mas um bom marido? Eu duvidava disso.

— Se não considera, deveria — disse Lucas, voltando a atenção para os controles. — Você não trai, cuida bem dela e arriscou sua vida para salvá-la. Se isso não é ser um bom marido, então não sei o que é. — Enquanto ele falava, notei que franziu a testa ligeiramente ao olhar para alguma coisa na tela do radar.

— O que foi? — perguntei em tom ríspido, com todos os instintos subitamente alertas.

— Não sei bem — Lucas começou a dizer. Naquele momento, o avião mergulhou tão violentamente que quase fui jogado para fora do banco. Foi o cinto de segurança, que coloquei por hábito, que me impediu de bater no teto quando o avião mergulhou subitamente.

Lucas agarrou os controles e soltou uma enxurrada de obscenidades ao tentar freneticamente corrigir o curso. — Merda, porra, caralho...

— O que nos atingiu? — Minha voz estava firme e minha mente estranhamente calma enquanto eu avaliava a situação. Havia um barulho alto vindo dos motores. Senti cheiro de fumaça e ouvi gritos no fundo, percebendo que havia fogo. Deveria ter sido uma explosão. Isso significava que alguém nos atingira de outro avião ou um míssil antiaéreo explodira por perto, danificando pelo menos um dos motores. Não poderia ter sido um míssil direto, pois o Boeing estava equipado com uma defesa antimíssil projetada para repelir todas as armas, exceto as mais avançadas... e porque ainda estávamos vivos.

— Não sei dizer — Lucas conseguiu dizer enquanto lutava com os controles. O avião estabilizou por um segundo e mergulhou novamente. — Faz alguma diferença?

Eu não sabia, para ser sincero. A parte analítica dentro de mim queria saber o que ou quem seria responsável pela minha morte. Eu duvidava que fosse a Al-Quadar. De acordo com minhas fontes, eles não tinham armas tão sofisticadas. Aquilo deixava a possibilidade de erro de algum soldado do Uzbequistão que resolvera atirar a esmo ou um ataque intencional de outra pessoa. Os russos, talvez, apesar de eu não saber por que fariam aquilo.

Ainda assim, Lucas tinha razão. Eu não sabia por que me importava. Saber a verdade não mudaria o resultado. Vi os picos nevados das montanhas Pamir à distância e percebi que não chegaríamos até lá.

Lucas recomeçou a xingar enquanto lutava com os controles e agarrei a beirada do banco, sem tirar os olhos do chão que subia em nossa direção em velocidade aterrorizante. Havia um som alto nos meus ouvidos e percebi que era meu coração, que eu conseguia ouvir o sangue correndo pelas veias quando a adrenalina aguçou todos os sentidos.

O avião fez mais algumas tentativas de sair do mergulho e cada uma delas desacelerou a queda, mas nada parecia capaz de impedir a queda mortal.

Enquanto eu observava a queda em direção à morte, só tive um arrependimento.

Eu nunca mais abraçaria Nora.

III

A PRISIONEIRA

ora

DOIS DIAS SEM JULIAN.

Eu não consegui acreditar que já tinha passado dois dias inteiros sem Julian. Eu seguira minha rotina normal, mas, sem ele ali, tudo parecia diferente.

Mais vazio. Mais sombrio.

Era como se o sol tivesse se escondido atrás de uma nuvem, deixando meu mundo nas sombras.

Era loucura. Eu estivera sem Julian antes. Quando estava na ilha, ele partia naquelas viagens o tempo inteiro. Na verdade, ele passava mais tempo fora da ilha do que nela e, ainda assim, eu consegui viver. Mas, desta vez, eu lutava constantemente com uma sensação terrível de inquietude, de ansiedade, que parecia ficar pior a cada hora.

— Eu realmente não sei o que há de errado comigo — disse eu a Rosa durante o passeio matinal. — Vivi dezoito anos sem ele e agora, subitamente, não aguento dois dias?

Ela sorriu para mim. — Ora, claro. Vocês dois são praticamente inseparáveis e isso não me surpreende nem um pouco. Nunca vi um casal tão apaixonado.

Suspirei, balançando a cabeça. Apesar de toda a praticidade aparente, Rosa era uma romântica incurável. Algumas semanas antes, finalmente confiara nela e contara como Julian e eu tínhamos nos conhecido e como fora o tempo que passei na ilha. Ela ficara chocada, mas não tanto quanto eu teria ficado em seu lugar. Na verdade, ela pareceu achar que a história toda era um tanto poética.

— Ele a sequestrou porque não conseguia viver sem você — disse ela em tom sonhador quando tentei explicar por que ainda tinha algumas reservas em relação a Julian. — É o tipo de coisa que se lê em livros ou vê em filmes... — Quando a encarei, mal podendo acreditar no que ouvira, ela acrescentou: — Eu queria que alguém me desejasse o suficiente para me sequestrar.

Portanto, Rosa certamente não era a pessoa indicada para me fazer colocar os pés no chão. Ela achava que o fato de eu murchar longe de Julian era um resultado natural de nosso caso de amor, em vez de algo que provavelmente exigiria ajuda psiquiátrica.

Obviamente, Ana não foi muito melhor que aquilo.

— É normal sentir falta do seu marido — disse a

governanta ao perceber que eu mal comi durante o jantar. — Tenho certeza de que Julian sente a mesma falta de você.

— Não sei, Ana — disse eu em tom de dúvida, brincando com o arroz no prato. — Não tive notícias dele o dia inteiro. Ele respondeu ao meu *e-mail* ontem, mas mandei mais dois hoje... e nada. — Aquilo, mais do que qualquer outra coisa, era o que me deixava chateada. Julian não se importava com o fato de eu estar preocupada... ou não estava em posição de me responder, estando ocupado na luta contra os terroristas.

As duas possibilidades me deixavam inquieta.

— Ele pode estar em um avião indo para algum lugar — disse Ana, retirando meu prato. — Ou em algum lugar sem sinal. Sério, você não deve se preocupar. Conheço Julian, ele consegue se cuidar.

— Sim, tenho certeza disso, mas ele ainda é humano. — Ele poderia ser morto por uma bala perdida ou uma bomba.

— Eu sei, Nora — disse Ana em tom reconfortante, batendo de leve no meu braço, mas vi a mesma preocupação refletida nas profundezas de seus olhos castanhos. — Eu sei, mas você não pode se permitir pensamentos ruins. Tenho certeza de que terá notícias dele nas próximas horas. No máximo, amanhã de manhã.

❧

Meu sono foi inquieto e acordei várias vezes para verificar os *e-mails* e o telefone. Na manhã seguinte, ainda não havia notícias de Julian e saí da cama ainda cansada, mas determinada.

Se Julian não entraria em contato comigo, eu tomaria a questão nas minhas próprias mãos.

A primeira coisa que fiz foi procurar Peter Sokolov. Ele conversava com alguns guardas na extremidade da propriedade quando o encontrei e pareceu surpreso quando me aproximei e pedi para que conversássemos em particular. Mesmo assim, ele me atendeu prontamente.

Assim que estávamos afastados dos outros, perguntei: — Você teve notícias de Julian? — Eu ainda achava o russo intimidador, mas era o único que talvez tivesse alguma resposta.

— Não — respondeu ele com sotaque forte. — Não desde que o avião decolou de Moscou ontem. — Havia um toque de tensão em seus olhos ao falar e minha ansiedade triplicou quando percebi que Peter também estava preocupado.

— Eles deveriam ter dito alguma coisa, não é? — perguntei, olhando para as feições bonitas e exóticas dele. Eu estava com dificuldade em respirar. — Alguma coisa deu errado, não foi?

— Não podemos supor isso ainda. — O tom dele foi cuidadosamente neutro. — É possível que não estejam nos respondendo por motivos de segurança, porque não querem que alguém intercepte as comunicações.

— Você não acredita nisso.

— É improvável — admitiu Peter, com os olhos cinzentos frios fixados no meu rosto. — Não é o procedimento normal nesse tipo de caso.

— É claro. — Fazendo o possível para combater o medo que me invadiu, perguntei: — E qual é o plano B? Você vai enviar uma equipe de resgate? Tem mais homens de prontidão que possam agir como apoio?

Peter balançou a cabeça negativamente. — Não há nada a fazer até sabermos mais — explicou ele. — Já coloquei homens investigando na Rússia e no Tajiquistão e, em breve, teremos uma ideia melhor do que aconteceu. Até o momento, só o que sabemos é que o avião deles decolou de Moscou sem problema algum.

— Quando acha que terá notícias de suas fontes? — Tentei conter o pânico, mas parte dele transpareceu na minha voz. — Hoje? Amanhã?

— Não sei, sra. Esguerra — disse ele. Percebi um toque de pena nos olhos implacáveis. — Poderá acontecer a qualquer momento. Avisarei assim que eu souber de alguma coisa.

— Obrigada, Peter — disse eu. E, sem saber o que mais fazer, voltei para a casa.

As seis horas seguintes se arrastaram. Andei pela casa, indo de sala em sala, incapaz de me concentrar em qualquer atividade específica. Sempre que eu me sentava para estudar ou pintar, uma dezena de cenários, cada um mais horrível do que o outro, começava a surgir na minha mente. Eu queria acreditar que tudo ficaria bem, que o avião de Julian desaparecera por algum motivo inócuo, mas sabia que não era verdade.

Não havia contos de fada no mundo em que Julian e eu vivíamos, apenas a realidade selvagem.

Eu não conseguira comer nada o dia inteiro, apesar de Ana ter tentado me agradar com várias coisas, de bifes a sobremesas. Para acalmá-la, comi alguns pedaços de mamão no horário do almoço e retomei a caminhada sem rumo pela casa.

No começo da tarde, eu estava literalmente enjoada por causa da ansiedade. Minha cabeça latejava e meu estômago estava embrulhado, com o ácido parecendo abrir um buraco nas minhas entranhas.

— Vamos nadar — disse Rosa ao me encontrar na biblioteca. Vi a preocupação no rosto dela e soube que Ana a enviara para me distrair. Rosa normalmente estava ocupada demais para sair no meio do dia, mas obviamente estava fazendo uma exceção naquele dia.

A última coisa que eu queria fazer era nadar, mas concordei. A companhia de Rosa era melhor do que enlouquecer sozinha de preocupação.

Ao sairmos da biblioteca, vi Peter andando em nossa direção com uma expressão grave no rosto.

Meu coração parou por um momento e, em seguida, começou a bater furiosamente.

— O que foi? — Mal consegui formar as palavras. — Teve alguma notícia?

— O avião caiu no Uzbequistão, a poucas centenas

de quilômetros da fronteira com o Tajiquistão — disse ele baixinho, parando à minha frente. — Parece que houve um erro de comunicação e o exército do Uzbequistão derrubou o avião.

A escuridão começou a invadir minha visão. — Derrubou o avião? — Minha voz parecia vir de longe, como se as palavras fossem de outra pessoa. Eu estava vagamente consciente do braço de Rosa apoiando minhas costas, mas o toque dela não conseguiu eliminar o frio que se espalhou dentro de mim.

— Estamos procurando os destroços neste momento — disse Peter em tom quase gentil. — Lamento, sra. Esguerra, mas duvido que alguém possa ter sobrevivido.

22

Não sei como cheguei ao quarto. Fiquei enrolada em uma bola de agonia silenciosa sobre a cama que Julian e eu tínhamos dividido.

Senti mãos suaves nos meus cabelos, ouvi vozes murmurando em espanhol, e soube que Ana e Rosa estavam lá comigo. A governanta parecia estar chorando. Eu também queria chorar, mas não consegui. A dor era muito intensa, muito profunda para permitir o conforto das lágrimas.

Eu achei que sabia qual era a sensação de ter o coração arrancado do peito. Quando achara que Julian estava morto, eu me sentira arrasada, destruída. Aqueles meses sem ele foram os piores da minha vida. Eu achei que sabia como era sentir a perda, saber que nunca mais veria o sorriso dele nem sentiria o calor de seu abraço.

Somente naquele momento percebi que havia graus de agonia. Que a dor podia variar de arrasadora a destruidora. Quando perdi Julian antes, ele fora o centro do meu mundo. Agora, no entanto, Julian era meu mundo inteiro e eu não sabia existir sem ele.

— Ah, Nora... — A voz de Ana estava densa com as lágrimas quando ela acariciou meus cabelos. — Lamento, criança... Lamento muito...

Eu queria dizer que também lamentava, que sabia que Julian também era importante para ela, mas não consegui. Eu não conseguia falar. Até mesmo respirar era um esforço imenso, como se meus pulmões tivessem se esquecido do que fazer. A única coisa que eu parecia ser capaz de fazer no momento era inalar e exalar uma quantidade mínima de ar.

Apenas respirar. Apenas não morrer.

Depois de algum tempo, os murmúrios e os toques reconfortantes pararam e percebi que estava sozinha. Elas deviam ter colocado um cobertor sobre mim antes de sair, pois senti o peso macio sobre mim. Ele deveria ter me aquecido, mas isso não aconteceu.

Só o que eu sentia era um vazio gelado no lugar onde meu coração ficava.

~

— Nora, criança... Venha, beba alguma coisa...

Ana e Rosa estavam de volta, com as mãos gentis

puxando-me para que eu me sentasse. Elas me ofereceram uma xícara de chocolate quente e aceitei-a no piloto automático, segurando-a com as mãos frias.

— Só um gole — insistiu Ana. — Você não comeu o dia inteiro. Você sabe que Julian não ia gostar disso.

A pontada de agonia que senti ao ouvir o nome dele foi tão forte que a xícara quase caiu das minhas mãos. Rosa a pegou, firmando minhas mãos, e, de forma gentil e inexorável, empurrou-a na direção dos meus lábios. — Vamos, Nora — sussurrou ela com olhar cheio de compaixão. — Beba um pouco.

Forcei-me a tomar alguns goles. O líquido rico e quente desceu pela minha garganta e a combinação de açúcar e cafeína afastou parte da minha exaustão. Sentindo-me ligeiramente mais viva, olhei pela janela e notei chocada que já era noite, que eu ficara deitada por algumas horas sem registrar a passagem do tempo.

— Alguma notícia de Peter? — perguntei, olhando para Ana e Rosa. — Encontraram os destroços?

Rosa pareceu aliviada por eu voltar a falar. — Não o vimos desde o começo da tarde — disse ela. Ana assentiu, com os olhos vermelhos e inchados.

— Ok. — Tomei mais alguns goles do chocolate quente e entreguei a xícara para Ana. — Obrigada.

— Posso buscar alguma coisa para você comer? — perguntou Ana. — Talvez um sanduíche ou uma fruta?

Meu estômago se revirou quando pensei em comida, mas eu sabia que precisava comer alguma coisa. Não podia morrer com Julian, não importava o quanto a opção parecesse atraente no momento. —

Sim, por favor. — Minha voz estava tensa. — Só uma torrada com queijo, se não se importar.

Saltando da cama, Rosa abriu um sorriso largo aprovador. — Isso mesmo. Viu só, Ana? Eu lhe disse que ela é uma guerreira. — E, antes que eu pudesse mudar de ideia sobre comer, ela correu para fora do quarto.

— Vou tomar um banho — disse eu a Ana, levantando-me. Subitamente, senti uma vontade imensa de ficar sozinha... de me afastar da preocupação que via no rosto de Ana. Meu corpo estava gelado e parecia um pedaço de gelo pronto para se esfacelar a qualquer momento. Meus olhos queimavam por causa das lágrimas não derramadas.

Só concentre-se em respirar. Uma respiração pequena atrás da outra.

— É claro, criança. — Ana me deu um sorriso cansado. — Vá em frente. A comida estará esperando quando você sair do banho.

E, ao escapar para o banheiro, vi quando ela saiu silenciosamente do quarto.

～

— Nora! Ai, meu Deus, Nora!

Os gritos de Rosa e as batidas frenéticas na porta do banheiro me tiraram do estado quase catatônico. Eu não tinha ideia de quanto tempo ficara sob a água quente, mas saí imediatamente. Enrolando uma toalha em volta do corpo, corri até a porta, com os pés molhados escorregando no piso frio.

Com o coração batendo na garganta, abri a porta. — O que foi?

— Ele está vivo! — O grito de Rosa quase me deixou surda. — Nora, Julian está vivo!

— Vivo? — Por um momento, não consegui processar o que ela disse, pois o cérebro estava lento devido à fome e à dor. — Julian está vivo?

— Sim! — gritou ela, segurando minhas mãos e pulando. — Peter acabou de saber que ele e alguns de seus homens foram encontrados com vida. Estão sendo levados para o hospital agora!

Meus joelhos cederam e cambaleei. — Para o hospital? — Minha voz era pouco mais que um sussurro. — Ele está mesmo vivo?

— Sim! — Rosa me deu um abraço esmagador e, em seguida, soltou-me, dando um passo atrás com um sorriso enorme no rosto. — Não é incrível?

— Sim, claro... — Minha cabeça girou de alegria e incredulidade, e meu coração acelerou. — Você disse que ele está sendo levado para um hospital?

— Sim, foi o que Peter disse. — A expressão de Rosa ficou mais séria. — Ele está falando com Ana no andar debaixo. Não fiquei para ouvir, queria lhe dar a notícia o mais depressa possível.

— É claro, obrigada! — Senti-me eletrizada subitamente e todos os rastros da nuvem mental e do desespero sumiram. *Julian estava vivo, sendo levado para um hospital!*

Correndo até o armário, peguei o primeiro vestido que encontrei e vesti-o, largando a toalha no chão. Em seguida, corri para a porta e desci a escada, com Rosa logo atrás.

Peter estava na cozinha ao lado de Ana. Os olhos da governanta se arregalaram quando corri na direção deles, de pés descalços e com os cabelos ainda molhados do banho. Eu provavelmente parecia uma louca, mas não me importei. Só me importava em descobrir mais sobre Julian.

— Como ele está? — perguntei ofegante, parando perto deles. — Quais são as condições dele?

Uma expressão chocantemente parecida com um sorriso surgiu no rosto duro de Peter quando ele olhou para mim. — Vão fazer alguns exames no hospital, mas, no momento, parece que seu marido sobreviveu à queda de um avião com nada além de um braço quebrado, algumas costelas quebradas e um corte feio na testa. Ele está inconsciente, mas parece ser devido à perda de sangue por causa do ferimento na cabeça.

Enquanto eu olhava de boca aberta e incrédula para Peter, ele explicou: — O avião caiu em uma área cheia de árvores, que amorteceram boa parte do impacto. A cabine do piloto, onde Esguerra e Kent estavam, foi arrancada pela força do impacto e isso parece ter salvado a vida deles. — O sorriso dele desapareceu e os olhos metálicos ficaram sombrios. — Entretanto, a maioria dos outros morreu. O combustível estava na parte de trás e explodiu, destruindo aquele pedaço do avião. Somente três dos soldados na parte de trás sobreviveram e têm queimaduras graves. Se não fosse pela roupa de combate que usavam, também não teriam sobrevivido.

— Ai, meu Deus. — Uma onda de horror me invadiu. Julian estava vivo, mas quase cinquenta de seus homens tinham morrido. Eu tivera interação mínima com a maioria dos guardas, mas vira muitos deles na propriedade. Eu os conhecia, nem que fosse de vista. Eram todos homens fortes e aparentemente indestrutíveis. E agora estavam mortos... como Julian estaria se não estivesse na cabine do avião.

— E Lucas? — perguntei, começando a tremer com uma reação atrasada. Eu começava a absorver o fato de que Julian estivera em um avião que caíra, mas sobrevivera. Como um gato com sete vidas, ele conseguira novamente.

— Kent quebrou uma perna e tem uma concussão grave. Também estava inconsciente quando foi encontrado.

O alívio me invadiu e meus olhos, que ardiam antes pelas lágrimas não derramadas, se encheram d'água. Eram lágrimas de gratidão, de uma alegria tão intensa que era impossível de conter. Eu queria rir e chorar ao mesmo tempo.

Julian estava vivo, bem como o homem que uma vez salvara a vida dele.

— Ah, Nora, criança... — Os braços gorduchos de Ana me envolveram à medida que as lágrimas escorriam pelo meu rosto. — Ficará tudo bem agora... ficará tudo bem...

Estremecendo com os soluços, deixei que ela me segurasse por um momento em um abraço maternal. Em seguida, afastei-me, sorrindo por entre as lágrimas. Pela primeira vez, acreditei que tudo ficaria bem. Que o pior passara.

— Quando poderemos voar até lá? — perguntei a Peter, limpando as lágrimas do rosto. — O avião pode ficar pronto em uma hora?

— Voar até lá? — Ele me olhou de forma estranha. — Não podemos voar até lá, sra. Esguerra. Tenho ordens rigorosas para permanecer na propriedade e garantir que você esteja segura aqui.

— O quê? — Eu o encarei incrédula. — Mas Julian está ferido! Ele está no hospital e sou esposa dele...

— Sim, eu entendo. — A expressão de Peter não mudou e os olhos permaneceram frios ao olhar para mim. — Mas receio que Esguerra literalmente me matará se eu deixar que você corra perigo.

— Está me dizendo que não posso encontrar meu marido que acabou de sofrer um acidente aéreo? — Minha voz ficou mais alta quando uma onda súbita de fúria me invadiu. — Que devo ficar sentada aqui, sem fazer nada, enquanto Julian está ferido do outro lado do mundo?

Peter não pareceu se impressionar com a minha explosão. — Farei o possível para conseguir um telefonema seguro e, talvez, uma conexão de vídeo para você — disse ele calmamente. — Também manterei você informada sobre a saúde dele. Além disso, receio que não haja nada que eu possa fazer no momento.

Estou trabalhando em aumentar a segurança em volta do hospital para onde Esguerra e os outros estão sendo levados. Portanto, imagino que ele voltará para cá, são e salvo, e você o verá em breve.

Eu queria gritar e discutir, mas sabia que não adiantaria. Eu tinha tanta influência sobre Peter quanto tinha sobre Julian, ou seja, nenhuma. — Está bem — disse eu, respirando fundo para me acalmar. — Faça isso... e quero saber assim que ele recuperar a consciência.

Peter inclinou a cabeça. — É claro, sra. Esguerra. Você será informada imediatamente.

ulian

PRIMEIRO, FIQUEI CIENTE DOS BARULHOS. MURMÚRIOS femininos baixos misturados com bipes ritmados. Um zumbido de eletricidade no fundo. Tudo isso sob uma dor latejante na parte da frente do meu crânio e um cheiro forte de antisséptico nas narinas.

Um hospital. Eu estava em um hospital.

Meu corpo doía e a dor parecia estar em toda parte. Meu primeiro instinto foi de abrir os olhos e procurar respostas, mas fiquei imóvel, deixando que as lembranças voltassem.

Nora. A missão. O voo para o Tajiquistão. Revivi tudo aquilo e as sensações foram vívidas. Vi-me conversando com Lucas na cabine, senti o avião mergulhar sob nós. Ouvi o barulho irregular dos motores e revivi a sensação terrível de cair do céu. Senti a paralisia do medo naqueles últimos momentos enquanto Lucas tentava nivelar o avião acima da linha das árvores para que ganhássemos segundos preciosos... e, em seguida, senti o impacto forte da queda.

Além disso, não havia nada, apenas escuridão.

Eu deveria estar na escuridão permanente da morte, mas estava vivo. A dor no corpo todo me dizia que estava vivo.

Ainda imóvel, avaliei minha nova situação. As vozes em volta falavam em um idioma estrangeiro. Parecia uma mistura de russo e turco. Provavelmente uzbeque, considerando onde estávamos no momento em que o avião caíra.

Havia duas mulheres conversando em tom casual, quase de fofoca. A lógica me disse que provavelmente eram enfermeiras do hospital. Eu as ouvi andando pelo quarto enquanto conversavam e cuidadosamente abri um olho para verificar os arredores.

Eu estava em um quarto com paredes verdes e uma pequena janela na parede oposta. Luzes fluorescentes no teto emitiam um zumbido baixo, o zumbido de eletricidade que eu notara antes. Um monitor estava ligado em mim, com um tubo IV conectado ao meu pulso. Vi as enfermeiras no outro lado do quarto. Elas trocavam os lençóis em uma cama vazia. Uma cortina fina separava minha área daquela cama, mas ela estava aberta e consegui ver o quarto inteiro.

Além das duas enfermeiras, eu estava sozinho. Não havia sinal de nenhum dos meus homens. Meu coração deu um salto quando percebi aquilo e fiz o possível para manter a respiração regular antes que elas notassem. Eu queria que continuassem achando que estava inconsciente. Não parecia haver nenhuma ameaça grande, mas, até que eu soubesse o que acontecera com o avião e como fora parar ali, não pretendia baixar a guarda.

Flexionando cuidadosamente os dedos dos pés e das mãos, fechei os olhos e avaliei mentalmente os ferimentos. Eu me sentia fraco, como se tivesse perdido muito sangue. Minha cabeça latejava e senti um curativo pesado na testa. O braço esquerdo, que doía muito, estava imobilizado, como se estivesse no gesso. Entretanto, o braço direito parecia bem. Doía para respirar e supus que as costelas estavam machucadas. Além disso, consegui sentir todos os membros e a dor no restante do corpo parecia ser de arranhões, não de ossos quebrados.

Depois de alguns minutos, uma das enfermeiras saiu e a outra andou até minha cama. Permaneci quieto e imóvel, fingindo estar inconsciente. Ela arrumou o lençol que me cobria e verificou o curativo na minha cabeça. Eu a ouvi cantarolar baixinho quando se virou para sair e, naquele momento, passos mais pesados entraram no quarto.

A voz profunda e autoritária de um homem fez uma pergunta em uzbeque.

Abri ligeiramente os olhos de novo para olhar para

a porta. O recém-chegado era um homem de meia idade, usando um uniforme militar. A julgar pela insígnia no peito, era de uma posição relativamente alta.

A enfermeira respondeu com voz suave e incerta, e o homem se aproximou da cama. Fiquei tenso, preparado para me defender, se necessário, apesar da fraqueza nos músculos. No entanto, o homem não pegou uma arma nem fez movimentos ameaçadores. Em vez disso, ele me estudou com expressão estranhamente curiosa.

Por instinto, abri os olhos totalmente e olhei para ele, com o corpo ainda tenso e preparado para um possível ataque. — Quem é você? — perguntei, imaginando que a abordagem direta era melhor. — Que lugar é este?

Ele pareceu assustado, mas recuperou a compostura quase imediatamente. — Sou o coronel Sharipov e você está em Tashkent, no Uzbequistão — respondeu ele, recuando ligeiramente. — Seu avião caiu e você foi trazido para cá. — Ele tinha um sotaque pesado, mas o inglês era surpreendentemente bom. — A embaixada russa entrou em contato conosco para falar sobre você. Seu pessoal vai enviar outro avião para buscá-lo.

Então, ele sabia quem eu era. — Onde estão os meus homens? O que aconteceu com o meu avião?

— Ainda estamos investigando a causa da queda — disse Sharipov, desviando os olhos para o lado. — Não está claro...

— Mentira. — Minha voz tinha um tom mortal. Eu

percebia quando alguém estava mentindo e aquele filho da puta certamente estava tentando me enganar. — Você sabe o que aconteceu.

Ele hesitou. — Não estou autorizado a discutir a investigação...

— O seu exército disparou um míssil em nós? — Usei o braço direito para me apoiar e sentei-me. Minhas costelas protestaram contra o movimento, mas ignorei a dor. Eu podia estar sentindo-me fraco como uma criança, mas nunca era uma boa ideia parecer fraco em frente a um inimigo. — Pode me dizer logo, pois vou descobrir a verdade de uma forma ou de outra.

O rosto dele ficou tenso com a ameaça implícita. — Não, não fomos nós. No momento, parece que um de nossos lança-mísseis foi usado, mas ninguém emitiu a ordem para derrubar o seu avião. Recebemos uma notícia da Rússia de que você passaria pelo nosso espaço aéreo e fomos avisados para deixá-lo passar.

— Mas você tem uma ideia de quem é o responsável — observei friamente. Agora que estava sentado, eu não me sentia mais tão vulnerável... mas me sentiria melhor se tivesse uma arma ou uma faca. — Você sabe quem usou o lança-mísseis.

Sharipov hesitou novamente e admitiu de forma relutante: — É possível que um de nossos oficiais tenha sido subornado pelo governo ucraniano. Estamos investigando essa possibilidade no momento.

— Entendo. — Finalmente, tudo fez sentido. De alguma forma, a Ucrânia ficara sabendo da minha cooperação com os russos e decidira me eliminar antes que eu me tornasse uma ameaça. *Idiotas filhos de uma puta.* Era por isso que eu tentava não escolher um lado naqueles conflitos... era algo caro demais, de várias formas.

— Colocamos alguns soldados neste andar — disse Sharipov, mudando de assunto. — Você ficará seguro aqui até que o enviado russo chegue para levá-lo para Moscou.

— Onde estão meus homens? — repeti a pergunta anterior, estreitando os olhos quando o olhar de Sharipov se desviou novamente. — Eles estão aqui?

— Quatro deles — admitiu ele baixinho, olhando de novo para mim. — Receio que o resto não tenha sobrevivido.

Mantive a expressão impassível, apesar de parecer que uma lâmina afiada fora enfiada nas minhas entranhas. Eu já deveria estar acostumado com a morte das pessoas à minha volta, mas ainda parecia um peso. — Quem são os sobreviventes? — perguntei, mantendo a voz firme. — Você tem o nome deles?

Ele assentiu e pegou uma lista de nomes. Para meu alívio, Lucas Kent estava entre eles. — Ele recuperou a consciência brevemente — explicou Sharipov — e ajudou-me a identificar os outros. Além de você, ele foi o único que não sofreu queimaduras.

— Entendo. — Meu alívio foi substituído por uma raiva que se acumulou lentamente. Quase cinquenta dos meus melhores homens estavam mortos. Homens com quem eu treinara. Homens que eu passara a conhecer. Enquanto eu processava isso, ocorreu-me que havia apenas uma forma de o governo ucraniano saber sobre minhas negociações com os russos.

A intérprete russa bonita. Ela era a única pessoa de fora que sabia daquela conversa.

— Preciso de um telefone — disse eu a Sharipov, colocando os pés no chão e levantando-me. Meus joelhos tremeram um pouco, mas as pernas conseguiram aguentar o peso. O que era bom, significava que eu seria capaz de sair dali andando por conta própria.

— Preciso dele agora — acrescentei quando ele ficou apenas olhando para mim. Arranquei a agulha intravenosa do braço com os dentes e tirei os sensores do monitor que estavam presos no meu peito. A roupa de hospital e os pés descalços me davam uma aparência ridícula, mas não me importei. Tinha que lidar com uma traidora.

— É claro — disse ele, recuperando-se do choque. Colocando a mão no bolso, ele tirou um celular e entregou-o a mim. — Peter Sokolov queria falar com você assim que acordasse.

— Ótimo. Obrigado. — Segurando o telefone com a mão esquerda, que se estendia para fora do gesso, comecei a digitar os números com a mão direita. Era uma linha segura que passava por tantos pontos de retransmissão que seria praticamente impossível rastreá-la. Ao ouvir os cliques e bipes familiares da conexão, mudei o telefone de mão e disse a Sharipov:

— Por favor, peça a uma das enfermeiras que me consiga roupas comuns. Estou cansado de usar isto.

O coronel assentiu e saiu do quarto. Um segundo depois, a voz de Peter soou na linha: — Esguerra?

— Sim, sou eu. — Segurei o telefone com mais força. — Suponho que tenha recebido as notícias.

— Sim, recebi. — Houve uma pausa na linha. — Mandei que Yulia Tzakova fosse detida em Moscou. Parece que ela tem algumas conexões às quais os seus amigos do Kremlin não deram importância.

Então, Peter já estava agindo. — Sim, parece que sim. — Apesar da raiva que fervia dentro de mim, a voz saiu firme. — Não é preciso dizer que vamos abortar a missão. Quando nos buscarão?

— O avião já está a caminho. Deverá chegar em algumas horas. Mandei Goldberg junto, caso você precise de um médico.

— Ótimo. Estaremos esperando. Como está Nora?

Houve um momento breve de silêncio. — Melhor agora que sabe que você está vivo. Ela queria voar para aí assim que soube.

— Mas você não deixou. — Foi uma declaração, não uma pergunta. Peter sabia que não poderia deixar.

— Não, claro que não. Quer vê-la? Posso tentar fazer uma conexão de vídeo com o hospital.

— Sim, por favor. — O que eu realmente queria era vê-la e abraçá-la pessoalmente, mas o vídeo teria que servir. — Enquanto isso, vou ver como Lucas e os outros estão.

~

POR CAUSA DO GESSO NO BRAÇO, FOI DIFÍCIL VESTIR AS roupas que a enfermeira levou. Foi fácil vestir a calça, mas acabei tendo que arrancar a manga esquerda da camiseta para passar o gesso pelo buraco. Minhas costelas doíam muito e cada movimento exigia um esforço tremendo, pois meu corpo só queria deitar na cama e descansar. Entretanto, eu persisti e, depois de algumas tentativas, finalmente consegui me vestir.

Por sorte, caminhar foi mais fácil e consegui manter um passo regular. Ao sair do quarto, vi os soldados que Sharipov mencionara mais cedo. Havia cinco deles, usando uniformes do exército e segurando Uzis. Vendo-me sair para o corredor, eles silenciosamente começaram a me seguir quando fui para a unidade de tratamento intensivo. Os rostos sem expressão me fizeram imaginar se estavam lá para me proteger ou para proteger os outros contra mim. Não imaginei que o governo do Uzbequistão estivesse feliz em ter um traficante de armas em um hospital civil.

Lucas não estava lá e primeiro verifiquei os outros. Como Sharipov dissera, todos tinham queimaduras graves, com curativos cobrindo a maior parte do corpo. Estavam também sedados. Fiz uma anotação mental para transferir um bônus grande para a conta bancária de cada um deles como compensação e enviá-los aos melhores cirurgiões plásticos. Aqueles homens sabiam dos riscos quando foram trabalhar comigo, mas eu ainda queria tomar conta deles.

— Onde está o quarto homem? — perguntei a um dos soldados que me acompanhava. Ele me direcionou a outro quarto.

Quando cheguei lá, vi que Lucas estava dormindo. Ele não parecia tão mal quanto os outros, o que foi um alívio. Poderia voltar comigo para a Colômbia quando o avião chegasse, enquanto que os homens com queimaduras teriam que ficar lá por pelo menos mais alguns dias.

Voltando ao meu quarto, encontrei Sharipov colocando um notebook sobre a cama. — Disseram-me para entregar isso a você — explicou ele, entregando-me o computador.

— Excelente, obrigado. — Pegando o notebook com a mão direita, sentei-me na cama. Na verdade, desmoronei sobre a cama, com as pernas trêmulas por causa do esforço de andar pelo hospital. Por sorte, Sharipov não viu minha manobra desajeitada, pois já se encaminhava para a porta.

Assim que ele saiu, acessei a internet e baixei um programa projetado para esconder minhas atividades *on-line*. Em seguida, acessei um site especial e digitei meu código. Uma janela de conversa com vídeo foi aberta e digitei outro código nela, conectando-me a um computador no complexo.

A imagem de Peter apareceu primeiro. — Finalmente, aí está você — disse ele. Vi a sala de estar da minha casa no fundo. — Nora está vindo.

Um momento depois, o rosto pequeno de Nora apareceu na tela. — Julian! Ai, meu Deus, achei que nunca mais veria você! — A voz dela indicou as lágrimas mal contidas e havia rastros molhados em seu rosto. O sorriso dela, no entanto, exprimia alegria pura.

Sorri para ela. Toda minha raiva e o desconforto físico foram esquecidos em uma onda súbita de felicidade. — Olá, querida, como está?

Ela olhou para mim. — Como eu estou? Que tipo de pergunta é essa? Foi você quem esteve em um acidente aéreo! Como você está? É um gesso no seu braço?

— Parece ser. — Ergui o ombro direito ligeiramente. — Mas é no braço esquerdo e sou destro, portanto, não é um problema grande.

— E a sua cabeça?

— Ah, isto? — Toquei no curativo em volta da minha testa. — Não sei, mas, como estou andando e falando, suponho que não seja nada sério.

Ela balançou a cabeça, encarando-me incrédula, e meu sorriso se alargou. Nora provavelmente estava pensando que eu tentava bancar o machão na frente dela. Meu bichinho não percebia que aqueles ferimentos eram pequenos para mim. Eu sofrera coisas muito piores quando criança nas mãos do meu pai.

— Quando você virá para casa? — perguntou ela, aproximando o rosto da câmera. Os olhos dela pareceram enormes, mostrando os cílios ainda úmidos. — Você virá para casa agora, certo?

— Sim, claro. Não posso ir atrás da Al-Quadar deste jeito. — Gesticulei com a mão direita para o gesso. — O avião já está a caminho para buscar Lucas e eu. Portanto, verei você muito em breve.

— Mal posso esperar — disse ela em tom suave. Meu peito ficou apertado com a emoção que vi em seu rosto. Uma sensação muito parecida com ternura me invadiu, intensificando a vontade de vê-la até quase doer.

— Nora... — comecei a dizer, mas fui interrompido por um barulho alto do lado de fora. Logo depois, ouvi vários outros, uma rajada de barulho que reconheci imediatamente.

Tiros. As armas tinham silenciadores, mas nada conseguia abafar totalmente o barulho ensurdecedor de uma metralhadora.

Imediatamente, ouvi gritos e tiros em resposta, desta vez sem silenciadores. Os soldados no corredor deviam estar respondendo à ameaça.

Em um milissegundo, saí da cama, deixando que o notebook caísse no chão. A adrenalina invadiu minhas veias, acelerando tudo e, ao mesmo tempo, deixando minha percepção de tempo mais lenta. Era como se as coisas estivessem acontecendo em câmera lenta, mas eu sabia que era apenas uma ilusão, que era meu cérebro tentando lidar com um perigo intenso.

Agi por instinto, usando o treinamento que tivera a vida inteira. Em um instante, avaliei o quarto e vi que não havia onde me esconder. A janela na parede oposta era pequena demais, mesmo que eu estivesse inclinado a cair do terceiro andar. Isso deixava apenas a porta e o corredor... de onde vinham os tiros.

Não perdi tempo tentando descobrir quem estava atacando. Isso não importava. A única coisa que importava era sobreviver.

Mais tiros, seguidos por um grito do lado de fora da porta. Ouvi o ruído surdo de um corpo caindo e escolhi aquele momento para agir.

Abrindo a porta, mergulhei na direção do som do corpo que caíra, usando o mergulho para deslizar pelo chão liso. O gesso bateu na parede quando colidi com o soldado morto, mas não registrei a dor. Eu puxei o soldado para cima de mim, usando seu corpo como escudo quando as balas começaram a voar à minha volta. Vendo a arma dele no chão, peguei-a com a mão direita e comecei a atirar na outra ponta do corredor, onde vi homens mascarados com armas abaixados atrás de uma maca.

Homens demais, eu já vira isso. Havia muitos deles, sem balas suficientes na minha arma. Vi os corpos no meio do corredor, os cinco soldados tinham sido abatidos, bem como alguns dos atacantes mascarados, e percebi que era inútil. Eles também me matariam. Na verdade, era surpreendente que eu ainda não estivesse cheio de buracos, com ou sem escudo humano.

Eles não querem me matar.

Percebi aquilo no momento em que minha arma disparou a última vez, descarregando a última rodada de balas. O chão e as paredes estavam destruídos pelas balas inimigas, mas eu estava ileso. Como eu não acreditava em milagres, isso significava que os atacantes não estavam mirando em mim.

Estavam mirando à minha volta, para me manter em um só lugar.

Tirando o homem morto de cima de mim, levantei-me lentamente, mantendo o olhar nos homens armados no final do corredor. Os disparos pararam quando comecei a me mover e o silêncio foi ensurdecedor depois de todo o barulho.

— O que vocês querem? — ergui a voz o suficiente para que pudesse ser ouvido no outro lado do corredor. — Por que estão aqui?

Um homem se levantou atrás da maca, com a arma apontada para mim ao começar a andar na minha direção. Ele estava com máscara, como todos os outros, mas algo nele me pareceu familiar. Ao parar a poucos passos, vi o brilho escuro em seus olhos acima da máscara e consegui reconhecê-lo.

Majid.

A Al-Quadar devia ter ficado sabendo que eu estava lá ao alcance deles.

Eu me movi sem pensar. Ainda segurava a metralhadora, agora vazia, e saltei na direção dele, movendo a arma como se fosse um bastão. Mesmo com os ferimentos, meus reflexos eram excelentes e a coronha da arma bateu nas costelas de Majid antes que eu fosse jogado contra a parede, com o ombro esquerdo explodindo em agonia. Senti um zumbido nos ouvidos ao escorregar para o chão e percebi que levara um tiro, que ele conseguira atirar antes que eu o atingisse.

Ouvi gritos em árabe e, em seguida, mãos rudes me

agarraram, arrastando-me pelo chão. Lutei com todas as forças que ainda tinha, mas senti o corpo começar a parar de responder e o coração esforçando-se para bombear o suprimento de sangue cada vez menor. Alguma coisa fez pressão no meu ombro, aumentando a dor, e pontos pretos cobriram-me a visão.

Meu último pensamento antes de perder a consciência foi que provavelmente a morte seria preferível ao que me aguardava, caso sobrevivesse.

ora

Não percebi que estava gritando até que uma mão cobrisse minha boca, abafando os gritos histéricos.

— Nora. Nora, pare. — A voz de Peter me tirou do vórtice de terror, levando-me de volta à realidade. — Acalme-se e diga-me exatamente o que viu. Consegue se acalmar o suficiente para falar?

Consegui assentir de leve e ele me soltou, dando um passo atrás. Pelo canto do olho, vi Rosa e Ana paradas a poucos metros. As mãos de Ana estavam sobre a boca e lágrimas corriam pelo seu rosto. Rosa parecia assustada e abalada.

— Eu não... — mal consegui forçar as palavras pela garganta inchada —, não vi nada. Só ouvi. Estávamos conversando e, subitamente, ouvi tiros e... e gritos, e mais tiros. Julian... — Minha voz falhou quando eu disse o nome dele. — Julian deve ter deixado o computador cair, porque tudo ficou confuso na tela e, depois, só consegui ver a parede. Mas ouvi os tiros, os gritos, mais tiros... — Eu não percebi que soluçava incontrolavelmente até que as mãos de Peter se fecharam sobre os meus ombros, levando-me gentilmente na direção do sofá.

Ele me forçou a sentar quando comecei a tremer. O terror do que eu acabara de testemunhar se combinou com as lembranças de alguns meses antes, quando eu fora levada pela Al-Quadar nas Filipinas. Por alguns momentos aterrorizantes, o passado e o presente se mesclaram e eu estava novamente naquela clínica, ouvindo os tiros e sentindo um medo tão intenso que mal conseguia registrá-lo. Só que, agora, não era eu nem Beth que estava em perigo.

Era Julian.

Eles foram atrás dele... e eu sabia exatamente quem eram eles.

— Foi a Al-Quadar. — Minha voz estava rouca quando me levantei, ignorando os tremores que continuavam a sacudir meu corpo. — Peter... foi a Al-Quadar.

Ele assentiu e vi que já estava falando ao telefone. — *Da. Da, eto ya* — disse ele. Percebi que ele falava em russo. — *V gospitale problema. Da, seychas-zhe.* — Abaixando o telefone, ele me disse: — Acabei de notificar a polícia do Uzbequistão sobre o que aconteceu no hospital. Eles estão a caminho com mais soldados. Chegarão lá em alguns minutos.

— Será tarde demais. — Eu não sabia de onde vinha aquela certeza, mas senti-a profundamente. — Eles o pegaram, Peter. Se ainda não está morto, estará muito em breve.

Ele olhou para mim e vi que Peter também sabia disso. Vi que sabia como a situação era de impotência. Estávamos lidando com uma das organizações terroristas mais perigosas do mundo e que tinha capturado o homem que estivera caçando seus agentes e dizimando-os.

— Vamos encontrá-los, Nora — disse Peter baixinho. — Se ainda não o mataram, existe uma chance de conseguirmos recuperá-lo.

— Você não acredita nisso. — Eu vi isso no rosto dele. Estava dizendo aquilo apenas para me acalmar. O pessoal de Majid conseguira evitar a detecção durante meses e somente a captura daquele terrorista em Moscou, por um golpe de sorte, levara à descoberta do esconderijo. Eles desapareceriam novamente, escondendo-se em outro lugar agora que sabiam que o local no Tajiquistão fora comprometido.

Eles desapareciam. E Julian também.

Peter me lançou um olhar indecifrável. — Não importa no que acredito. O fato é que querem uma coisa de seu marido: o explosivo. Eles o queriam antes e tenho certeza de que o querem agora. Seria muita idiotice da parte deles matarem Julian imediatamente.

— Você acha que vão torturá-lo primeiro. — Senti

uma onda de bile subir à garganta quando me lembrei dos gritos de Beth, do sangue espalhando-se por toda parte enquanto Majid sistematicamente cortava pedaços dela. — Ai, meu Deus, você acha que eles vão torturá-lo até que ele ceda e entregue o explosivo.

— Sim — respondeu Peter, com o olhar fixo no meu rosto enquanto Ana começava a chorar baixinho no ombro de Rosa. — Acho. E isso nos dá tempo para encontrá-los.

— Não é tempo suficiente. — Eu o encarei, sentindo-me enjoada de terror. — Não é tempo suficiente. Peter, eles vão torturá-lo e matá-lo enquanto nós os procuramos.

— Não sabemos disso com certeza — disse ele, pegando o telefone novamente. — Vou colocar todos os nossos recursos nisso. Se a Al-Quadar piscar no radar em algum lugar, nós saberemos.

— Mas isso pode demorar semanas, até mesmo meses! — Minha voz ficou mais alta quando a histeria tomou conta de mim novamente. Senti a sanidade fugindo quando a montanha-russa de pesar, alegria e terror dos dias anteriores me lançou em um poço de desespero sem fundo. No dia anterior, eu achara que perdera Julian novamente, mas descobrira que ele estava vivo. E agora, quando parecia que o pior terminara, o destino nos dera o golpe mais cruel de todos.

Os monstros que assassinaram Beth também tirariam Julian de mim.

— É a única opção que temos, Nora. — A voz de

Peter era reconfortante, como se estivesse falando com uma criança. — Não há outra forma. Esguerra é durão. Talvez ele consiga aguentar algum tempo, não importa o que façam.

Respirei fundo para recuperar o controle. Eu poderia desabar mais tarde, quando estivesse sozinha. — Ninguém é durão o suficiente para aguentar tortura ininterrupta. — Minha voz estava quase firme. — Você sabe disso.

Peter inclinou a cabeça, concordando comigo. Pelo que eu ouvira das habilidades dele, Peter sabia, melhor do que ninguém, como a tortura podia ser efetiva. Ao olhar para ele, tive uma ideia... algo em que nunca pensara antes.

— O terrorista que eles capturaram — disse eu devagar, mantendo o olhar de Peter. — Onde ele está agora?

— Supostamente, será entregue sob nossa custódia, mas, por enquanto, ainda está em Moscou.

— Acha que ele pode saber de alguma coisa? — Minhas mãos torceram a saia do vestido enquanto eu encarava o torturador-chefe de Julian. Uma parte de mim não acreditou que eu estava prestes a lhe pedir que fizesse aquilo, mas minha voz continuou firme: — Acha que consegue fazê-lo falar?

— Sim, tenho certeza que sim — respondeu Peter devagar, olhando para mim com algo que pareceu respeito. — Não sei se ele saberá para onde eles irão a seguir, mas vale a pena tentar. Voarei para Moscou imediatamente para ver o que consigo descobrir.

— Eu vou com você.

A reação dele foi imediata. — Não, não vai — disse ele, franzindo a testa. — Tenho ordens explícitas de manter você segura aqui, Nora.

— Seu chefe acabou de ser capturado e está prestes a ser torturado e morto. — Minha voz saiu ríspida a cada palavra. — E você acha que a minha segurança é prioridade agora? Suas ordens não se aplicam mais porque eles estão com Julian. Não precisam mais de mim para atingi-lo.

— Na verdade, eles adorariam ter você para usá-la contra ele. Poderiam fazer com ele cedesse muito mais depressa se tivessem você. — Peter balançou a cabeça, com expressão de pesar e determinação. — Lamento, Nora, mas preciso que fique aqui. Se conseguirmos resgatar seu marido, ele ficará muito furioso se descobrir que deixei que você corresse perigo.

Eu me virei, tremendo. O terror e a frustração se combinaram, alimentando um a o outro, até que parecia que eu explodiria. Eu me senti impotente. Totalmente inútil. Quando eu fora levada, Julian fora atrás de mim. Ele me resgatara... mas eu não poderia fazer o mesmo por ele.

Eu não poderia nem mesmo sair da propriedade.

— Nora... — Era Rosa. Senti a mão dela no meu braço ao olhar cegamente pela janela, com a mente percorrendo todos os becos sem saída, como um rato em um labirinto. — Nora, por favor... Venha, vamos preparar algo para você comer...

Balancei a cabeça em negação e afastei o braço,

mantendo o olhar no gramado do lado de fora. Havia algo remoendo na minha mente, um pensamento meio formado que eu não conseguia agarrar. Tinha a ver com algo que Peter dissera, algo que ele mencionara de passagem... Eu ouvi quando ele saiu da sala, com passos quietos, e subitamente entendi.

Girando o corpo, corri atrás dele, ignorando o choque no rosto de Rosa quando eu a empurrei. — Peter! Peter, espere!

Ele parou no corredor, olhando-me friamente quando parei ao seu lado. — O que foi?

— Eu sei — disse eu sem fôlego. — Peter, eu sei exatamente o que fazer. Sei como pegar Julian de volta.

A expressão dele não mudou. — Do que você está falando?

Respirei fundo e comecei a explicar meu plano, falando tão depressa que tropecei nas palavras. Vi quando ele balançou a cabeça à medida que eu falava, mas persisti mesmo assim, motivada por uma sensação de urgência mais intensa do qualquer outra coisa que já tinha sentido. Eu precisava convencer Peter de que tinha razão. A vida de Julian dependia disso.

— Não — disse ele quando terminei. — Isso é loucura. Julian me mataria...

— Mas talvez ele fique vivo para matar você — interrompi. — Não há outra opção. Você sabe disso tão bem quanto eu.

Ele balançou a cabeça negativamente e seu olhar tinha um remorso genuíno. — Lamento, Nora...

— Eu lhe darei a lista — disse eu, agarrando-me na

única coisa em que consegui pensar. — Eu lhe darei a lista dos nomes antes do fim dos três anos se fizer isso. Julian entregará assim que tiver isso nas mãos.

Peter me encarou e, pela primeira vez, sua expressão mudou. — Você sabe sobre a lista? — perguntou ele com tanta raiva que tive que lutar contra a vontade de recuar um passo. — A lista que Esguerra me prometeu?

Assenti. — Sim, eu sei. — Em qualquer outra circunstância, eu ficaria aterrorizada em provocar aquele homem, mas, no momento, estava além do medo. Uma atitude destemida resultante do desespero me motivava naquele momento, dando-me uma coragem nada característica. — E sei que você não a receberá se Julian morrer — continuei, enfatizando minha ideia. — Todo esse tempo durante o qual trabalhou para ele terá sido em vão. Você nunca conseguirá se vingar das pessoas que mataram sua família.

O olhar impassível dele desapareceu completamente e seu rosto se transformou em uma máscara de fúria. — Você não sabe de merda nenhuma sobre a minha família — rosnou ele. Desta vez, dei um passo atrás quando meu instinto de autopreservação surgiu atrasado ao perceber as mãos dele fechadas em punhos. — Você tem a coragem de me provocar usando minha família?

Ele deu um passo na minha direção e recuei, com o coração batendo forte no peito. Em seguida, com um movimento rápido e violento, ele se virou e socou a parede, abrindo um buraco no reboco. Eu me encolhi e saltei para trás. Ele deu outro soco na parede, descontando a raiva nela como certamente queria fazer em mim.

— Peter... — Minha voz saiu baixa e reconfortante, como se eu estivesse falando com um animal selvagem. Vi Rosa e Ana na porta, parecendo aterrorizadas, e tentei acalmar a situação. — Peter, não estou provocando você... só estou citando os fatos. Quero ajudar você, mas primeiro precisa me ajudar.

Ele me encarou friamente, com o peito ofegante, e vi que lutava para recuperar o controle. Eu tremia por dentro, mas mantive o olhar firme no rosto dele. *Não mostre medo. Faça o que quiser, mas não mostre medo.* Para meu alívio, a respiração dele gradualmente se acalmou e a fúria que contorcia seu rosto desapareceu quando ele voltou do lugar sombrio onde estava sua mente.

— Desculpe — disse ele depois de alguns momentos com voz tensa. — Eu não deveria ter reagido desse jeito. — Ele respirou fundo algumas vezes e vi a máscara controlada normal voltar. — Como sei se você conseguirá manter a promessa sobre a lista? — perguntou ele em um tom de voz mais normal. A raiva parecia ter desaparecido. — Você está me pedindo para fazer uma coisa que Esguerra odiará. Como sei que ele me entregará a lista se eu fizer isso?

— Eu farei com que ele lhe dê a lista. — Eu não fazia ideia de como conseguiria forçar Julian a fazer alguma coisa, mas não deixei que minha dúvida transparecesse.

— Eu juro a você, Peter. Ajude-me com isso e você terá sua vingança antes de cumprir três anos aqui.

Ele me encarou e praticamente ouvi o debate dentro da mente dele. Ele sabia que meus argumentos eram sólidos. Se fizesse o que eu pedira, tinha uma chance de conseguir a lista de nomes mais cedo. Se Julian morresse, isso nunca aconteceria.

— Está bem — disse ele ao chegar a uma conclusão. — Apronte-se. Partiremos em uma hora.

QUANDO POUSAMOS EM UM AEROPORTO PEQUENO PERTO de Chicago, havia uma camada grossa de neve no chão, fazendo com que eu me sentisse grata por usar roupas pesadas. Era começo da noite e o vento estava gelado, penetrando o casaco de inverno que eu usava. No entanto, mal registrei o desconforto, com os pensamentos consumidos pela tarefa à frente.

Não havia nenhum carro à prova de balas esperando-nos. Nada que chamasse a atenção para nossa chegada. Peter chamou um táxi para mim e entrei no carro sozinha, enquanto ele voltava para o avião.

O motorista, um homem gentil de meia idade, tentou puxar conversa, provavelmente querendo descobrir quem eu era. Tive certeza de que ele achou que eu fosse alguma celebridade, depois de chegar em um jatinho particular. Dei respostas monossilábicas a todas as perguntas dele, que rapidamente percebeu meu desejo de ficar quieta. O restante do percurso foi feito em silêncio enquanto eu olhava pela janela para a paisagem escura. Minha cabeça latejava por causa do estresse e senti uma certa náusea. Se eu não tivesse me forçado a comer um sanduíche no avião, provavelmente desmaiaria de exaustão.

Quando chegamos a Oak Lawn, dei as indicações para a casa dos meus pais. Eles não estavam esperando-me, o que era melhor. Tornaria a coisa toda mais autêntica, menos com aparência de armação.

O motorista me ajudou a pegar a mala pequena que eu levara comigo. Paguei a corrida, dando vinte dólares de gorjeta por ter sido rude com ele. O táxi foi embora e carreguei a mala até a porta da casa da minha infância.

Parando em frente à porta marrom familiar, toquei a campainha. Eu sabia que meus pais estavam em casa, pois vi as luzes na sala de estar. Demorou alguns minutos para que alguém atendesse a porta, minutos que pareceram horas no meu estado de exaustão.

Minha mãe abriu a porta e ficou de boca aberta ao me ver parada lá com a mão apoiada na alça da mala.

— Olá, mamãe — disse eu com voz trêmula. — Posso entrar?

Julian

No começo, só havia escuridão e dor. Uma dor que me rasgou por dentro. A escuridão era mais fácil, pois não havia dor nela. Ainda assim, odiei o nada que me consumiu enquanto eu estava naquele nada escuro. Odiei a não existência. À medida que o tempo passou, comecei a sentir falta da dor, pois era o oposto daquele vazio... porque sentir alguma coisa era melhor do que não sentir nada.

Gradualmente, o vazio escuro recuou. Agora, além da dor, havia lembranças. Algumas boas, outras ruins, que surgiam em ondas. O sorriso gentil de minha mãe ao ler uma história para que eu dormisse. A voz dura do meu pai e seus punhos mais duros ainda. Correndo pela selva atrás de uma borboleta colorida, tão feliz e descuidado como somente uma criança consegue ser. Matando meu primeiro homem naquela selva. Brincando com minha gata, Lola. Pescando e rindo com uma garota de doze anos, olhos brilhantes... com Maria.

O corpo destroçado e violado de Maria, a inocência e a luz dela destruídas para sempre.

Sangue nas minhas mãos, a satisfação de ouvir os gritos dos assassinos dela. Comendo sushi no melhor restaurante de Tóquio. Moscas voando sobre o cadáver de minha mãe. A empolgação de fechar meu primeiro negócio, o prazer de ver o dinheiro entrar. Mais morte e violência. Morte que causei, morte que me dava satisfação.

E depois veio ela.

Minha Nora. A garota que eu sequestrara porque ela me relembrava Maria.

A garota que, agora, era meu motivo para existir.

Mantive a imagem dela na mente, deixando que todas as outras lembranças ficassem em segundo plano. Eu só queria pensar nela, concentrar-me nela. Ela fez com que a dor e a escuridão desaparecessem. Talvez ela tivesse sofrido por causa das minhas ações, mas trouxera a única felicidade que eu conhecera desde a infância.

À medida que o tempo passou, percebi outras coisas. Além da dor, havia sons e sensações. Ouvi vozes e senti uma brisa fria no rosto. Meu ombro esquerdo doía, o braço quebrado latejava e eu estava com muita sede. Ainda assim, eu parecia estar vivo.

Movi os dedos para conferir se estava mesmo vivo. Estava quase fraco demais para me mexer, mas estava vivo.

Merda. O restante das lembranças surgiu e, antes mesmo de abrir os olhos, eu soube onde estava. E sabia que provavelmente não deveria ter lutado contra a escuridão. Ficar nela teria sido melhor que aquilo.

— Bem-vindo de volta — disse a voz de um homem. Abri os olhos para ver o rosto sorridente de Majid sobre mim. — Você ficou apagado por tempo suficiente. Está na hora de começarmos.

ELES ME ARRASTARAM POR UM CHÃO DE CIMENTO DURO no que parecia ser um canteiro de obras. Ao que parecia, seria um prédio industrial. A sala para a qual me levaram não tinha janelas, apenas uma porta. Pensei em lutar, mas eu estava fraco demais por causa dos ferimentos para ter alguma chance de sucesso. Portanto, decidi preservar a pouca força que ainda tinha. Imaginei que precisaria dela para aguentar o que viria em seguida.

Eles começaram tirando minha roupa e amarrando-me com uma corda, cuja ponta jogaram sobre uma viga no teto não terminado. Eles não foram gentis e o gesso do meu braço esquerdo quebrou quando amarraram meus pulsos e puxaram meus braços para cima. A dor agonizante no braço e no ombro machucados fez com que eu desmaiasse. Só recuperei a consciência quando jogaram água gelada no meu rosto.

De certa forma, admirei os métodos deles. Sabiam o que estava fazendo. Ao tirar a roupa de um homem, ele imediatamente se sentia mais vulnerável. Mantê-lo frio, fraco e machucado o deixava em desvantagem, com a mente tão abalada quanto o corpo. Eles começaram do jeito certo. Se eu não tivesse feito com que outros passassem pela mesma coisa, estaria implorando naquele momento.

Meu corpo estava em um modo completo de lutar ou morrer. Saber que eu estava tão perto da morte ou, pelo menos, da dor excruciante, fez com que meu coração batesse mais depressa. Eu não queria dar a eles a satisfação de me virem tremer, mas senti pequenos tremores correndo por minha pele, tanto por causa da água gelada que jogaram em mim em uma sala já fria quanto pela adrenalina. Eles me penduraram tão alto que somente a ponta dos pés encostava no chão. E, com a maior parte do peso suportado pelos pulsos amarrados, o braço e o ombro machucados já estavam em agonia.

Enquanto eu estava pendurado, tentando respirar além da dor, Majid se aproximou com um sorriso malicioso no rosto. — Ora, ora, se não é o próprio Esguerra — disse ele, com o sotaque britânico fazendo com que soasse como uma versão oriental de James Bond. — Que simpático de sua parte visitar nosso cantinho do mundo.

Eu não disse nada, apenas olhei para ele com desprezo, sabendo que isso o irritaria mais do que qualquer outra coisa. Eu sabia o que ele exigiria e não tinha a menor intenção de lhe dar... não quando ele pretendia me matar da forma mais dolorosa possível de qualquer forma.

E, como esperava, minha falta de resposta o provocou. Vi o brilho de raiva em seus olhos. Majid Ben-Harid gostava de ver o medo e o sofrimento dos outros. Eu entendia isso nele, pois era do mesmo jeito. E como éramos almas tão parecidas, eu sabia como acabar com a diversão dele. Ele destruiria meu corpo, mas não se divertiria tanto quanto gostaria.

Eu não deixaria que isso acontecesse.

Era um consolo pequeno para o fato de eu sofrer uma morte horrível, mas era tudo o que tinha no momento.

O sorriso malicioso dele desapareceu e Majid se aproximou. — Vejo que você não está para conversa — disse ele, erguendo um facão até meu rosto. — Então vamos direto ao assunto. — Ele correu a ponta da lâmina pela minha bochecha, cortando fundo o suficiente para que o sangue escorresse pelo meu queixo. — Você me dá a localização da fábrica de explosivos, bem como todos os detalhes da segurança e eu... — ele chegou tão perto que vi o preto da pupila na íris castanha de seus olhos — ... farei com que sua morte seja rápida. Se você não fizer isso... bem, tenho certeza de que não preciso explicar. O que me diz?

Quer facilitar ou dificultar as coisas para nós? Porque o resultado será o mesmo.

Não respondi nem me encolhi, mesmo quando a lâmina continuou a jornada dolorosa pelo meu pescoço, peito e abdômen, deixando um rastro cheio de sangue onde tocou na minha pele.

Não importava o que eu escolhesse, pois Majid não tinha a menor intenção de cumprir as promessas que me fizesse. Ele nunca me daria uma morte rápida, nem mesmo se eu entregasse o explosivo pessoalmente para ele no dia seguinte. Eu causara danos demais à Al-Quadar nos meses anteriores, estragara muitos dos planos deles. Assim que eu lhe desse o que queria, ele me mataria da forma mais excruciante possível só para mostrar aos seus soldados como punia aqueles que o contrariavam.

Pelo menos, era o que eu faria no lugar dele.

O facão parou logo abaixo das minhas costelas, com a ponta afiada enterrando-se na carne, e vi os olhos de Majid brilhando de prazer. — Então? — sussurrou ele, pressionando o facão um pouco mais. — Quer brincar ou não, Esguerra? A decisão é totalmente sua. Posso começar tirando alguns órgãos, só para ter um pouco mais de lucro... ou, se preferir, posso começar mais embaixo, com a parte favorita de sua esposa...

Suprimi um instinto masculino de estremecer ao ouvir aquela última parte e mantive a expressão calma, quase divertida. Eu sabia que ele não faria nada tão grave no começo, pois, se fizesse isso, eu sangraria até a morte. Eu já perdera muito sangue e não precisaria de muito mais para morrer. A última coisa que Majid gostaria era se privar de uma vítima consciente. Se estivesse falando sério sobre conseguir o explosivo, teria que começar devagar e aumentar a brutalidade com que acabara de me ameaçar.

— Vá em frente — disse eu friamente. — Faça o melhor que pode.

E, abrindo um sorriso jocoso, esperei que a tortura começasse.

Nora

A NOITE DE MINHA CHEGADA EM CASA FOI UMA SESSÃO contínua de choro, abraços e perguntas sobre o que acontecera e como conseguira voltar.

Contei aos meus pais o máximo possível da verdade, explicando sobre o acidente com o avião no Uzbequistão e a captura subsequente de Julian pelo grupo terrorista com o qual ele estivera lutando. Enquanto eu falava, vi que lutavam contra o choque e a descrença. Terroristas e aviões abatidos por mísseis estavam tão fora do paradigma normal da vida deles que eu sabia que era difícil processar aquelas informações. Também fora difícil para mim no passado.

— Ah, Nora, querida... — A voz de minha mãe saiu

suave e cheia de compaixão. — Eu lamento tanto... sei que você o amava, apesar de tudo. Você sabe o que acontecerá agora?

Balancei a cabeça negativamente, tentando evitar olhar para meu pai. Ele achava que era uma situação boa, vi isso em seus olhos. Ele estava aliviado por eu provavelmente ter me livrado do homem que considerava meu abusador. Eu tinha certeza de que meus pais achavam que Julian merecia aquilo, mas minha mãe, pelo menos, tentava entender meus sentimentos. Meu pai, entretanto, mal conseguia esconder a satisfação.

— Bem, aconteça o que acontecer, fico feliz por ter vindo para casa. — Minha mãe pegou minha mão. Os olhos dela estavam cheios de lágrimas ao olhar para mim. — Estamos aqui para lhe dar apoio, querida, você sabe disso, não sabe?

— Eu sei, mamãe — sussurrei, sentindo um nó na garganta. — Foi por isso que voltei. Porque senti saudades de vocês... e porque não podia ficar sozinha naquela propriedade.

Aquela parte era verdade, mas não era o motivo real de eu estar ali. Não podia contar aos meus pais o motivo real.

Se eles soubessem que eu voltara para ser sequestrada pela Al-Quadar, nunca me perdoariam.

APESAR DA EXAUSTÃO, MAL CONSEGUI DORMIR NAQUELA

noite. Eu sabia que demoraria algum tempo para que a Al-Quadar respondesse à minha presença na cidade, mas ainda estava com medo e nervosa. Sempre que adormecia, eu tinha pesadelos, mas, neles, não era Beth quem era cortada em pedaços... era Julian. As imagens sangrentas eram tão vívidas que acordei nauseada e trêmula, com os lençóis encharcados de suor. Finalmente, desisti de dormir e peguei os artigos de arte que trouxera comigo. Esperei que pintar me impedisse de remoer o fato de que talvez meus pesadelos estivessem acontecendo naquele exato momento em algum esconderijo da Al-Quadar a milhares de quilômetros de distância.

Quando a luz do sol nascente entrou no quarto, parei para examinar o que pintara. Parecia algo abstrato, apenas borrões de vermelho, preto e marrom. Mas, ao olhar mais de perto, a pintura revelava algo diferente. Todos os borrões eram rostos e corpos, pessoas entrelaçadas em um êxtase violento. Os rostos mostravam agonia e prazer, desejo e tormenta.

Provavelmente era o meu melhor trabalho até o momento e eu o odiei.

Odiei porque mostrava como eu mudara. Como sobrara pouco do meu antigo eu.

— Uau, querida, é lindo... — A voz de minha mãe interrompeu meu devaneio e virei-me para vê-la parada na porta, olhando para a pintura com admiração genuína. — Aquele professor francês deve ser muito bom.

— Sim, Monsieur Bernard é excelente — concordei,

tentando não transparecer o cansaço. Eu estava tão cansada que só queria deitar, mas não podia fazer isso naquele momento.

— Você não dormiu bem, não é? — Minha mãe franziu a testa, parecendo preocupada, e notei que eu não conseguira esconder o cansaço. — Estava pensando nele?

— É claro que sim. — Uma onda súbita de raiva deixou minha voz ríspida. — Ele é meu marido, afinal de contas.

Ela pestanejou, claramente chateada, e imediatamente me arrependi do tom duro. Aquela situação não era culpa da minha mãe. Se havia alguém que não podia receber culpa alguma, eram meus pais. A última coisa que mereciam era meu mau humor... particularmente porque meu plano desesperado provavelmente causaria uma angústia ainda maior.

— Desculpe, mamãe — disse eu, aproximando-me para abraçá-la. — Não tive a intenção de ser rude.

— Está tudo bem, querida. — Ela acariciou meus cabelos com um toque tão gentil e reconfortante que tive vontade de chorar. — Eu entendo.

Assenti, mesmo sabendo que ela não tinha como compreender a extensão do meu estresse, pois não sabia o que eu esperava.

Esperava para ser levada pelos mesmos monstros que estavam com Julian.

Esperava que a Al-Quadar mordesse a isca.

〜

A MANHÃ SE ARRASTOU. ERA SÁBADO E MEUS PAIS estavam em casa. Eles estavam felizes com isso, mas eu não. Queria que estivessem no trabalho. Eu queria estar sozinha se... não, quando os capangas de Majid fossem atrás de mim. Fora relativamente seguro durante a noite, pois a Al-Quadar precisaria de tempo para preparar um plano, mas, agora que amanhecera, eu não queria meus pais perto de mim. Os seguranças que Julian disponibilizara para minha família garantiriam a segurança dos meus pais, mas os mesmos guarda-costas poderiam também interferir no meu sequestro... o que era a última coisa que eu queria.

— Fazer compras? — Meu pai me olhou de forma estranha quando anunciei minha intenção de passear nas lojas depois do café da manhã. — Tem certeza, querida? Você acabou de chegar em casa e, com tudo o que está acontecendo...

— Papai, estive no meio do nada durante meses. — Fingi o melhor olhar de "os homens não entendem". — Você não faz ideia do que é isso para uma garota. — Como ele não pareceu convencido, acrescentei: — Sério, papai, preciso me distrair.

— Ela tem razão — comentou minha mãe. Virando-se para mim, ela piscou de forma conspiratória e disse ao meu pai: — Não há nada como fazer compras para distrair a mente de uma mulher. Irei com Nora, será como nos velhos tempos.

Meu coração afundou. Eu não podia ter a companhia da minha mãe se a intenção era justamente deixar meus pais longe do perigo. — Ah, desculpe, mamãe — disse eu —, mas já prometi a Leah que iria encontrá-la. A universidade está em recesso e Leah está na cidade. — Eu vira algo sobre o assunto no Facebook mais cedo e foi apenas uma mentira parcial. Minha amiga estava realmente na cidade... mas eu não fizera planos para encontrá-la.

— Ah, está bem. — Minha mãe pareceu magoada por um instante, mas logo abriu um sorriso largo. — Não se preocupe, querida. Veremos você depois que encontrar seus amigos. Fico feliz por querer se distrair assim. É o melhor, mesmo...

Meu pai pareceu suspeitar de alguma coisa, mas não havia nada que pudesse fazer. Eu era adulta e não estava pedindo a permissão deles.

Assim que o café da manhã terminou, dei um beijo e um abraço em cada um deles e fui para a parada de ônibus na rua 95 para ir ao Chicago Ridge Mall.

∾

Vamos, levem-me logo. Andem!

Eu estivera andando a esmo pelo lugar havia horas e, para minha frustração, ainda não havia sinal da Al-Quadar. Eles não sabiam que eu estava lá ou não se importavam comigo, agora que estavam com Julian.

Recusei-me a aceitar a segunda possibilidade porque, se fosse verdade, poderia considerar que Julian estava morto.

O plano tinha que funcionar. Não havia outra alternativa. Majid simplesmente precisava de mais tempo. Era hora de deixar vazar que eu estava lá, sozinha e desprotegida... uma ferramenta conveniente que poderiam usar para forçar Julian a dar a eles o que queriam.

— Nora? Puta que pariu, Nora, é você? — Uma voz familiar me arrancou dos pensamentos e virei-me para ver minha amiga Leah, olhando para mim atônita.

— Leah! — Por um segundo, esqueci-me do perigo e corri para abraçar a garota que fora minha melhor amiga por muito tempo. — Eu não sabia que você estaria aqui! — E era verdade. Apesar da mentira para meus pais naquela manhã, eu não esperara encontrar Leah daquela forma. Mas, em retrospectiva, provavelmente deveria ter imaginado, pois costumávamos nos encontrar no *shopping* quase todos os fins de semana quando éramos mais jovens.

— O que você está fazendo aqui? — perguntou ela quando saímos do abraço. — Achei que você estivesse na Colômbia!

— Eu estava. Quer dizer, estou. — Agora que a empolgação inicial terminara, percebi que encontrar Leah poderia ser um problema. A última coisa que eu queria era que minha amiga sofresse por minha causa. — Só estou aqui para uma visita breve — expliquei depressa, lançando um olhar preocupado em volta. Tudo parecia normal e continuei: — Desculpe não ter dito a você que eu estava em casa, mas as coisas estavam meio caóticas e, bom, você sabe como é...

— Certo, e você deve estar ocupada com o seu marido e tal — disse ela lentamente. Percebi que a distância entre nós cresceu, apesar de não termos nos movido. Não tínhamos conversado desde que eu lhe contara sobre o casamento, durante a troca de alguns *e-mails* breves, e vi que ela ainda questionava minha sanidade... que não entendia mais a pessoa em quem eu me transformara.

Eu não a culpava por isso. Algumas vezes, eu também não entendia aquela pessoa.

— Leah, querida, aí está você! — Uma voz masculina interrompeu a conversa e meu coração saltou quando um homem se aproximou de Leah por trás de mim.

Era Jake... o rapaz por quem eu tivera uma queda no passado.

O garoto de quem Julian me roubara naquela noite fatídica no parque.

Mas ele não era mais um garoto. Os ombros dele estavam maiores, o rosto mais fino e duro. Em algum momento nos meses anteriores, ele se tornara um homem... um homem que só tinha olhos para Leah. Parando ao lado dela, ele se abaixou para beijá-la e disse em voz baixa e provocante: — Querida, comprei aquele presente para você...

O rosto pálido de Leah ficou vermelho. — Ahm, Jake — murmurou ela, puxando o braço dele para atrair sua atenção para minha presença —, olhe quem acabei de encontrar.

Ele se virou para mim e os olhos castanhos se arregalaram de choque. — Nora? O que... o que você está fazendo aqui?

— Ah, você sabe... só fazendo algumas compras. — Esperei não ter soado tão atônita quanto me sentia. *Leah e Jake? Minha melhor amiga Leah e Jake, o cara por quem eu tivera uma queda?* Era como se meu mundo tivesse dado um salto no eixo. Eu não fazia ideia de que eles estavam namorando. Eu sabia que Leah tinha terminado com o namorado alguns meses antes, pois ela mencionara em um *e-mail*, mas não me contara que estava saindo com Jake.

Ao olhar para eles, parados um ao lado do outro com expressões desconfortáveis idênticas no rosto, percebi que não era nada ilógico. Os dois frequentavam a Universidade de Michigan e tinham um círculo comum de amigos e conhecidos da escola. Os dois tinham uma experiência traumática em comum, o sequestro da amiga, que poderia tê-los deixado mais próximos.

Também percebi, naquele momento, que só o que sentia ao olhar para eles era alívio.

Alívio por parecerem felizes juntos, porque a escuridão da minha vida não deixara uma mancha permanente na vida de Jake. Não havia remorso pelo que poderia ter acontecido, nenhum ciúme, apenas uma ansiedade que crescia a cada minuto que Julian passava nas mãos da Al-Quadar.

— Desculpe, Nora — disse Leah, olhando para mim desconfiada. — Eu deveria ter lhe contado sobre nós mais cedo. É só que...

— Leah, por favor. — Afastando o estresse e a exaustão, consegui abrir um sorriso reconfortante. —

Você não precisa explicar nada. De verdade. Estou casada e Jake e eu só saímos uma vez. Você não me deve explicação alguma... Só fiquei surpresa, mais nada.

— Quer tomar um café conosco? — perguntou Jake, passando o braço em volta da cintura de Leah em um gesto que me pareceu incomumente protetor. Imaginei se ele a protegia de mim. Em caso positivo, ele era ainda mais inteligente do que eu imaginara.

— Podemos colocar a conversa em dia, já que você está na cidade — continuou ele. Balancei a cabeça negativamente.

— Eu adoraria, mas não posso — disse eu. Desta vez, o remorso na minha voz foi genuíno. Eu queria desesperadamente passar algum tempo eles, mas não podia deixar que ficassem perto de mim caso a Al-Quadar resolvesse atacar. Eu não tinha ideia de como os terroristas me pegariam no meio de um *shopping* movimentado, mas tinha certeza de que encontrariam uma forma. Olhando para o telefone, fingi estar espantada com a hora e disse, em tom de desculpas: — Já estou atrasada...

— Seu marido está aqui com você? — perguntou Leah, franzindo a testa. Vi o rosto de Jake ficar pálido. Ele provavelmente não considerara a possibilidade de Julian estar por perto ao me convidar.

Balancei a cabeça negativamente, sentindo um nó na garganta ao lembrar da realidade horrível. — Não — disse eu, tentando soar relativamente normal. — Ele não conseguiu vir.

— Ah, está bem. — Leah franziu a testa ainda mais,

com uma expressão confusa, mas Jake recuperou parte da cor. Ele ficou obviamente aliviado por não ter que enfrentar o criminoso implacável que lhe causara tanto pesar.

— Preciso mesmo ir — disse eu. Jake assentiu, apertando um pouco mais a cintura de Leah para mantê-la perto.

— Boa sorte — disse ele. Percebi que ele ficou feliz por eu ir embora. Mas, como fora criado para ser uma pessoa educada, acrescentou: — Foi bom ver você. — No entanto, seus olhos diziam algo diferente.

Abri um sorriso compreensivo. — Você também — disse eu e, acenando para Leah, andei na direção da saída do *shopping*.

~

Esqueci de Jake e Leah assim que saí para o estacionamento. Dolorosamente alerta, vasculhei a área antes de relutantemente pegar o celular e pedir um táxi. Eu ficaria no *shopping* por mais tempo, mas não queria arriscar encontrar com meus amigos de novo. Minha próxima parada seria a Michigan Avenue em Chicago, onde poderia olhar as vitrines de algumas lojas caras enquanto torcia para ser levada antes de enlouquecer.

O vento frio penetrou minhas roupas enquanto eu esperava. O casaco oferecia pouca proteção contra a temperatura baixa. Demorou meia hora até que o táxi finalmente encostou no meio-fio. Àquelas alturas, eu estava meio congelada e meus nervos tão tensos que estava prestes a gritar.

Abrindo a porta, entrei no banco de trás do carro. Era um táxi com aparência limpa e tinha um vidro grosso que separava o banco da frente da parte de trás. As janelas eram escuras. — Para o centro, por favor. — Minha voz saiu mais ríspida do que o necessário. — As lojas na Michigan Avenue.

— Claro, senhora — disse o motorista em tom suave. Ergui a cabeça subitamente ao perceber o sotaque dele. Meus olhos encontraram os dele no espelho retrovisor e congelei quando uma onda de puro terror me invadiu.

Ele poderia ter sido um dos milhares de imigrantes que dirigiam um táxi para sobreviver, mas não era.

Ele era da Al-Quadar. Percebi isso na malevolência fria em seu olhar.

Finalmente tinham ido atrás de mim.

Era o que eu estivera esperando, mas, agora que o momento chegara, encontrei-me paralisada por um medo tão intenso que quase engasguei. Minha mente voltou ao passado e as lembranças foram tão vívidas, quase como se ele estivesse repetindo-se. Senti a dor dos pontos no lado do corpo, vi os cadáveres dos guardas na clínica, ouvi os gritos de Beth... e senti o gosto do vômito no fundo da garganta quando Majid tocou no meu rosto com o dedo cheio de sangue.

Eu devia ter ficado pálida como um fantasma, pois o olhar do motorista ficou duro e ouvi o clique suave das portas sendo trancadas.

O som me fez agir. Com a adrenalina sendo bombeada nas veias, saltei para a porta e puxei a maçaneta, gritando a plenos pulmões. Eu sabia que era inútil, mas tinha que tentar. E, mais importante que tudo, precisava dar a impressão de que estava tentando. Não podia ficar calmamente sentada enquanto me levavam de volta ao inferno.

Não podia deixar que descobrissem que, desta vez, eu queria voltar para lá.

Quando o carro começou a se mover, continuei lutando com a porta e batendo no vidro. O motorista me ignorou ao sair do estacionamento em alta velocidade. Nenhum dos visitantes do *shopping* pareceu notar nada de errado, pois os vidros escuros me escondiam.

Não fomos longe. Em vez de sairmos para a via expressa, o carro foi para trás do prédio. Vi uma van bege aguardando e lutei ainda mais, quebrando as unhas ao puxar a maçaneta com um desespero que só era parcialmente fingido. Na minha pressa em resgatar Julian, eu não considerara totalmente o que significaria ser levada pelos monstros dos meus pesadelos, de passar por algo tão horrível novamente. O terror que me invadiu foi apenas ligeiramente reduzido pelo fato de que aquela situação era culpa minha.

O motorista parou ao lado da van e as travas se abriram. Abrindo a porta, cai no chão de quatro, arranhando as mãos no asfalto. Mas, antes que conseguisse me levantar, um braço duro envolveu minha cintura e uma mão enluvada cobriu minha boca, abafando os gritos.

Ouvi ordens sendo gritadas em árabe enquanto eu era carregada para a van, chutando e lutando, e vi um punho voando na direção do meu rosto.

Houve uma explosão de dor e mais nada.

Julian

EU ENTRAVA E SAÍA DO ESTADO CONSCIENTE. Os períodos acordados de agonia eram intercalados com pequenos intervalos de uma escuridão reconfortante. Eu não sabia se tinham se passado horas, dias ou semanas, mas parecia que estava lá desde sempre à mercê de Majid e da dor.

Eu não dormira. Eles não me deixavam dormir. Os únicos momentos de descanso eram quando minha mente desligava do tormento e eles tinham formas de me trazer de volta quando ficava inconsciente por tempo demais.

Primeiro, eles usaram água. Achei divertido de uma forma meio perversa. Imaginei se faziam aquilo porque sabiam que eu era parcialmente norte-americano ou se simplesmente achavam que era um método eficiente de fazer alguém ceder sem causar danos graves.

Fizeram aquilo algumas dezenas de vezes, deixando-me à beira da morte e trazendo-me de volta. Parecia que eu me afogara várias vezes e meu corpo lutou por ar com um desespero que parecia indevido, dada a situação. Não seria tão ruim se eles me afogassem acidentalmente. Minha mente sabia disso, mas meu corpo lutava para viver. Cada segundo com o pano molhado no rosto parecia uma eternidade. A água, de alguma forma, era mais terrível do que a lâmina mais afiada.

Eles paravam de vez em quando e faziam perguntas, prometendo parar somente se eu as respondesse. E, quando parecia que meus pulmões explodiriam, eu tinha vontade de ceder. Queria acabar com aquilo, mas algo dentro de mim não deixou. Eu me recusei a dar a eles a satisfação de vencer, de deixar que me matassem sabendo que conseguiram o que queriam.

Enquanto meu corpo lutava para respirar, a voz do meu pai surgiu na minha mente.

— *Vai chorar? Vai chorar como o filhinho da mamãe que é ou vai me enfrentar como homem?*

Eu tinha quatro anos novamente, encolhido em um canto enquanto meu pai me chutava repetidamente nas costelas. Eu sabia a resposta certa para aquela pergunta, sabia que precisava enfrentá-lo, mas estava com medo. Estava com muito medo. Senti as lágrimas no rosto e sabia que isso o deixaria furioso. Eu não queria chorar. Não chorara de verdade desde bebê, mas a dor nas costelas deixou meus olhos cheios d'água. Se minha mãe estivesse ali, ela me abraçaria e beijaria. No entanto, ela não chegava perto de mim quando meu pai estava naquele humor. Ela tinha medo demais dele.

Eu odiava meu pai. Mas, ao mesmo tempo, queria ser como ele. Não queria sentir medo. Queria ser a pessoa com poder, aquela de quem todos tinham medo.

Enrolando o corpo em uma bola pequena, usei a bainha da camiseta para secar as lágrimas traidoras do rosto. Em seguida, levantei-me, ignorando o medo e a dor nas costelas machucadas.

— Não vou chorar. — Engolindo o nó na garganta, ergui o rosto para encontrar o olhar furioso de meu pai. — Nunca vou chorar.

Xingamentos em árabe. Mais água no meu rosto.

Minha mente voltou violentamente para o presente quando engasguei e respirei fundo ao tirarem o pano molhado do meu rosto. Meus pulmões se expandiram e, além do zumbido nos ouvidos, ouvi Majid gritando com o homem que quase me matara.

Ora, que merda, parecia que aquela parte da diversão terminara.

Em seguida, eles começaram com as agulhas. Eram agulhas longas e grossas, que enfiaram sob as unhas dos pés e das mãos. Consegui aguentar melhor, desligando a mente do corpo torturado e voltando ao passado.

Agora, eu tinha nove anos. Meu pai me levou à cidade para negociações com os fornecedores. Eu estava sentado nos degraus, guardando a entrada do prédio, com uma arma na cintura sob a camiseta. Eu sabia como usar a arma, já matara dois homens com ela. Vomitei depois de matar o primeiro, o que me fez levar uma surra, mas o segundo fora mais fácil. Eu nem mesmo me encolhi ao puxar o gatilho.

Alguns adolescentes passaram na rua. Reconheci a tatuagem deles, eram parte de uma gangue local. Meu pai provavelmente os usara em algum momento para distribuir seu produto, mas, no momento, eles pareciam entediados e procurando encrenca.

Observei enquanto eles subiam e desciam a rua, chutando algumas garrafas quebradas e cutucando uns aos outros. Uma parte de mim sentiu inveja da camaradagem deles. Eu não tinha muitos amigos e os garotos com quem brincava de vez em quando pareciam ter medo de mim. Eu não sabia se era por ser filho do señor ou se tinham ouvido coisas sobre mim. Eu não me importava com o medo deles, na verdade, até o encorajava, mas, algumas vezes, tinha vontade de brincar como um garoto comum.

No entanto, aqueles adolescentes não tinham ouvido falar de mim. Percebi isso porque, quando me viram sentado lá, sorriram e andaram na minha direção, achando que tinham encontrado uma vítima fácil.

— Ei — chamou um deles. — O que um garotinho como você está fazendo aqui? É o nosso bairro. Está perdido, garoto?

— Não — disse eu, imitando o sorriso deles. — Estou tão perdido quanto você... garoto.

O menino que falara comigo ficou furioso. — Ora, seu merdinha... — Ele avançou na minha direção e congelou imediatamente quando apontei a arma sem piscar.

— *Tente* — *convidei em tom suave.* — *Chegue mais perto, vamos.*

Os garotos começaram a recuar. Eles não eram completamente idiotas e perceberam que eu sabia usar a arma.

Meu pai e os homens dele saíram naquele momento e os garotos se espalharam como um bando de ratos.

Quando contei ao meu pai o que acontecera, ele assentiu de forma aprovadora. — Ótimo. *Não recue, filho. Lembre-se disso. Você pega o que quer e nunca recua.*

Água fria no meu rosto, seguida de um tapa brutal, fez com que eu voltasse ao presente. Eles tinham me amarrado a uma cadeira, com os pulsos presos atrás das costas e os tornozelos nas pernas da cadeira. Os dedos das mãos e dos pés latejavam em agonia, mas eu ainda estava vivo... e, por enquanto, sem ceder.

Vi a fúria frustrada no rosto de Majid. Ele não estava feliz com o progresso até o momento e eu tinha a sensação de que estava prestes a aumentar os esforços.

E, como esperado, ele se aproximou com a faca na mão. — Última chance, Esguerra... — Ele parou à minha frente. — Vou lhe dar uma última chance antes de começar a cortar algumas partes úteis do seu corpo. Onde é a porra da fábrica e como entramos nela?

Em vez de responder, reuni o pouco de saliva que sobrara na boca e cuspi nele. O cuspe cheio de sangue se espalhou sobre o nariz e as bochechas dele e observei com satisfação quando ele o limpou com a manga. Seu corpo inteiro tremeu com o insulto.

Mas não tive a oportunidade de desfrutar da reação dele por muito tempo. Ele agarrou meus cabelos e puxou-os, fazendo com que meu pescoço se dobrasse dolorosamente para trás.

— Deixe-me lhe dizer o que está prestes a acontecer, seu merda — sibilou ele, pressionando a faca contra meu maxilar. — Vou começar com os seus olhos. Vou cortar seu olho esquerdo no meio e depois farei a mesma coisa com o direito. E, quando você estiver cego, começarei a cortar seu pau, centímetro a centímetro, até que só sobre um pedacinho... Você entendeu? Se não começar a falar agora, nunca mais verá nem trepará.

Lutando contra a vontade de vomitar, fiquei em silêncio quando ele empurrou a faca para cima em direção à pele fina sob meu olho esquerdo. A lâmina cortou a bochecha no caminho e senti o calor do sangue escorrendo pela pele fria. Eu sabia que ele não estava blefando, mas também sabia que ceder não mudaria o resultado. Majid me torturaria para conseguir respostas... e, quando as conseguisse, eu seria torturado ainda mais.

Percebendo a minha falta de reação, Majid pressionou a faca mais fundo na minha pele. — Última chance, Esguerra. Quer manter o olho ou não?

Não respondi e ele empurrou a faca mais para cima. Por reflexo, fechei as pálpebras com força.

— Então, muito bem — sussurrou ele, contente com o pânico involuntário do meu corpo quando tentei escapar do alcance dele... em seguida, senti uma explosão nauseante de dor quando a lâmina perfurou minha pálpebra e penetrou fundo meu olho.

~

EU DEVIA TER PEDIDO A CONSCIÊNCIA NOVAMENTE, POIS mais água gelada foi jogada em mim. Eu estava tremendo, com o corpo entrando em choque por causa da agonia excruciante. Eu não conseguia ver nada com o olho esquerdo, só sentia um vazio ardente. Meu estômago se revirou com bile e precisei de todo meu esforço para não vomitar.

— Que tal o outro olho agora, hein, Esguerra? — Majid sorriu, segurando firmemente a faca ensanguentada. — Gostaria de estar cego quando eu cortar seu pau fora ou prefere ver tudo? Obviamente, não é tarde demais para parar tudo isso... Basta nos dizer o que queremos saber e talvez deixemos você viver... como foi tão corajoso até agora.

Ele estava mentindo. Percebi isso no tom audacioso dele. Ele achava que eu estava prestes a ceder, tão desesperado para acabar com a dor que acreditaria em qualquer coisa que dissesse.

— Vá se foder — sussurrei com a força que ainda tinha. *Você não recua. Você nunca recua.* — Foda-se você e suas ameaças idiotas.

Ele estreitou os olhos com raiva e a faca voou na direção do meu rosto. Fechei o olho remanescente com força, preparando-me para a agonia... que não chegou.

Surpreso, abri de leve a pálpebra ilesa e vi que

Majid se distraíra com um de seus lacaios. O homem pareceu empolgado, apontando na minha direção enquanto falava rapidamente em árabe. Tentei entender algumas das palavras que conhecia, mas ele falava depressa demais. No entanto, a julgar pelo sorriso que se espalhou pelo rosto dele, o que dizia era uma boa notícia para Majid... o que significava que provavelmente era uma má notícia para mim.

Minha suposição se confirmou quando Majid se virou para mim e disse com um sorriso cruel: — Seu outro olho está seguro por enquanto, Esguerra. Há algo que realmente quero que veja daqui a algumas horas.

Eu o encarei friamente, sem conseguir esconder o ódio. Eu não sabia do que ele estava falando, mas senti o estômago se contrair quando os terroristas saíram da sala sem janela. Só havia uma coisa que me convenceria a ceder... e ela estava sã e salva no meu complexo. Eles não poderiam estar falando de Nora, não com toda a segurança que havia em volta dela. Era algum jogo mental novo que tinham inventado, tentando me fazer pensar que tinham algo pior em mente do que o que eu já sofrera. Era uma tática de retardo, uma forma de prolongar meu sofrimento... mais nada.

Eu não tinha a menor intenção de cair no truque deles, mas, enquanto esperava, amarrado e sentindo a maior dor da vida, não tive forças suficientes para impedir a ansiedade que me invadiu. Eu deveria me sentir grato por aquele intervalo na tortura, mas não estava.

Eu ficaria feliz em deixar Majid cortar todos os

meus membros se pudesse ter certeza de que Nora estava segura.

Eu não sabia quanto tempo se passara enquanto esperava atormentado, mas finalmente ouvi vozes do lado de fora. A porta se abriu e Majid arrastou para dentro um corpo pequeno, que vestia uma camisa feminina que ia até os joelhos e botas. As mãos dela estavam amarradas às costas e havia uma mancha de sangue no braço esquerdo.

Meu estômago se contorceu e um horror gelado se espalhou pelas minhas veias quando os olhos escuros de Nora pousaram sobre meu rosto.

Meu pior medo virara realidade.

Eles estavam com a única pessoa que importava para mim no mundo inteiro.

Eles estavam com a minha Nora... e, desta vez, eu não poderia resgatá-la.

Nora

Tremendo da cabeça aos pés, olhei para Julian, sentindo o peito apertado com a agonia da visão. Havia um curativo improvisado e sujo no ombro dele, com sangue escorrendo, e o corpo nu era uma massa de cortes, machucados e arranhões. O rosto dele estava ainda pior. Abaixo do curativo na testa, não havia um ponto que não estivesse inchado. No entanto, a coisa mais horrível de todas era o corte ensanguentado que corria pela bochecha esquerda até a sobrancelha... uma confusão de carne rasgada onde o olho deveria estar.

Onde o olho *deveria* estar.

Tinham corta o olho dele fora.

Nem mesmo consegui começar a processar aquilo

no momento e desisti de tentar. Por enquanto, Julian estava vivo e era só o que importava.

Ele estava amarrado a uma cadeira de metal, com as pernas separadas e os braços presos às costas. Vi o choque e o horror no rosto ensanguentado de Julian quando ele me viu. Quis dizer a ele que tudo ficaria bem, que desta vez eu o salvaria, mas não podia. Ainda não.

Não até que Peter tivesse a oportunidade de chegar lá com os reforços.

Meu rosto latejava onde tinha sido atingido e meu braço esquerdo queimava com a dor da ferida aberta. Eles tiraram minhas roupas e arrancaram o implante anticoncepcional enquanto eu estava inconsciente, provavelmente receando que fosse algum tipo de rastreador. Eu não esperava aquilo. Imaginei que talvez encontrassem um dos rastreadores de verdade, mas funcionou melhor do que eu esperara. Depois de tirar o implante e ver que não era nada além de uma haste simples de plástico, deviam ter achado que eu não era mais uma ameaça. Deviam ter achado que eu era exatamente o que fingia ser: uma garota ingênua que fora visitar os pais, sem imaginar que estava em perigo. Fiquei feliz por ter me lembrado de deixar a pulseira com o rastreador na propriedade para não levantar suspeitas.

Para meu alívio, não parecia que tinham tocado em mim de alguma outra forma. Pelo menos, se fizeram mais alguma coisa enquanto eu estava inconsciente, não senti nada. Não havia dor nem nada grudento entre minhas pernas, nenhuma dor em lugar algum. Senti um arrepio ao saber que tinham tirado minha roupa, mas as coisas poderiam facilmente ter sido piores. Quando acordei, já estava com as botas e a camisa de alguém. Deviam estar guardando todo o drama para quando eu estivesse na frente de Julian.

Era aquela parte do meu plano que Peter achara mais arriscada: o tempo entre minha captura até a chegada ao esconderijo.

— Você sabe que podem vasculhar cada centímetro seu e encontrar os três dispositivos de rastreamento que Julian implantou — disse ele antes de sairmos da propriedade. — Se isso acontecer, vocês dois estarão perdidos para nós. Você entende o que farão com você para obrigar Julian a falar, certo?

— Sim, entendo, Peter. — Abri um sorriso sombrio. — Entendo perfeitamente. Mas não há outra opção e os rastreadores são minúsculos. As cicatrizes das inserções estão praticamente invisíveis. Poderão encontrar um ou dois, mas duvido que encontrem todos os três. E, se e quando encontrarem, talvez já você tenha a localização deles.

—Talvez — disse ele. A expressão em seus olhos dizia muito da opinião que ele tinha sobre a minha sanidade — ou talvez não. Há centenas de coisas que podem dar errado entre o momento em que for sequestrada e o momento em que a levarem até Julian.

— É um risco que tenho que correr — respondi, acabando com a discussão. Eu sabia como seria perigoso agir como dispositivo de rastreamento humano para localizar os terroristas, mas não conseguia ver outra forma de chegar até Julian a tempo... e, a julgar pelo estado atual dele, eu quase chegara tarde demais.

Vi Julian tentar se recompor, esconder a reação visceral à minha presença, mas ele não teve muito sucesso. Depois que o choque inicial passou, ele contraiu o maxilar e o olho ileso começou a brilhar com uma fúria violenta ao ver que eu estava seminua. Os músculos fortes se contraíram, forçando as cordas. Ele parecia querer acabar com todo mundo na sala e eu sabia que as cordas que o prendiam à cadeira eram a única coisa que o impediam de iniciar um ataque suicida. Os outros terroristas deviam estar pensando o mesmo, pois dois deles chegaram mais perto de Julian, com as armas na mão, como garantia.

Parecendo feliz com a reviravolta na situação, Majid riu e arrastou-me para o centro da sala, apertando com força meu braço. — Sabe, sua putinha idiota praticamente caiu no meu colo — disse ele em tom casual, agarrando meus cabelos e forçando-me a ficar de joelhos. — Nós a encontramos fazendo compras na sua ausência, como todas aquelas vadias americanas gananciosas. Achamos melhor trazê-la para cá, para que você veja o rostinho bonito dela antes que eu o retalhe... A não ser que queira começar a falar.

Julian permaneceu em silêncio, encarando Majid com ódio assassino, enquanto eu respirava depressa para aguentar o terror. Meus olhos se encheram de lágrimas por causa da dor no couro cabeludo e o medo que pulsava em mim quase parecia uma coisa viva. Com as mãos presas às costas, não havia nada que eu pudesse fazer para impedir que Majid me ferisse. Eu não sabia quanto tempo demoraria até que Peter chegasse, mas havia uma grande chance de não chegar a tempo. Vi as manchas vermelhas na faca pendurada no cinto de Majid e senti-me nauseada ao perceber que era do sangue de Julian.

Se não fôssemos resgatados em breve, meu sangue também estaria nela.

Para meu horror, Majid pegou a faca, ainda segurando meus cabelos de forma dolorosa. — Ah, sim — sussurrou ele, pressionando a lâmina contra meu pescoço —, acho que a cabeça dela dará um belo troféu... depois que eu a cortar um pouco, é claro... — Ele empurrou a faca para cima e congelei em terror ao sentir a lâmina cortando a pele macia sob meu queixo, seguido da sensação nauseante de um líquido quente escorrendo pelo meu pescoço.

O rugido que Julian emitiu não parecia humano. Antes que eu conseguisse sequer gemer, ele se lançou para a frente, usando os pés para jogar a cadeira no chão. A ação dele foi tão súbita e violenta que os dois homens parados ao seu lado não reagiram a tempo. Julian literalmente atropelou um deles, jogando o terrorista armado no chão, e, com um movimento rápido do corpo, enterrou a perna de metal da cadeira na garganta do homem.

Os segundos seguintes foram um borrão de sangue e gritos em árabe. Majid me soltou e gritou algumas ordens, fazendo com que os outros agissem enquanto ele mesmo entrava na confusão.

Ainda amarrado à cadeira, Julian foi tirado de cima do corpo do homem ferido e assisti, fascinada e horrorizada, enquanto o homem que ele atacara se contorcia no chão, segurando a garganta e emitindo sons estranhos. Ele estava morrendo, percebi pelos jatos de sangue cada vez mais fracos que saíam da ferida em seu pescoço, mas a agonia dele não pareceu me tocar. Era como se eu estivesse assistindo a um filme, em vez de ver um ser humano sangrar até a morte diante dos meus olhos.

Majid e os outros terroristas correram para ajudá-lo, tentando estancar o sangue, mas era tarde demais. O homem afrouxou a mão que segurava o pescoço, os olhos ficaram vazios e o fedor da morte e da violência encheu a sala.

Ele estava morto.

Julian o matara.

Eu deveria me sentir desgostosa e abalada, mas não me senti assim. Talvez aquelas emoções surgissem mais tarde, mas, por enquanto, só o que eu sentia era uma mistura de alegria e orgulho: alegria porque um dos assassinos estava morto e orgulho porque fora Julian quem o matara. Mesmo amarrado e enfraquecido por causa da tortura, meu marido conseguira abater um dos inimigos, um homem armado que fora idiota o suficiente de ficar dentro do alcance letal de Julian.

Minha falta de empatia me perturbou em algum nível, mas eu não tinha tempo para pensar nisso. Eu não sabia se a intenção de Julian fora criar uma distração, mas o resultado final foi que ninguém prestava atenção em mim naquele momento. E, assim que percebi isso, comecei a agir.

Levantando-me rapidamente, olhei em volta de forma frenética. Meu olhar caiu sobre uma pequena faca sobre uma mesa perto da parede e saltei na direção dela, com o coração batendo depressa. Os terroristas estavam em volta de Julian no outro lado da sala e ouvi gemidos, palavrões e o som nauseante de punhos contra a carne.

Estavam punindo Julian pelo assassinato... e, por enquanto, ignorando-me.

Ficando de costas para a mesa, consegui colocar a lâmina sob a fita adesiva que tinham enrolado em meus pulsos. Minhas mãos tremeram, fazendo com que a lâmina afiada furasse a pele, mas ignorei a dor, tentando cortar a fita grossa antes que eles percebessem o que estava acontecendo. Minhas mãos estavam escorregadias por causa do suor e do sangue, mas persisti e, finalmente, consegui cortar a fita.

Tremendo, analisei o quarto novamente e vi um fuzil de ataque negligentemente encostado na parede. Um dos terroristas deveria tê-lo deixado lá na confusão que resultou do ataque inesperado de Julian.

Com o coração batendo na garganta, andei lentamente perto da parede na direção da arma, torcendo para que os terroristas não olhassem para mim. Eu não sabia o que faria com uma arma contra uma sala cheia de homens armados até os dentes, mas tinha que fazer alguma coisa.

Eu não podia ficar parada assistindo enquanto batiam em Julian até a morte.

Minhas mãos se fecharam sobre a arma antes que alguém notasse alguma coisa e soltei um suspiro de alívio. Era uma AK-47, uma das armas com as quais eu praticara durante o treinamento com Julian. Segurando a arma pesada, levantei-a e apontei na direção dos terroristas, tentando controlar o tremor nos braços. Eu nunca atirara em uma pessoa antes, somente em latas de cerveja e alvos de papel, e não sabia se conseguiria puxar o gatilho.

E, enquanto eu tentava reunir a coragem para agir, uma explosão sacudiu a sala, jogando-me no chão.

Eu não sabia se tinha batido a cabeça ou só estava atordoada por causa da explosão, mas a próxima coisa de que tive consciência foi o som de disparos do lado de fora. A sala inteira estava cheia de fumaça e tossi ao tentar instintivamente me levantar.

— Nora! Fiquei abaixada! — Era Julian, com a voz rouca por causa da fumaça. — Fique abaixada, querida, ouviu?

— Sim! — gritei de volta, sentindo uma alegria intensa em cada célula do corpo ao perceber que ele estava vivo... e em condições boas o suficiente para falar. Mantendo-me perto do chão, espiei por detrás da mesa que caíra perto de mim e vi Julian deitado de lado na outra extremidade da sala, ainda amarrado à cadeira de metal.

Também vi que a fumaça saía de uma das aberturas de ventilação no teto e que a sala estava vazia, exceto por nós dois. A batalha, ou o que estivesse acontecendo, era do lado de fora.

Peter e os guardas deviam ter chegado.

Quase chorando de alívio, peguei a AK-47 que caíra ao meu lado, deitei de bruços e comecei a rastejar na direção de Julian, prendendo a respiração para evitar inalar fumaça demais.

Naquele momento, a porta se abriu e uma figura familiar entrou na sala.

Era Majid... e, na mão direita, ele segurava uma arma.

Ele devia ter percebido que a Al-Quadar estava perdendo e voltara para matar Julian.

Uma onda de ódio me invadiu, quase me fazendo engasgar. Aquele era o homem que matara Beth... que torturara Julian e que teria feito o mesmo comigo. Um terrorista psicopata que, sem dúvida, matara dezenas de pessoas inocentes.

Ele não me viu, com toda a atenção voltada para Julian ao erguer a arma e apontá-la para meu marido.

— Adeus, Esguerra — disse ele baixinho... e puxei o gatilho da minha arma.

Apesar da posição, minha mira foi precisa. Julian me fizera praticar tiro sentada, deitada e até mesmo correndo. O fuzil recuou nos meus braços trêmulos, batendo dolorosamente contra meu ombro, mas as duas balas atingiram Majid exatamente onde eu queria, no pulso direito e no cotovelo.

Os tiros o jogaram para trás contra a parede e derrubaram a arma de sua mão. Gritando, ele segurou o braço que sangrava. Levantei-me, sem me importar com o perigo das balas que voavam do lado de fora. Ouvi Julian gritando algo para mim, mas não entendi as palavras exatas por causa do zumbido nos ouvidos.

Naquele momento, foi como se o mundo inteiro desaparecesse, deixando-me sozinha com Majid.

Nossos olhares se encontraram e, pela primeira vez, vi medo nos olhos escuros dele. Ele sabia que fora eu quem atirara e notou a intenção fria no meu rosto.

— Por favor, não... — ele começou a dizer. Apertei o gatilho novamente, descarregando cinco balas na barriga e no peito dele.

No silêncio breve que se seguiu, vi o copo de Majid deslizar pela parede, quase em câmera lenta. O rosto dele exprimia choque e o sangue escorreu pelo canto de sua boca. Os olhos dele estavam abertos, encarando-me com uma espécie de descrença atordoada. Ele moveu os lábios, como se quisesse dizer alguma coisa, e um gorgolejar escapou de sua garganta quando mais sangue saiu pela boca.

Abaixando a arma, aproximei-me dele, atraída por uma estranha compulsão de ver o que eu fizera. Os olhos de Majid encontraram os meus, implorando por misericórdia. Mantive o olhar dele, estendendo o momento... e mirei a AK-47 na testa dele, puxando o gatilho novamente.

A parte de trás da cabeça dele explodiu, com sangue e pedaços de tecido cerebral espalhando-se na parede. Os olhos dele ficaram vazios, com a parte branca ficando vermelha quando os vasos sanguíneos estouraram. O corpo dele ficou imóvel e o cheiro de morte encheu a sala pela segunda vez.

Exceto que, desta vez, Julian não era o assassino.

Era eu.

Minhas mãos estavam firmes quando abaixei a arma novamente, observando o sangue escorrer na parede atrás de Majid. Em seguida, andei até Julian, ajoelhei-me ao lado dele e cuidadosamente coloquei a arma no chão para começar a desamarrar as cordas que o prendiam.

Julian ficou em silêncio enquanto eu o soltava. Eu também não disse nada. Os sons de tiros do lado de fora começaram a morrer e torci para que isso significasse que o grupo de Peter estivesse vencendo. Entretanto, de qualquer forma, eu estava pronta para o que acontecesse. Uma estranha calma me envolveu, apesar da situação ainda precária.

Quando os braços e as pernas de Julian ficaram livres, ele chutou a cadeira para longe e deitou de costas, segurando meu pulso com a mão direita. O braço esquerdo dele, ainda parcialmente com gesso, estava imóvel ao lado do corpo e havia mais sangue em seu rosto e no corpo por causa da surra que acabara de levar. No entanto, a força com que segurou meu pulso foi surpreendente ao me puxar para mais perto, forçando-me a deitar no chão ao seu lado.

— Fique abaixada, querida — sussurrou ele pelos lábios inchados. — Está quase no fim... Por favor, fique abaixada.

Assenti e deitei-me ao lado dele, à direita, tomando cuidado para não piorar seus ferimentos. Com a porta aberta, parte da fumaça na sala começou a clarear e consegui respirar livremente pela primeira vez desde a explosão.

Julian soltou meu pulso e passou o braço sob meu pescoço, segurando-me contra si em um abraço protetor. Minha mão encostou acidentalmente nas costelas dele, fazendo com que ele gemesse de dor. Mas, quando tentei recuar, ele me segurou com mais força.

Quando Peter e os guardas entraram pela porta alguns minutos depois, encontraram-nos deitados nos braços um do outro, com Julian apontando a AK-47 para a porta.

 ulian

— COMO ELA ESTÁ? — PERGUNTOU LUCAS, SENTANDO-se na cadeira ao lado da minha cama. Havia um curativo grande em sua cabeça e ele tinha que usar muletas por causa da perna quebrada. Além disso, já estava praticamente curado. Ele estivera inconsciente em outro aposento quando a Al-Quadar atacara o hospital e perdera toda a diversão.

— Ela... está bem, acho. — Apertei um botão para colocar a cama em uma posição meio sentada. Minhas costelas doeram com o movimento, mas ignorei o desconforto. A dor fora minha companheira constante desde a queda do avião e eu já estava mais ou menos acostumado.

Desde o nosso resgate no canteiro de obras em Tajiquistão cinco dias antes, Nora e eu estávamos nos recuperando em uma instalação especial na Suíça. Era uma clínica particular, com os melhores médicos do mundo inteiro, e pedi a Lucas que supervisionasse pessoalmente a segurança. Obviamente, com as células mais perigosas da Al-Quadar eliminadas, não havia nenhuma ameaça imediata, mas ainda precisávamos ser cautelosos. Todos os meus homens feridos também tinham sido transferidos para lá para que se recuperassem mais depressa em um ambiente melhor.

O quarto que Nora e eu dividíamos era de última geração, equipado com tudo, de videogames a um chuveiro particular. Havia duas camas ajustáveis, uma para mim e outra para Nora, com lençóis de algodão egípcio e colchões de espuma com memória em cada uma. Até mesmo os monitores cardíacos e tubos intravenosos em volta da cama tinham aparência sofisticada, mais decorativa do que médica. O lugar era tão luxuoso que eu quase me esquecera de que estava em outro hospital.

Quase, mas não totalmente.

Se eu nunca mais colocasse os pés em um hospital, morreria feliz.

Para meu alívio, todos os ferimentos de Nora eram superficiais. O machucado no braço precisou de alguns pontos, mas o soco que ela levara no rosto deixara apenas uma mancha feia na bochecha. Os médicos também confirmaram que ela não fora atacada sexualmente, apesar de estar seminua. Em poucas horas depois de chegarmos ao hospital, Nora fora declarada saudável e liberada para ir para casa.

Eu, por outro lado, estava em situação um pouco pior, apesar de não tão mal quanto poderia ter ficado.

Já tinham feito duas cirurgias em mim, uma para minimizar as cicatrizes do rosto e a outra para colocar um olho falso na órbita vazia, para que eu não parecesse um ciclope. Eu nunca mais conseguiria ver com o olho esquerdo, pelo menos até que a tecnologia de olho biônico avançasse um pouco mais, mas os cirurgiões garantiram que eu pareceria quase normal quando estivesse curado.

Os outros ferimentos também não eram tão graves. Precisaram recolocar meu braço quebrado no lugar e colocar um novo gesso, mas o ferimento de tiro no ombro esquerdo se recuperava rapidamente, bem como as costelas quebradas. Eu ainda tinha um pouco de sangue coagulado sob as unhas dos pés e das mãos por causa da tortura com as agulhas, mas melhorava gradualmente. A surra que os homens de Majid me deram no final prejudicaram meus rins um pouco. No entanto, graças à chegada rápida de Peter, escapei de outros ferimentos internos e mais ossos quebrados. Depois de tudo o que acontecera, eu teria mais algumas cicatrizes, e possivelmente uma certa fraqueza no braço esquerdo, mas minha aparência não assustaria crianças.

Fiquei feliz por isso. Eu nunca fora particularmente vaidoso, mas queria garantir que Nora ainda me achasse atraente, que não iria desgostá-la com meu toque. Ela me garantiu que as cicatrizes e as feridas não a incomodavam, mas eu não sabia se estava falando a verdade. Por causa dos meus ferimentos, não fizéramos sexo desde o resgate e eu não saberia como ela realmente se sentia até que a tivesse na minha cama de novo.

Em geral, eu não sabia como Nora se sentira nos cinco dias anteriores. Com todas as cirurgias e médicos no caminho, não tivéramos a oportunidade de conversar sobre o que acontecera. Sempre que eu falava nisso, ela mudava de assunto, como se quisesse se esquecer de tudo. Eu deixaria que esquecesse... exceto que ela também estava incomumente quieta. Retraída de alguma forma. Era como se o trauma pelo que passara tivesse feito com que ela se retraísse para dentro de si mesma... com que desligasse as emoções de alguma forma.

— Então, ela está lidando bem com a situação? — perguntou Lucas. Eu sabia que ele estava falando da morte de Majid. Todos os meus homens sabiam como Nora atirara nele e sobre a função dela no meu resgate. Eles a admiravam por ser tão corajosa, enquanto que eu lutava diariamente contra a vontade de brigar com ela por ter arriscado a vida. E Peter... era uma questão totalmente diferente. Se ele não tivesse desaparecido logo depois de nos levar para a clínica, eu já teria arrancado sua cabeça por tê-la colocado em perigo.

— Sim — disse eu, respondendo à pergunta de Lucas. Minhas preocupações com o estado mental de Nora não eram um assunto que eu queria discutir com ele. — Está lidando tão bem quanto o esperado. A primeira morte nunca é fácil, claro, mas ela é durona. Conseguirá superar.

— Sim, tenho certeza disso. — Pegando as muletas, Lucas se levantou e perguntou: — Quando quer voltar para a Colômbia?

— Goldberg disse que poderemos partir amanhã. Ele quer que eu fique mais uma noite para ter certeza de que tudo está se curando adequadamente. Depois, ele supervisionará meu tratamento no complexo.

— Excelente — disse Lucas. — Então vou tomar as providências necessárias.

Ele saiu do quarto e peguei o *notebook* para verificar onde Nora estava. Ela fora buscar um lanche no restaurante, no primeiro andar da clínica, mas isso fora dez minutos antes e comecei a ficar preocupado.

Fiz login e abri o relatório dos rastreadores, vendo que ela estava parada no corredor, a cerca de quinze metros do quarto. O ponto que mostrava a localização dela estava parado. Ela devia estar conversando com alguém.

Aliviado, fechei o *notebook* e coloquei-o de volta sobre a mesinha de cabeceira.

Eu sabia que meu medo por ela era excessivo, mas não conseguia controlá-lo. Ver a faca de Majid na garganta de Nora fora a pior experiência da minha vida. Eu nunca me sentira tão aterrorizado como quando vi o sangue escorrendo sobre a pele macia dela. Eu literalmente enxergara tudo vermelho, com a raiva me dando um surto de força que não sabia que tinha.

Matar aquele terrorista não fora uma decisão consciente. A necessidade de proteger Nora superara meu instinto de autopreservação e meu bom senso.

Se eu estivesse pensando mais claramente, teria achado outra forma de desviar a atenção de Majid até que os reforços chegassem.

Eu começara a suspeitar do plano de resgate assim que Majid mencionara as compras. Fazia muito sentido. Nora sabia que meus inimigos gostariam de usá-la contra mim e que tinha os rastreadores. Eu não conseguia acreditar que ela se colocaria em perigo daquele jeito, nem que Peter deixaria que fizesse isso, mas era a única coisa que poderia explicar como a Al-Quadar conseguira colocar as mãos nela na minha ausência.

Em vez de ficar em segurança na propriedade, Nora arriscara a vida para salvar a minha.

Sabendo do que Majid era capaz, Nora enfrentara os próprios pesadelos para me resgatar... o homem que ela tinha todos os motivos para odiar.

Eu não sabia se acreditara que ela me amava até aquele momento... até que a vira parada lá, assustada, mas determinada, com o corpo pequeno envolto em uma camisa masculina muito maior que ela. Ninguém nunca fizera nada parecido por mim. Mesmo quando eu era criança, minha mãe desaparecia ao primeiro sinal do temperamento do meu pai, deixando-me à mercê dele. Além dos guardas que eu contratara, ninguém nunca me protegera. Eu sempre estivera por conta própria.

Até ela.

Até Nora.

Enquanto eu me lembrava de como ela parecera feroz com a arma apontada para Majid, a porta do quarto se abriu e a pessoa das minhas conjecturas entrou.

Ela vestia calça *jeans* e uma camisa marrom de mangas compridas. Os cabelos estavam presos em um rabo de cavalo e os pés calçavam sapatilhas. O ferimento em seu rosto ainda estava lá, mas ela o cobrira com um pouco de maquiagem, provavelmente para que pudesse conversar com os pais sem preocupá-los. Ela falara com eles quase diariamente desde nossa chegada à clínica. Imaginei que ela se sentisse culpada por assustá-los ao desaparecer de novo.

Ela tinha uma maçã na mão e os dentes brancos morderam a fruta suculenta com alegria evidente.

Meu coração começou a bater com mais força no peito, de alegria e alívio. Era assim toda vez que eu a via agora, minha reação era a mesma, não importava se ela ficasse afastada por alguns minutos ou várias horas.

— Oi. — Ela se aproximou e sentou-se graciosamente no lado direito da cama. Abaixando-se, ela colocou os lábios macios sobre o meu rosto para me dar um beijo rápido. Em seguida, ergueu a cabeça e sorriu. — Quer um pouco de maçã?

— Não, obrigado, querida. — Minha voz ficou rouca quando o toque dela me deixou dolorosamente consciente de que eu não fizera sexo com ela desde que saíra da propriedade. — Pode comer.

— Está bem. — Ela mordeu a maçã e disse depois de engolir: — Encontrei o dr. Goldberg no corredor. Ele disse que você está melhor e que poderemos ir para casa amanhã.

— Sim, isso mesmo. — Observei a língua dela limpar um pedacinho de maçã que ficara no lábio inferior e senti um calor por dentro. Eu certamente estava ficando melhor ou, pelo menos, meu pênis acreditava que sim. — Partiremos assim que ele der o sinal verde.

Nora mordeu outro pedaço da maçã e mastigou lentamente, observando-me com uma expressão peculiar.

— O que foi, querida? — Pegando a mão livre dela, coloquei a palma delicada sobre o meu rosto, esfregando-a contra a bochecha. Eu sabia que provavelmente a estava arranhando com a barba por fazer, pois não me barbeava havia mais de uma semana, mas não consegui resistir. — Diga-me o que tem em mente.

Ela colocou os restos da maçã sobre um guardanapo na mesinha de cabeceira. — Temos que conversar sobre Peter — disse ela baixinho. — E sobre a promessa que fiz a ele.

Fiquei tenso e apertei a mão dela. — Que promessa?

— A lista. — Os dedos dela se contraíram ligeiramente. — A lista de nomes que você prometeu a ele em troca de três anos de serviço. Eu disse a ele que lhe entregaria a lista assim que tivesse você de volta... se ele me ajudasse a resgatá-lo.

— Merda. — Eu a encarei incrédulo. Eu estivera imaginando como ela conseguira persuadir Peter a desobedecer a uma ordem direta e acabara de ouvir a resposta. — Você prometeu que o ajudaria a se vingar se ele a ajudasse naquela insanidade?

Nora assentiu, sem desviar o olhar. — Sim. Foi a única coisa em que consegui pensar naquele momento. Ele sabia que, se você morresse, nunca conseguiria a lista. E eu lhe disse que ele a conseguiria mais cedo se me ajudasse.

Estreitei as sobrancelhas quando uma onda de fúria me invadiu. Aquele russo filho da puta colocara minha esposa em perigo mortal, algo que eu não conseguiria nunca perdoar nem esquecer. Ele podia ter salvado a minha vida, mas arriscara a de Nora para isso. Se ele não tivesse desaparecido logo depois do resgate, eu o teria matado por isso. E agora Nora queria que eu entregasse a lista a ele?

Nem fodendo.

— Julian, eu prometi a ele — insistiu ela, parecendo sentir a resposta que eu não lhe dei. O olhar dela estava cheio de uma determinação incomum ao acrescentar: — Eu sei que você está furioso com ele, mas o plano inteiro foi ideia minha. No começo, ele não queria fazer nada.

— Certo. Porque ele sabia que a sua segurança era a prioridade máxima dele. — Percebendo que eu ainda apertava a mão dela, soltei-a e disse rispidamente: — O idiota tem sorte de ainda estar vivo.

— Eu entendo. — Nora me encarou firmemente. —

E Peter também, acredite. Ele sabia que você reagiria assim e foi por isso que ele foi embora assim que nos deixou aqui.

Respirei fundo, tentando controlar meu temperamento. — Que vá em paz. Ele sabe que nunca mais confiarei nele. Ordenei que a mantivesse segura na propriedade e o que ele fez? — Eu a encarei friamente ao me lembrar do momento em que ela foi arrastada para dentro daquela sala sem janelas, sangrando e assustada. — Ele entregou você de bandeja para Majid!

— Sim. E, ao fazer isso, salvou sua vida...

— Não me importo com a porra da minha vida! — Sentei-me completamente, ignorando a dor nas costelas. — Não entende, Nora? Você é a única pessoa com quem eu me importo. Você! Não eu nem ninguém mais!

Ela olhou para mim e vi que os olhos grandes começavam a brilhar por causa das lágrimas. — Eu sei, Julian — sussurrou ela, pestanejando. — Eu sei disso.

Olhei para ela e minha raiva sumiu, substituída por uma necessidade inexplicável de fazê-la entender. — Não sei se entende, meu bichinho. — Minha voz estava baixa quando peguei a mão dela novamente, precisando sentir o calor frágil. — Você é tudo para mim. Se alguma coisa acontecesse com você, eu não ia querer sobreviver. Não iria querer uma vida que não tivesse você.

Os lábios dela tremeram e as lágrimas se acumularam nos olhos. — Eu sei, Julian... — Ela apertou minha mão de leve. — Eu sei porque também é assim comigo. Quando pensei no seu avião caindo... — Ela engoliu em seco e a voz faltou. — E depois, quando ouvi os tiros durante a chamada de vídeo...

Respirei fundo. A tristeza dela me fez sentir uma dor no peito. — Querida, não... — Levei a mão dela aos lábios e beijei a palma. — Não pense mais nisso. Acabou, não há mais nada que temer. Majid está morto e estamos perto de erradicar completamente a Al-Quadar...

Enquanto eu falava, vi a expressão dela ficar neutra e olhar estranhamente vazio. Era como se ela estivesse tentando retrair as emoções, construir um muro mental para se proteger. — Eu sei — disse ela, esticando os lábios no sorriso vazio que eu vira com frequência depois do resgate. — Está feito, ele está morto.

— Você lamenta isso? — perguntei, abaixando a mão dela. Eu precisava entender a origem do recuo dela, tentar chegar ao fundo do que fizera com que ela se fechasse daquele jeito. — Lamenta ter matado Majid, querida? É por isso que andou chateada nesses últimos dias?

Ela piscou algumas vezes, como se estivesse atônita com a pergunta. — Não estou chateada.

— Não minta para mim, meu bichinho. — Soltando a mão dela, segurei gentilmente seu queixo e olhei dentro de seus olhos. — Acha que não a conheço? Vi que esteve diferente desde o Tajiquistão e quero entender o motivo.

— Julian... — A voz dela tinha um tom de súplica. — Por favor, não quero falar nisso.

— Por que não? Acha que não entendo? Acha que não sei como é matar pela primeira vez e viver com o conhecimento de que tirou a vida de uma pessoa? — Fiz uma pausa, esperando uma reação. Quando ela não reagiu, continuei: — Nós dois sabemos que Majid merecia, mas é normal se sentir mal depois. Você precisa falar no assunto para que comece a aceitar tudo o que aconteceu...

— Não, Julian — interrompeu ela. O vazio cuidadoso em seu olhar sumiu, dando lugar a uma raiva súbita. — Você não entende. Eu sei que Majid merecia morrer e não lamento tê-lo matado. Não tenho dúvidas de que o mundo é um lugar melhor sem ele.

— Então o que é? — Comecei a suspeitar, mas queria ouvi-la dizer.

— Eu o matei — disse ela baixinho, olhando para mim. — Parei ao lado dele, olhei em seus olhos e puxei o gatilho. Eu não o matei para proteger você nem porque não tinha outra opção. Eu o matei porque quis. — Ela fez uma pausa e acrescentou, com os olhos brilhantes: — Eu o matei porque queria vê-lo morrer.

ora

Julian olhou para mim, sem mudar a expressão no rosto com a minha revelação. Eu queria afastar o olhar, mas não consegui. A mão dele no meu queixo me forçou a manter seu olhar enquanto eu expunha o segredo terrível que me devorava desde o resgate.

A falta de reação dele me fez pensar que Julian não entendia completamente o que eu dizia.

— Eu o matei, Julian — repeti, determinada a fazê-lo compreender, agora que me forçara a falar no assunto. — Matei Majid a sangue frio. Quando eu o vi entrar na sala, sabia o que queria fazer e foi o que fiz. Atirei para tirar a arma da mão dele e, quando ele estava desarmado, atirei de novo na barriga e no peito, cuidando para não acertar o coração para que vivesse mais alguns minutos. Eu poderia tê-lo matado imediatamente, mas não matei. — Fechei as mãos sobre o colo, enterrando as unhas dolorosamente na pele ao confessar: — Eu o mantive vivo porque queria olhar em seu rosto ao tirar sua vida.

O olho sem curativo de Julian brilhou com um azul mais profundo e senti uma onda de vergonha. Eu sabia que não fazia sentido, sabia que estava falando com um homem que cometera crimes muito piores do que aquele. Mas eu não tinha a desculpa de uma criação errada. Ninguém me forçara a me transformar em uma assassina. Quando atirei em Majid naquele dia, foi por vontade própria.

Eu matara um homem porque o odiava e queria vê-lo morto.

Esperei que Julian respondesse, que dissesse algo que indicasse desprezo ou condenação. Em vez disso, ele perguntou suavemente: — E como se sentiu quando terminou, meu bichinho? Quando ele estava lá caído, morto? — Ele soltou meu queixo e colocou a mão sobre minha perna, com a palma grande cobrindo a maior parte da coxa. — Ficou feliz de vê-lo daquele jeito?

Assenti, abaixando a cabeça para fugir do olhar penetrante dele. — Sim — admiti, com um arrepio percorrendo-me quando me lembrei da sensação quase eufórica de ver as balas da minha arma rasgando a carne de Majid. — Quando vi a vida desaparecendo dos olhos dele, senti-me forte. Invencível. Sabia que ele não podia mais nos atingir e fiquei feliz. — Reunindo a coragem, olhei para ele novamente. — Julian... eu explodi o cérebro de um homem... e a parte assustadora é que não me arrependo nem um pouco.

— Ah, entendi. — Ele abriu um sorriso leve. — Você acha que é uma má pessoa porque não sente culpa por ter matado um terrorista assassino... e acha que deveria.

— É claro que eu deveria. — Franzi a testa ao perceber a diversão inadequada na voz dele. — Eu matei um homem... e você mesmo disse que é normal se sentir mal com isso. Você se sentiu mal quando matou pela primeira vez, não foi?

— Sim. — O sorriso de Julian ficou um pouco amargo. — Matei. Eu era uma criança e não conhecia o homem que fui forçado a matar. Ele tinha irritado meu pai e, até hoje, não sei que tipo de pessoa era... se era um criminoso ou apenas alguém que se metera com as companhias erradas. Eu não o odiava... na verdade, não tinha opinião sobre ele. Eu o matei para provar que podia, para deixar meu pai orgulhoso. — Ele fez uma pausa e continuou com expressão mais suave. — Portanto, meu bichinho, veja bem, foi diferente. Quando você matou Majid, livrou o mundo do mal, enquanto que eu... bem, é uma história totalmente diferente. Você não tem motivo para se sentir mal sobre o que fez e é inteligente o suficiente para saber disso.

Olhei para ele, sentindo um nó na garganta ao imaginar Julian, aos oito anos de idade, puxando aquele gatilho. Eu não sabia o que dizer, como diminuir a culpa dele por causa daquele evento tão antigo, e uma raiva de Juan Esguerra encheu meu peito. — Sabe, se seu pai estivesse vivo, eu também atiraria nele — disse eu furiosa, fazendo com que Julian soltasse uma risada divertida.

— Ah, sim, tenho certeza disso — retrucou ele, sorrindo para mim. A expressão deveria ter parecido grotesca no rosto inchado e ferido, mas pareceu sensual. Mesmo cheio de curativos, parecendo uma múmia, e com uma barba de vários dias, meu marido irradiava um magnetismo animal que transcendia a simples aparência. Os médicos disseram que o rosto dele pareceria praticamente normal depois de curado. Mas, mesmo se não parecesse, eu suspeitava que Julian continuaria tão sedutor com um tapa-olho e algumas cicatrizes.

Como que respondendo aos meus pensamentos, a mão dele se moveu para cima na minha coxa, em direção à junção entre as pernas. — Minha querida feroz — murmurou ele. O sorriso desapareceu quando um brilho ardente familiar surgiu no olho descoberto. — Tão delicada, mas tão feroz... Eu queria que tivesse visto a si mesma naquele dia, querida. Estava magnífica ao enfrentar Majid, tão corajosa e linda... — Os dedos dele pressionaram o clitóris sobre a calça e prendi a respiração, sentindo os mamilos enrijecerem quando uma explosão líquida deixou meu sexo úmido.

— Sim, isso mesmo, querida — sussurrou ele, movendo os dedos até o zíper. — Você com aquela arma foi a coisa mais *sexy* que já vi. Não conseguia afastar os olhos de você. — O zíper desceu com um som metálico e estranhamente erótico e senti uma dor desesperada nas entranhas.

— Ahm, Julian... — Minha respiração ficou irregular e o coração bateu mais forte quando a mão de Julian entrou pelo zíper aberto da calça. — O que... o que está fazendo?

Os lábios dele se curvaram em um sorriso malicioso. — O que parece que estou fazendo?

— Mas... mas você não pode... — A frase se transformou em um gemido quando os dedos dele entraram na calcinha e cobriram o sexo. O dedo médio deslizou entre as dobras molhadas para massagear o clitóris. O calor que explodiu nas terminações nervosas foi quase como um choque elétrico e cada pelo do meu corpo se arrepiou em resposta à onda de prazer. Arquejei, sentindo a tensão aumentando dentro de mim. Mas, antes que eu gozasse, Julian tirou os dedos.

— Tire a roupa e fique em cima de mim — disse ele com voz rouca, empurrando o cobertor para revelar a roupa de hospital erguida por uma ereção enorme. — Preciso trepar com você. Agora.

Hesitei por um momento, preocupada com os ferimentos dele, e o maxilar de Julian se contraiu irritado.

— Estou falando sério, Nora. Tire a roupa.

Engolindo em seco, saí da cama, incapaz de acreditar que eu sentia uma compulsão de obedecê-lo, mesmo naquela situação. O braço esquerdo dele estava engessado, ele mal conseguia se mover sem sentir dor e, mesmo assim, minha resposta instintiva foi de medo... de desejo e medo, ao mesmo tempo.

— E tranque a porta — comandou ele quando comecei a tirar a camiseta. — Não quero ser interrompido.

— Está bem.

Sem tirar a camiseta, corri até a porta para trancar a fechadura que nos daria privacidade. A cada passo, eu estava consciente do calor que pulsava entre as pernas, com o *jeans* apertado esfregando no clitóris sensível e aumentando a excitação.

Quando voltei, Julian estava meio reclinado na cama, com a camisola desamarrada na frente e a mão acariciando o pênis ereto. Havia uma faixa em volta das costelas dele, mas isso não diminuiu o poder primitivo do corpo musculoso. Mesmo machucado, ele dominava o quarto com um apelo tão magnético como sempre.

— Boa garota — murmurou ele, observando-me com as pálpebras pesadas. — Agora, tire a roupa para mim, querida. Quero ver seu traseiro gostoso saindo dessa calça.

Mordi o lábio inferior, com o calor do olhar dele me deixando ainda mais excitada. — Está bem — sussurrei. Virando-me de costas para ele, inclinei-me para a frente e lentamente empurrei a calça para baixo, rebolando ao expor o traseiro para os olhos dele.

Quando a calça chegou aos tornozelos, virei-me novamente para Julian e tirei os sapatos. Em seguida, terminei de tirar a calça, deixando-a no chão. Julian observou meus movimentos com desejo não disfarçado. A respiração dele ficou pesada e a cabeça do pênis brilhou com a umidade. Ele não estava mais acariciando a si mesmo e as mãos agarraram os lençóis. Eu sabia que era porque ele estava perto de gozar.

Mantendo o olhar nele, tirei a camiseta, puxando-a sobre a cabeça em um movimento lento e provocante. Por baixo, eu usava um sutiã de seda branco que combinava com a tanga. Eu comprara várias roupas *online* na semana anterior e fiquei feliz por decidir obter algumas roupas íntimas bonitas. Adorava ver o olhar de desejo incontrolável no rosto de Julian... uma expressão que dizia que ele moveria montanhas para me possuir naquele momento.

Quando a camiseta caiu no chão, ele disse com voz rouca: — Venha cá, Nora. — O olhar dele me devorou. — Preciso tocar em você.

Respirei fundo, sentindo o sexo inundado ao dar alguns passos em direção à cama e parando à frente dele. Ele estendeu a mão para acariciar minhas costelas e subindo até o sutiã. Os dedos se fecharam sobre meu seio esquerdo, massageando-o sobre o material sedoso, e gemi quando ele beliscou o mamilo, deixando-o ainda mais rígido.

— Tire o resto da roupa. — Ele afastou a mão, fazendo com que eu me sentisse vazia por um momento. Rapidamente, abri o sutiã e tirei a calcinha.

— Ótimo. Agora, fique em cima de mim.

Mordendo o lábio inferior, subi na cama e fiquei sobre Julian. O pênis encostou na parte de dentro das minhas coxas e segurei-o com a mão direita, orientando-o para minha entrada.

— Sim, isso mesmo — murmurou ele, segurando meus quadris quando comecei a abaixar sobre o pênis. Soltando-o, usei as mãos para me segurar na cama e Julian gemeu. — Sim, coloque-me para dentro, meu bichinho... até o fundo... — Usando as mãos que estavam em meus quadris, ele me puxou para baixo, forçando o pênis a me penetrar. Gemi com a sensação, sentindo o corpo se ajustar a ele.

Foi o alívio mais doce, a dor e o prazer da posse dele dolorosamente familiares. Enquanto eu o observava, absorvendo o prazer atormentado em seu rosto, percebi subitamente que aquilo poderia facilmente não estar acontecendo... que, em vez de estar deitado sob mim, Julian poderia estar enterrado, com o corpo poderoso destroçado.

Não percebi ter feito qualquer som, mas devia ter feito, pois Julian estreitou os olhos e apertou meus quadris. — O que foi, querida? — perguntou ele em tom ríspido. Percebi que eu começara a tremer, com arrepios por todo o corpo ao imaginá-lo caído, frio e destroçado. Meu desejo desapareceu, substituído pelo terror. Era como se eu tivesse tomado um banho de água gelada, com o terror do que passamos engasgando-me por dentro.

— Nora, o que foi? — A mão de Julian subiu para minha garganta, segurando a base do meu pescoço para puxar meu rosto para perto do dele. Ele me encarou enquanto minhas mãos agarravam convulsivamente os lençóis. — O que foi? Diga-me!

Eu queria explicar, mas não conseguia falar. Minha garganta parecia ter fechado quando o coração bateu mais forte e comecei a suar frio. Subitamente, eu não conseguia respirar, pois o pânico apertava meu peito e os pulmões. Comecei a hiperventilar e vi pontos pretos na visão periférica.

— Nora! — A voz de Julian vinha de longe. — Merda... Nora!

Um tapa forte jogou minha cabeça para o lado e gemi, erguendo a mão para a bochecha esquerda que ardia. O choque da dor afastou o pânico e os pulmões finalmente começaram a funcionar. Ofegante, virei a cabeça e olhei incrédula para Julian. A escuridão da mente recuou quando a realidade voltou a ser registrada.

— Nora, querida... — Ele acariciou meu rosto no local onde causara a dor. — Desculpe, meu bichinho. Eu não queria bater em você, mas parecia que estava tendo um ataque de pânico. O que aconteceu? Quer que eu chame uma enfermeira?

— Não... — Minha voz falhou quando os soluços explodiram na garganta. As lágrimas escorreram pelo rosto quando percebi que tivera um ataque de pânico... e que isso acontecera no meio do ato sexual. O pênis de Julian ainda estava dentro de mim, ligeiramente mais mole do que antes, e, mesmo assim, eu tremia e chorava como uma louca. — Não — repeti com voz embargada. — Estou bem... de verdade, vou ficar bem...

— Sim, vai. — A voz dele ficou dura quando ele agarrou meu pescoço. — Olhe para mim, Nora. Agora.

Incapaz de fazer qualquer outra coisa, obedeci, encontrando o olhar dele. O olho de Julian tinha um brilho azul feroz. Quando olhei para ele, minha respiração desacelerou, os soluços diminuíram e o pânico começou a desaparecer. Eu ainda estava chorando, mas em silêncio, mais como reflexo do que pânico de verdade.

— Ok, ótimo — disse Julian no mesmo tom duro. — Agora, você vai trepar comigo... e não vai mais pensar no que a deixou tão chateada. Entendeu?

Assenti, pois as instruções dele me acalmaram ainda mais. À medida que a ansiedade desapareceu, outras sensações começaram a surgir. Tomei consciência do cheiro familiar do corpo dele, da sensação dos pelos púbicos contra minhas coxas...

A sensação do pênis dentro de mim, quente, grosso e duro.

Meu corpo respondeu novamente, distraindo-me ainda mais do pânico. Respirando fundo, comecei a me mexer, subindo e descendo sobre o pênis. Meu sexo ficou úmido e macio quando o prazer começou a se acumular dentro de mim.

— Sim, assim mesmo, querida — murmurou Julian, descendo a mão pelo meu corpo para pressionar os dedos sobre o clitóris, aumentando a tensão que crescia dentro de mim. — Trepe comigo. Use-me para esquecer os seus demônios.

— Sim — sussurrei. Mantendo os olhos no rosto

dele, deixei que o prazer físico me afastasse da escuridão, que o inferno de nossa paixão queimasse as lembranças do horror gelado.

Quando gozamos, foi com uma diferença de poucos segundos. Nossos corpos estavam tão sintonizados como nossas almas.

Naquela noite, dormi na cama de Julian. Os médicos me liberaram para fazer isso depois de me avisar para que tomasse cuidado com as costelas e o rosto dele durante a noite.

Deitei à direita dele, repousando a cabeça sobre o ombro não machucado. Eu deveria dormir, mas não consegui. Minha mente fervilhava como uma colmeia. Um milhão de pensamentos giravam na cabeça e as emoções variavam da felicidade à tristeza.

Estávamos vivos e mais ou menos intactos. Estávamos juntos novamente, tendo sobrevivido contra todas as chances. Eu não tinha mais dúvidas de que nosso destino era ficarmos juntos. Para o melhor ou para o pior, éramos um do outro. Encaixávamos perfeitamente como duas peças de quebra-cabeça.

Eu não sabia o que futuro nos reservava, se as coisas ficariam realmente bem de novo. Ainda precisava convencer Julian a honrar minha promessa a Peter... e precisava pedir aos médicos uma pílula do dia seguinte, pois nenhum de nós se lembrara de usar proteção mais cedo. Eu não sabia se era possível engravidar tão depressa depois de perder o implante, mas não era um risco que queria correr. A possibilidade de um filho, de um bebê indefeso sujeito ao tipo de vida que tínhamos, me deixava ainda mais horrorizada.

Talvez eu mudasse de ideia com o tempo. Talvez, em alguns anos, eu me sentisse diferente. Com menos medo. Mas, por enquanto, estava ciente de que nossa vida nunca seria um conto de fadas. Julian não era um homem bom... e eu não era mais uma mulher boa.

Aquilo deveria me preocupar... e talvez me preocupasse no dia seguinte. Mas, naquele momento, sentindo o calor dele à minha volta, eu só percebia uma sensação profunda de paz, de uma certeza de que aquilo era certo.

Que ali era o meu lugar.

Erguendo a mão, passei os dedos de leve sobre os lábios dele, sentindo o formato sensual deles no escuro.

— Algum dia você vai me deixar ir embora? — perguntei baixinho, lembrando-me de uma conversa antiga.

Os lábios dele se abriram em um sorriso leve. Ele também se lembrou dela. — Não — respondeu ele em tom suave. — Nunca.

Ficamos em silêncio por alguns momentos e ele perguntou: — Quer que eu deixe você ir embora?

— Não, Julian. — Fechei os olhos, abrindo um sorriso. — Nunca.

FIM

AGRADECIMENTOS

Obrigada por ler! Eu agradeceria muito se pudesse deixar uma avaliação.

Se deseja receber uma notificação quando o próximo livro for lançado, acesse meu site em www.annazaires.com/book-series/portugues/ e registre-se para receber meu boletim informativo.

Se você gostou de *Fique Comigo*, talvez goste dos seguintes livros:

- *A Trilogia de Mia e Korum* – Um romance sombrio de ficção científica

Colaborações com meu marido, Dima Zales:

- *O Código de Feitiçaria* – Fantasia épica

Agora, vire a página para ver uma amostra de *Encontros Íntimos* e alguns dos meus outros trabalhos.

Nota da Autora: *Encontros Íntimos* é o primeiro livro de minha trilogia de romance erótico de ficção científica, as Crônicas dos Krinars. Apesar de não ser tão sombrio quanto *Perverta-me*, ele tem alguns elementos que leitores de erotismo sombrio poderão gostar.

Um romance sombrio que atrairá os fãs de relacionamentos eróticos e turbulentos...

No futuro próximo, os krinars governam a Terra. Uma raça avançada de outra galáxia, eles ainda são um mistério para nós — e estamos completamente à mercê deles.

Tímida e inocente, Mia Stalis é uma universitária na cidade de Nova Iorque que sempre teve uma vida muito comum. Como a maioria das pessoas, ela nunca teve qualquer interação com os invasores. Até que um dia no parque muda tudo. Tendo atraído o olhar de Korum, ela agora deve lidar com um krinar poderoso e perigosamente sedutor que quer possuí-la e nada o impedirá de tê-la para si.

Até onde você iria para recuperar a liberdade? Quando sacrificaria para ajudar seu povo? O que escolheria ao começar a se apaixonar pelo inimigo?

Respire, Mia, respire. Em algum lugar na parte de trás da mente, uma voz racional fraca continuava repetindo aquelas palavras. Aquela mesma parte estranhamente objetiva dela notou a estrutura simétrica do rosto dele, com a pele dourada esticada sobre as bochechas altas e o maxilar firme. As fotografias e os vídeos dos Ks que ela vira não lhes faziam justiça. Parado a não mais de dez metros de distância, a criatura era simplesmente deslumbrante.

Enquanto ela continuava a encará-lo, ainda congelada no lugar, ele endireitou o corpo e começou a andar na direção dela. Na verdade, ele lentamente a perseguia, pensou ela tolamente, pois cada movimento dele lembrava o de um felino da selva aproximando-se de uma gazela. Durante o tempo todo, os olhos dele não se afastaram dos dela. Ao se aproximar, ela notou pontos amarelos individuais nos olhos dourados claros dele e os longos cílios grossos que os envolviam.

Ela olhou com descrença horrorizada quando ele se sentou no banco dela, a menos de sessenta centímetros de distância, e sorriu, mostrando dentes brancos perfeitos. Nada de presas, notou ela com uma parte funcional do cérebro. Nem mesmo traços de presas. Aquele era outro mito sobre eles, como a suposta aversão pelo sol.

— Qual é o seu nome? — a criatura praticamente ronronou a pergunta. A voz dele era baixa e suave, completamente sem sotaque. As narinas dele tremeram ligeiramente, como se estivesse inalando o perfume de Mia.

— Ahm... — Mia engoliu nervosamente. — M-Mia.

— Mia — repetiu ele lentamente, parecendo saborear o nome. — Mia de quê?

— Mia Stalis. — Ah, droga, por que ele queria saber o nome dela? Por que estava lá, conversando com ela? De forma geral, o que ele estava fazendo no Central Park, tão longe de todos os centros dos Ks? *Respire, Mia, respire.*

— Relaxe, Mia Stalis. — O sorriso dele aumentou, expondo uma covinha na bochecha esquerda. Uma covinha? Ks tinham covinhas? — Você nunca encontrou um de nós antes?

— Não, nunca. — Mia soltou o ar rapidamente, percebendo que prendera a respiração. Ela ficou orgulhosa pela voz não ter soado tão tremula quanto se sentia. Deveria perguntar? Queria saber?

Ela tomou coragem. — O quê, ahm... — Ela engoliu em seco novamente. — O que quer de mim?

— Por enquanto, conversar. — Ele parecia que estava prestes a rir dela, com os olhos dourados cintilando ligeiramente nos cantos.

Estranhamente, aquilo a deixou furiosa o suficiente para acabar com o medo. Se havia uma coisa que Mia odiava, era que rissem dela. Com a estatura baixa e magra e uma falta geral de habilidades sociais que vinha de uma adolescência desconfortável envolvendo o pesadelo de todas as garotas — aparelho, cabelos crespos e óculos —, Mia tivera experiência bastante como alvo.

Ela ergueu o queixo beligerantemente. — Ok, e qual é o *seu* nome?

— É Korum.

— Só Korum?

— Nós não temos sobrenomes, não da mesma forma que vocês. Meu nome completo é muito mais comprido, mas, se eu lhe dissesse qual é, você não conseguiria pronunciá-lo.

Bem, aquilo era interessante. Ela se lembrou de ter lido algo parecido no *The New York Times*. Tudo certo até o momento. As pernas já tinham quase parado de tremer e a respiração voltava ao normal. Talvez, apenas talvez, ela conseguisse sair dali com vida. Aquele negócio de conversar parecia seguro, apesar de a forma como ele a encarava, com aqueles olhos amarelados que não piscavam, ser enervante. Ela decidiu mantê-lo falando.

— O que está fazendo aqui, Korum?

— Acabei de falar, estou conversando com você, Mia. — A voz dele, novamente, tinha uma ponta de riso.

Frustrada, Mia soltou um suspiro. — Eu quis dizer, o que está fazendo aqui, no Central Park? Na cidade de Nova Iorque em geral?

Ele sorriu novamente, inclinando a cabeça ligeiramente para o lado. — Talvez estivesse torcendo para encontrar uma garota bonita com cabelos cacheados.

Aquilo foi a gota d'água. Ele estava claramente brincando com ela. Agora que conseguia pensar um pouco novamente, percebeu que estavam no meio do Central Park, à vista de uma infinidade de espectadores. Sorrateiramente, ela olhou em torno para confirmar aquilo. Sim, com certeza. Apesar de as pessoas estarem obviamente passando ao largo do banco onde ela e o outro ocupante de outro mundo, havia várias almas corajosas mais adiante no caminho olhando para lá. Um casal estava até mesmo filmando os dois, cuidadosamente, com a câmera do relógio de pulso. Se o K tentasse fazer qualquer coisa com ela, em um piscar de olhos estaria no YouTube e ele sabia disso. É claro que ele podia ou não se importar.

Ainda assim, partindo do princípio que ela nunca vira nenhum vídeo de ataques de Ks a garotas universitárias no meio do Central Park, estava relativamente segura. Com cuidado, ela pegou o *notebook* e ergueu-o para colocá-lo de volta na mochila.

— Deixe-me ajudá-la com isso, Mia...

E, antes que conseguisse sequer piscar, ela o sentiu pegar o *notebook* pesado dos dedos subitamente moles, encostando gentilmente neles. Uma sensação parecida com um choque elétrico percorreu Mia quando ele a tocou, deixando as extremidades nervosas formigando.

Pegando a mochila, ele cuidadosamente guardou o *notebook* em um movimento suave e sinuoso. — Pronto, muito melhor agora.

Ah, meu Deus, ele tocara nela. Talvez a teoria de Mia sobre segurança em locais públicos fosse falsa. Ela sentiu a respiração acelerar novamente e, àquela altura, a pulsação estava bem além da zona anaeróbica.

— Eu tenho que ir agora... Adeus!

Ela nunca saberia como conseguiu dizer aquelas palavras sem hiperventilar. Agarrando a tira da mochila que ele acabara de soltar, ela se levantou depressa, notando em algum lugar no fundo da mente que a paralisia anterior parecia ter desaparecido.

— Adeus, Mia. Vejo você outra hora. — A voz suavemente zombeteira dele flutuou no ar fresco da primavera quando ela saiu, quase correndo com a pressa de se afastar.

~

Se deseja saber mais, acesse meu site em https://www.annazaires.com/book-series/portugues/. Os três livros da trilogia Crônicas dos Krinars já estão disponíveis.

Nota do Autor: Dima Zales, meu marido, é um autor de ficção científica e fantasia, e é meu colaborador na criação das Crônicas dos Krinars. O livro dele se chama O Código de Feitiçaria e, desta vez, sou colaboradora dele. Apesar de não ser um romance, há uma trama romântica no livro (mas sem cenas de sexo explícito). O livro agora está amplamente disponível.

Tendo sido um membro respeitado do Conselho de Feiticeiros e agora banido, Blaise passou o último ano trabalhando em um objeto mágico especial.

O objetivo é permitir que qualquer um possa fazer magia, não apenas a elite de feiticeiros. O resultado de sua busca é diferente de tudo que ele havia imaginado – porque em vez de um objeto, ele cria Ela.

Ela é Gala e não tem nada de inanimada. Nascida no Reino do Feitiço, ela é linda e extremamente inteligente – e ninguém sabe do que ela é capaz. Ela fará tudo para experimentar o mundo. . . até mesmo deixar o homem pelo qual começou a se apaixonar.

Augusta, uma poderosa feiticeira e ex-noiva de Blaise, vê o feito de Blaise como extrema insolência e Gala como uma abominação que precisa ser destruída. Em sua busca para salvar a raça humana, Augusta formará novas alianças, emaranhando-se em uma teia de intriga que vai além do que quaisquer deles suspeitem. Ela pode até usar seu novo amante, Barson, um guerreiro implacável, que também possui seus objetivos próprios. . .

~

Havia um mulher nua no chão do estúdio de Blaise.

Uma linda mulher nua.

Aturdido, Blaise olhava para a criatura maravilhosa que tinha acabado de surgir do nada. Ela olhava em volta com uma expressão perplexa no rosto, aparentemente tão chocada em estar ali quanto ele estava por vê-la. Seu cabelo loiro ondulado caía por suas costas, cobrindo parcialmente um corpo que parecia ser a perfeição personificada. Blaise tentou não pensar no corpo e, em vez disso, se concentrar na situação.

Uma mulher. Uma Ela, e não um Isso. Blaise mal podia acreditar. Poderia ser? Seria esta garota o objeto?

Ela estava sentada em cima de suas pernas dobradas, se sustentando em um braço esguio. Havia algo esquisito naquela pose, como se ela não soubesse o que fazer com seus membros. No geral, apesar das curvas que moldavam uma mulher adulta, havia uma inocência infantil na forma como se sentava, que aparentava uma completa falta de constrangimento e parecendo totalmente ignorante de seu próprio encanto.

Limpando a garganta, Blaise tentou pensar no que dizer. Em seus sonhos mais ousados, ele não teria imaginado esse tipo de resultado para o projeto que havia consumido sua vida nos últimos meses.

Ouvindo aquele som, ela virou a cabeça para olhá-lo e Blaise se deparou olhando para um par de olhos azuis de uma limpidez incomum.

Ela piscou e inclinou a cabeça para o lado, estudando-o com visível curiosidade. Blaise imaginava o que ela estaria vendo. Ele não havia visto a luz do dia há semanas e não se surpreenderia se, a essa altura, estivesse parecendo um feiticeiro louco. Provavelmente havia uma semana de pelo de barba cobrindo seu rosto, e ele sabia que seu cabelo castanho estava despenteado e arrepiado em todas as direções. Se ele soubesse que se defrontaria com uma linda mulher hoje, teria se arrumado todo pela manhã.

— Quem sou eu? — perguntou ela, surpreendendo

Blaise. Sua voz era suave e feminina, tão sedutora quanto o resto.

— Que lugar é este?

— Você não sabe? — Blaise ficou contente em finalmente ter conseguido juntar uma frase semicoerente.

— Você não sabe quem é nem onde está? — perguntou.

Ela balançou a cabeça.

— Não.

Blaise engoliu em seco.

— Entendi.

— O que eu sou? — ela perguntou de novo, olhando para ele com aqueles olhos incríveis.

— Bem — Blaise disse lentamente, — se você não é uma brincadeira de mau gosto ou um produto da minha imaginação, então é meio difícil de explicar . . .

Ela observava sua boca enquanto ele falava e, quando ele parou, olhou para cima novamente, indo de encontro a seu olhar fixo. — É estranho — disse ela — ouvir palavras dessa forma. São as primeiras palavras de verdade que ouço.

Blaise sentiu um arrepio na espinha. Levantando da sua cadeira começou a andar, tentando desviar os olhos daquele corpo nu. Ele esperava que algo aparecesse. Um objeto mágico, uma coisa. Ele não sabia que forma aquela coisa tomaria. Um espelho, talvez, ou um abajur. Talvez algo tão incomum quanto a Esfera de Captura de Vida que estava em sua mesa como um grande diamante redondo.

Mas logo uma pessoa? Uma pessoa do gênero feminino ainda por cima?

Na verdade, ele estava tentando tornar o objeto inteligente, assegurando que teria a capacidade de entender a linguagem humana e convertê-la em um código. Talvez não devesse estar tão surpreso em relação à inteligência que invocou e que tomou uma forma humana.

Uma forma linda, feminina e sensual.

Olha o foco, Blaise, olha o foco.

— Por que está falando assim?.

Ela lentamente se levantou, com movimentos incertos e estranhamente desajeitados.

— É para eu andar também? É assim que as pessoas falam umas com as outras?

Blaise parou diante dela, fazendo o possível para manter o olhar acima de seu pescoço.

— Desculpe. não estou acostumado a mulheres nuas em meu estúdio.

Ela passou as mãos pelo corpo, como tentando senti-lo pela primeira vez. Seja qual fosse sua intenção, Blaise achou aquele gesto extremamente erótico.

— Tem algo errado com minha aparência? perguntou ela. Era uma preocupação tão tipicamente feminina que Blaise teve que conter um sorriso.

— Pelo contrário — assegurou.

— Você está incrivelmente bem. Tão bem que, na verdade, ele tinha dificuldades em se concentrar em nada que não fosse aquelas curvas delicadas. Ela tinha estatura média e tão proporcionalmente perfeita que poderia ser usada como modelo de um escultor.

— Por que eu sou assim?

Ela franziu levemente sua testa lisa.

— O que sou?

Aquela parte parecia ser a mais intrigante para ela.

Blaise respirou fundo, tentando acalmar sua pulsação acelerada.

— Acho que posso me aventurar a dar um palpite, mas antes de fazer isso, quero lhe dar algumas roupas. Por favor, espere aqui, eu já volto.

E sem esperar por sua resposta, ele saiu apressadamente do ambiente.

~

O Código de Feitiçaria agora está amplamente disponível. Se você gosta de fantasia ou ficção científica, acesse o site de Dima Zales em https://www.dimazales.com/book-series/portugues/ e registre-se para a lista de e-mail de novos lançamentos.

Anna Zaires é autora *best-seller* do *New York Times* e do *USA Today* de livros de ficção científica e de romances eróticos contemporâneos. Ela se apaixonou por livros aos cinco anos de idade, quando a avó a ensinou a ler. Desde então, sempre viveu parcialmente em um mundo de fantasia, onde os únicos limites são os impostos pela imaginação. Ela mora na Flórida e é casada com Dima Zales, autor de ficção científica e fantasia. Eles trabalham juntos em todos os livros.

Para saber mais, acesse www.annazaires.com/book-series/portugues/.